SALE MENTEUSE

DU MÊME AUTEUR

PROVOCATION (SHOCK VALUE), Clancier-Guenaud, 1984.
M. JE-SAIS-TOUT, Actes Sud, 2021 ; Babel n° 1870.

Titre original :
Liarmouth: A Feel-Bad Romance
Éditeur original :
Farrar, Straus & Giroux, New York

ISBN 978-2-330-17838-3

John Waters

Sale menteuse

•••

Une romance feel-bad

roman traduit de l'anglais (États-Unis)
par Laure Manceau

Gaïa

I

Marsha Sprinkle s'est toujours félicitée de travailler à son compte. Elle est son propre patron et il faut que ça continue comme ça. Elle ne se voit pas du tout obéir aux horaires de bureau, à la pointeuse, ni payer des impôts. Avoir des collègues est inenvisageable, à moins qu'elle puisse contrôler leurs moindres faits et gestes. Marsha est supérieure aux autres. Elle le sait. Plus intelligente. Peut-être pas en ce qui concerne toutes les conneries inutiles qu'on a essayé de lui apprendre à l'école mais dans le domaine des trucs qui comptent. Par exemple, faire payer ceux qui se croient autorisés à lui parler avant qu'elle ne leur adresse la parole. Qui ne se gênent pas pour croiser son regard, comme si violer son intimité était un droit inné. Marsha a simplement l'impression que tous les autres habitants de cette planète sont… disons, trop ordinaires. Banals. Personne n'a le droit de la connaître.

Elle sait qu'elle est encore attirante. Ses quarante ans n'ont pas entamé sa sensualité. Ce dont elle se fout, sauf quand elle peut user de son charme pour punir. Pour piéger. Asservir les incapables qui croient pouvoir un jour la pénétrer. Fourrer leur membre dégueulasse dans n'importe lequel de ses orifices, au-dessus ou en dessous de la ceinture. En particulier dans sa bouche, cette cavité qui refuse de dire la vérité, sauf lorsqu'elle la murmure en privé pour ses seules oreilles. Marsha rejette l'idée même de sexe. Et vas-y que je gémis, que tu me secoues, qu'on se chevauche. Dégoulinants de sueur. De bave. À quoi ça rime ? C'est ce qu'elle veut savoir, Marsha. À quoi ça rime ?!

Oh, elle sait y faire, projeter ses nichons authentiques vers l'avant et rouler sans effort son postérieur toujours bien rond, sans faire cas des mecs tout pantelants qui la reluquent, rien que pour les frustrer, pour torturer ces salauds d'abrutis qui imaginent ne serait-ce qu'une seconde qu'ils pourraient la lui mettre bien profond. Comme ce débile de Daryl Hotchkins, son complice, son faux chauffeur, son esclave sexuel, qui a accepté de travailler pour elle en échange d'un rapport avec elle une fois par an. Parfaitement. Une seule fois, tous les trois cent soixante-cinq jours. Pas une de plus. Et Marsha s'est assurée que Daryl le comprenne bien. Si on divise toute cette débauche en paiement horaire, c'est sûr qu'on obtient un salaire minimum, et pourtant, Marsha a quand même l'impression de surpayer Daryl. C'est un sacré voyage qui le sépare du vagin de Marsha Sprinkle, mais aujourd'hui, mardi 19 novembre 2019, c'est le grand jour, la fin de son périple annuel. Il ne le sait pas encore, mais il y aura un détour. Une impasse. C'est que Marsha Sprinkle n'est l'échéance calendaire de personne.

Mais procédons dans l'ordre. Une journée de travail s'annonce et elle doit se concentrer. Elle s'est toujours sentie en sécurité dans les propriétés saisies qu'ils squattent, souvent un de ces grands manoirs clinquants construits à la chaîne. Elle n'aime pas le mot "squat" – tellement sans-abri, tellement crise immobilière. Daryl sait comment duper les voisins, leur fourre sous le nez un faux bail qu'il a tapé à l'ordinateur et bricole le réseau électrique de sorte que ces ploucs paient non seulement leur propre courant mais aussi le leur. Ils ne squattent pas, ils ont pris en charge une maison que personne d'autre ne pouvait contrôler, nuance.

Marsha aime la déco impersonnelle de ce "château d'entrée de gamme", comme elle a un jour entendu un agent immobilier décrire le logement qu'elle occupe illégalement. Il lui faut des pièces vides autour de celle dans laquelle elle daigne habiter, d'espaces déserts qu'elle se refuse à visiter mais a besoin de savoir là, existant tristement sans pouvoir bénéficier de sa présence. Et, bien entendu, ces innombrables chambres gigantesques avec salle de bains sont l'endroit idéal où déballer la trentaine de valises qu'elle et Daryl se sont appropriées au tapis à bagages de l'aéroport international de Baltimore-Washington et dont ils ont passé le contenu au peigne fin.

Les absurdes plafonds cathédrale procurent à Marsha la hauteur dont elle a besoin pour ne faire qu'un avec l'éminence de cette maison. Riche et pourtant sans possessions, sophistiquée mais loin d'être née avec une cuillère en argent dans la bouche, un style que personne ne pourrait s'approprier. Les meubles surdimensionnés et hors de prix abandonnés là n'ont pigeonné aucun acheteur, et Marsha en est fort aise. Ils ne peuvent pas lutter contre elle. Elle ne laissera jamais les luxueux canapés d'angle, les tables en miroir néoclassiques ni les ridicules lustres en fer forgé oublier que c'est elle la patronne. Marsha est un manoir clinquant à elle toute seule : trop imposante pour la terre qui la supporte, affront à la nature et à l'environnement, mettant quiconque au défi d'y pénétrer.

Marsha déteste tout ce qui est vieux. Les antiquités. Le vintage. Les objets de collection. Elle trouve que c'est sale. Souillé par les fluides des autres – larmes d'enfants, sperme indésirable, mucosités diverses et même nourriture intruse. Ça ne sent rien, ici. Les odeurs s'immiscent, menacent sa suprématie, la déconcentrent. Elle n'a jamais utilisé de déodorant de toute sa vie. À quoi bon ? Ses aisselles ne sentent rien. Rien du tout.

Les murs sont nus. On les a repeints récemment – elle le sait car il n'y a aucune trace autour des œuvres d'art qu'elle s'est empressée de décrocher. Comment un peintre minable peut-il s'imaginer rivaliser avec la perfection à laquelle elle travaille, la réduire à néant ? Le climatiseur souffle un air réglé sur quinze degrés malgré la fraîcheur de ce matin d'automne. Marsha a toujours chaud, bien qu'il n'y ait pas un gramme de trop sur son corps entretenu. Elle n'a jamais vraiment faim. Ce serait un signe de faiblesse. Oh, elle sait bien qu'elle a besoin de carburant. Pourquoi on a inventé les crackers, à votre avis ? C'est tout ce qu'elle mange. Pas les bas de gamme. Les Ritz et les biscuits aux grains de sel, très peu pour elle. Elle ne prend que les meilleurs. Ceux de Eddie's sur Charles Street. Ou de Graul's Market à Ruxton. Importés. Ils se digèrent vite et en douceur. Ça entre. Ça sort. De petits granulés qui ne laissent pas de traces et ne font pas de saletés. Par souci d'hygiène, elle prend soin de tirer la chasse des toilettes plusieurs fois par jour afin qu'une eau cristalline accueille ses infimes déjections programmées à heure fixe.

Daryl se voit toujours attribuer la chambre la plus éloignée de la sienne. Là, jour après jour, il peut enchaîner les douches froides en attendant de pouvoir assouvir le désir qu'il nourrit pour elle. Il est de bonne humeur ce matin, obnubilé par l'inaccessible étoile qui viendra couronner ce jour de paie. Daryl n'a pas besoin de grand-chose pour vivre : ses larcins, et la "fente démente" de Marsha, comme il a un jour vulgairement décrit ses parties intimes. Il est de la région du canal Érié, dans l'État de New York, alors que voulez-vous ? Marsha a beau venir elle aussi d'un quartier ouvrier de Baltimore – au nom ridicule de Dutch Village –, ces prétendues "maisons de ville" vantant leurs "baies vitrées" et piscines ne sont pour elle que des taudis mitoyens, qu'elle a vite fuis sans regarder en arrière. Certes, c'est une criminelle, mais distinguée, et plutôt une tête pensante si vous voulez tout savoir. Daryl, lui, n'est rien qu'un voleur ordinaire, et si Marsha n'était pas là pour planifier leurs "actions", il serait à la rue, et c'est là qu'il va finir aujourd'hui de toute façon. Chômage technique. Mise à pied. Appelez ça comme vous voudrez.

Daryl n'est pas repoussant. Elle sait que des mortels inférieurs à elle pourraient avoir un faible pour sa carrure affûtée de bouseux de trente-cinq ans et ses longs cheveux châtain qu'il porte souvent relevés sous une casquette de chauffeur quand ils sont en mission. Elle a déjà entendu une femme ou deux évoquer son "joli petit cul", quoi qu'elles sous-entendent par là, mais l'assurance présomptueuse dont il fait preuve suffit à lui soulever l'estomac. Elle l'a vu boutonner sa chemise d'uniforme sur son torse de nageur à la fois bizarrement maigrichon et musclé, et, d'accord, il a ce ventre plat avec une ligne de poils châtain clair qui remonte jusqu'à ses tétons, dont la dureté constante a le don de l'exaspérer, mais tout ce que Marsha voit, c'est une piste d'atterrissage pour ses petits spermatozoïdes dégoûtants qui aimeraient bien se faufiler en elle pour qu'elle tombe enceinte. Non merci. Elle a déjà accouché une fois, et elle le paie encore. Il se figure peut-être qu'il va pénétrer son corps de son membre confiant, plein de futurs enfants affligés de coliques et de difficultés d'apprentissage, mais il se fourre le doigt dans l'œil. À défaut d'autre chose.

Le voilà. Foulant d'un pas lourd la moquette blanche immaculée de cet escalier aussi grandiose que ridicule. Marsha ignore la bosse de son pantalon et enfile une perruque blonde coquine mais élégante sur ses cheveux naturellement... qui sait de quelle couleur sont ses cheveux ces temps-ci ? Quelle importance ? C'est la première fois qu'elle porte ce postiche qu'elle a trouvé dans la valise monogrammée sur le tapis numéro quatre de United Airlines. Il y a toujours des trésors de déguisements dans les bagages des autres. Robes de grossesse, soutiens-gorge rembourrés, peaux de bête. Prêts à l'emploi. Papiers d'identité et objets personnels également, qui permettent à Marsha d'éluder la terrible vérité de son quotidien. Comme celle de l'horrible engin de Daryl dardé vers elle. Un jour, il a franchi les limites de la décence en mentionnant qu'il était circoncis. Comme si ça l'intéressait ! Il est là, à exhiber sans complexe le renflement de son pantalon en polyester trop serré faisant partie d'un uniforme de chauffeur qu'ils ont volé il y a des années sur un cintre à l'arrière d'une limousine extra-longue (sûrement la dernière dans laquelle elle ne sera jamais montée, puisque son bal de promo est loin derrière elle), garée devant le restaurant Prime Rib. Il aime se vanter que ce pantalon lui va toujours, comme s'il s'agissait d'une sorte de flash info érotique. Elle fait semblant de ne pas remarquer la concupiscence de son regard tandis qu'elle enlève un pyjama en soie blanc hors de prix récemment pioché dans une valise d'Alaska Airlines et enfile un tailleur Gucci discret bleu pervenche qui crie au monde qu'elle a la classe. Et dans ce cas précis, la classe affaires, British Airways. Vol 206. Heathrow-Washington D.C. Sans escale. Noël dernier.

— Prête ? demande Daryl, impatient, à la porte d'entrée.

Il est tôt. Très tôt même, 6 heures. D'habitude, c'est un gros flemmard, donc elle se doute qu'il veut avoir fini son boulot dans la matinée pour se préparer tout l'après-midi à lui bondir dessus. Oh, ça pour être prête, elle l'est ! Il ne perd rien pour attendre. Des trucs qu'il est loin de soupçonner. Alors que Daryl ouvre à distance l'absurde garage cinq places, Marsha enfile une veste en laine blanc neige stylée qu'elle a saisie au vol sur un chariot à bagages devant l'aéroport de Dulles. Elle est en partance pour le Nord. Il y fera peut-être plus froid.

Elle fait ses calculs. Aujourd'hui est aussi le dernier jour où ils peuvent profiter de la berline noire qu'ils ont prise en leasing sans jamais verser le moindre cent. Elle veut bien reconnaître à Daryl une qualité : il sait s'y prendre pour bâtir une chaîne de fausses identités en volant le courrier dans les boîtes à lettres et en utilisant les étiquettes pré-adressées que March of Dimes envoie d'office aux gens pour souscrire à de nouvelles cartes de crédit dont on peut augmenter au max le plafond autorisé les trente premiers jours, avant que Mastercard ou Visa ne s'en aperçoive et ne les annule. Il n'y a rien d'autre que la limousine dans le garage. Pas d'outils de jardinage, de tondeuse. Marsha ne tond pas son gazon, elle déménage. S'évapore sans laisser de traces.

Daryl est également bon comédien, et il prend son rôle de chauffeur très au sérieux. On ne sait jamais qui nous observe. Agents immobiliers. Voisins. Il sort la voiture et remonte l'allée pour prendre sa “cliente”. Marsha sort de la maison d’un air régalien. Il fait bon dehors. Mais elle s’en fiche. La météo ne l’intéresse que lorsque les vols sont annulés. Au moment où Daryl bondit de son siège pour ouvrir la portière arrière, elle ouvre la bouche pour dégainer son premier mensonge de la journée mais n’en a pas le temps. Un énorme taon entre par accident dans sa cavité buccale avant qu’elle puisse dire un mot. À l’air libre, cette créature ne semble pas si grosse, mais à l’intérieur de sa bouche, elle lui fait l’effet d’un reptile volant géant du film *Rodan* qu’elle a vu un jour sur le câble. Ses mâchoires ne font pas le poids contre cet effrayant nuisible, qui, en proie à la panique, se met à lui mordre la langue avec sa minuscule bouche suceuse de sang. Mais Marsha peut parer tous les coups tordus de la nature. Au début, elle envisage de cracher ce monstre, puis ses réflexes prennent le dessus et sa langue féroce de tortue, cachée derrière ses lèvres enduites de gloss, arrache l’indésirable à son palais, avant qu’un coup de dents exemptes de toute carie achève l’intrus. Oui, elle l’avale.

— On s’active ! lance-t-elle sèchement à Daryl, qui n’est pas bien sûr de ce qu’il vient de voir.

Sachant qu’elle déteste ses “questions de fouine”, il se contente de l’aider à s’asseoir sur la banquette et de refermer la portière sans le claquement qui pourrait facilement lui taper sur le système. Ils sortent de l’allée et traversent le Val de la joie, leur lotissement de demeures chics et toc au nom ridicule. Val, passe encore, mais pour la joie, on repassera. Sur les huit demeures démesurées, sept sont inoccupées ou ont été saisies par les banques. Des paniers de basket portatifs et hors de prix restent plantés là comme des grues flottantes, abandonnés par les enfants sportifs de leurs anciens propriétaires, se languissant qu’un ballon glisse dans leur filet.

Il ne reste qu’un couple en plus de Marsha et Daryl, et comme par hasard ils ont un chien. Qui répond au nom de Frederick, Marsha le sait car elle entend la femme débraillée qui vit là gueuler sur son clebs chaque fois que la limousine passe, après quoi cette stupide créature déboule en courant et les poursuit. Est-ce que ce clébard est idiot au point de confondre une voiture avec un autre chien ? On dirait bien. Il bave, il aboie, il saute, il retombe, exhibant sa bite en forme de crayon, continue à courir, bondir, colle sa tête de chien débile contre la vitre arrière, comme s'il venait de voir le diable. Ce qui, en fait, est vrai. Marsha ne cligne pas une seule fois des paupières. "Frederick !" se dit-elle. Mais quel nom stupide, putain.

Enfin, ils arrivent dans le monde réel. Un endroit dont Marsha se méfie, loin de la zone de richesse uniforme dans laquelle elle sait se fondre. Bien sûr, Daryl roule en respectant scrupuleusement la limite de vitesse pour ne pas attirer la "police montée", comme il dit. Marsha est bien contente de brûler de l'essence, d'exploiter des ressources, d'emmerder l'environnement. Daryl sait qu'elle aime emprunter Falls Road jusqu'à Baltimore pour aller à l'aéroport, évitant les routiers qui, elle en est convaincue, lorgnent son entrejambe perchés dans leur cabine. Elle se demande s'ils doivent s'arrêter chez Whole Foods acheter les crackers haut de gamme parmi ses préférés (les bios multigraines de la marque de la franchise sont délicieux) mais décide que non. Ce taon lui a laissé un sale arrière-goût dans la bouche.

Au lieu de ça, elle pose une main glaciale sur le dos de Daryl et dit d'une voix faussement amicale :

— Tu sais que tu te dégarnis légèrement derrière la tête ?

— Quoi ? s'inquiète Daryl en ôtant sa casquette pour regarder dans le rétroviseur, en proie à la panique.

— Rien qu'un peu, dit-elle, sentant la montée d'adrénaline que provoquent toujours ses déclarations mensongères. Ça ne se voit pas quand on est face à toi, poursuit-elle en quête de frissons, mais je l'ai remarqué, hier. Ne t'en fais pas, tu peux toujours mettre un chapeau pour cacher la misère.

— Mais je ne me dégarnis pas ! bredouille-t-il en pleine parano, tournant la tête à droite et à gauche pour essayer d'avoir une vue plus complète de son reflet.

Quel benêt ! Tous les jours elle lui ment et tous les jours il la croit. Ce n'est même plus un défi.

Leur trajet maison-boulot, comme Marsha envisage leur sortie bimensuelle à l'aéroport, se déroule sans encombre. Daryl n'ose même pas allumer la radio car il sait que la musique déconcentre Marsha. C'est trop enjoué, trop entraînant, et tous ces halètements en plus des guitares et des autres instruments, ça ne semble pas valoir la peine. Le silence est bien mieux. Le silence, ça lui parle.

Ils passent Roland Park, et un gloussement lui échappe au souvenir de toutes les fois où elle a arnaqué ce supermarché adoré de Roland Avenue, où des familles de la vieille bourgeoisie décatie font leurs courses à crédit. Les clients peuvent bien s'estimer supérieurs à elle parce qu'elle vient de Dutch Village, mais qui a les boules, maintenant ? Ceux qui criaient en toute inconscience leur numéro de compte aux employés de confiance tandis qu'on mettait leurs courses dans leur coffre, ou Marsha, qui les notait et les utilisait pour son propre bénéfice lors d'un passage en caisse ultérieur ? Ah, c'était la belle époque !

Le temps passe vite quand on s'amuse. Ils sont déjà sur Martin Luther King Jr. Boulevard, le trajet urbain le plus direct vers l'aéroport selon Marsha, quoi qu'en dise cet incapable de GPS. L'itinéraire préféré de Marsha l'emporte toujours sur ce que propose n'importe quel stupide appareil de navigation. Elle connaît tous les moyens de s'échapper, et ce n'est pas un ordinateur qui pourra l'aider dans ce domaine.

Malgré la pauvreté, la rage et le désespoir ambiants, Marsha aime bien ce quartier. Pas de mouchards. À chaque feu rouge sont postés des mendiants armés de raclettes, souvent agressifs, qui aspergent les pare-brise d'eau savonneuse puis mettent les automobilistes au défi de ne pas leur donner d'argent pour tout nettoyer. En général, Marsha dit à Daryl de leur donner quelques dollars. Elle respecte leur métier. Eux aussi sont des escrocs. Ce ne sont pas des fainéants. Ils ont un boulot ! Ils se pointent tous les jours au même carrefour, à la même heure. En uniforme. Marsha est convaincue qu'il y a un souteneur derrière tout ça, qui fait passer les "acteurs" affamés au maquillage et à la coiffure tous les matins, les nourrit, leur fournit des pancartes avec des messages à fendre le cœur joliment écrits, de vrais bébés empruntés ou loués ou bien des chiens errants tout maigres en guise d'accessoires, les dépose le matin et les récupère le soir avant d'empocher tout le fric.

Elle ferait mieux de manger un cracker. Il lui en reste quelques-uns de cette marque gastronomique, au basilic et au poivron, dans le sac à main qui ne contient que ça et qu'elle prévoit d'abandonner au retrait des bagages dès son arrivée. Ils sont toujours dans leur emballage. Bien croustillants. Presque sucrés. Passent sans encombre dans son intestin grêle et son côlon en direction de la minuscule vague de contractions musculaires qu'elle a appris à contrôler pour permettre une évacuation rapide et sans douleur.

Daryl n'est pas spécialement anxieux avant un vol de bagages. Ça l'excite de se sentir serein dans son froc et malsain dans sa tête. En prenant Russell Street, la sortie qui mène à la voie rapide pour l'aéroport, il se rappelle le Hammerjacks, le club de heavy metal désormais rasé au profit d'un stade de football, où il a fait ses premières armes de criminel avant de rencontrer Marsha. Ce soir-là, Marky Mark, le rappeur blanc bien membré, était sur scène, longtemps avant de devenir Mark Wahlberg. Même Daryl était choqué de voir ces jeunes adolescentes sexuellement éveillées et ouvertement encouragées à se déchaîner par leurs mères en chaleur, qui les avaient amenées là à l'occasion d'un concert ouvert à toutes les catégories d'âge. Daryl a presque eu l'impression d'accomplir un geste héroïque quand il a empoché le portefeuille d'une mauvaise mère tombé sous sa chaise. Ne le méritait-elle pas ? Ne venait-elle pas d'écluser deux cocktails à la liqueur de gin et d'en acheter un troisième pour sa fille mineure ? Le portefeuille était là, attendant d'être cueilli. Pas étonnant qu'il ait eu une érection. Le vol c'est du sexe, n'est-ce pas ?

Enfin, il avait trouvé sa vocation. Ses parents avaient beau être divorcés, ça ne les empêchait pas de le seriner pour qu'il trouve un boulot. Son père, Bruce, ancien employé dans une aciérie, était invalide à la suite de l'accident de travail improbable qui lui avait coûté une jambe, mais pouvait-on franchement appeler ça une carrière ? Même sa mère, Betty, virée de la boutique souvenirs du centre de découverte du canal Érié pour consommation d'alcool sur son lieu de travail, avait le culot de lui suggérer de se dégoter un boulot. Qu'ils aillent se faire voir, avec leurs conseils à la con.

Il est sorti du club, porté par une excitation toute nouvelle. Sans essayer de la cacher, il a simplement ajusté son gourdin dans son pantalon de sorte qu'il reste à la verticale, juste sous la boucle de la ceinture de chez Sunny's Surplus qu'il portait depuis des années. Il n'était pas en bande mais bandait dur, s'est-il dit en gloussant. Un sentiment de supériorité tout neuf pulsait dans ses veines.

C'est là qu'il l'a entendu. Un fracas assourdissant. Le bus 22 avait quitté son arrêt, et une voiture qui essayait de le dépasser l'avait percuté dans l'aile. Enfin, Daryl a eu le cran d'agir comme tout criminel de Baltimore sur la même longueur d'onde se le devait : courir pour monter à bord du bus et faire marcher son assurance. Se choper un "coup du butin", comme disaient les escrocs les plus anciens en référence au coup du lapin, soit la technique consistant à feindre un traumatisme cervical pour empocher des dommages et intérêts.

Étonnamment, son érection ne faiblissait pas. La montée des marches a été un peu douloureuse, mais quelle importance, c'était encore plus sexy d'enchaîner sur une seconde arnaque alors qu'il était à peine sorti de la première. Les quelques passagers chanceux se tenaient déjà la nuque en gémissant. Il a boité jusqu'à un siège vide et s'est tenu le genou comme s'il avait été douloureusement heurté dans l'accident. Même le chauffeur de bus feignait des blessures en appelant son référent pour signaler l'accident, exagérant la vitesse à laquelle il roulait pour faire croire au pire. Daryl se savait entouré d'escrocs de la même espèce que lui et pour la première fois, il a eu l'impression d'appartenir à une communauté.

Et puis, elle est montée à bord. La dernière. Elle était différente des autres. Sa coupe de cheveux en forme de parenthèses encadrait son visage mécontent comme des rideaux de théâtre. Son maquillage n'était pas destiné à séduire mais à intimider. Elle a lancé un regard noir à Daryl, qui le lui a rendu avant d'écarter les jambes pour lui montrer qui était le patron. Sans prêter attention à son étalage génital, elle s'est assise sur le siège voisin pour lui montrer qu'elle ne le craignait pas, tandis que l'enquêteur des services de transports du Maryland montait à son tour dans le bus parmi les grands blessés qui se tenaient le dos et gémissaient de douleur. Marsha s'y est mise elle aussi, à la grande surprise de Daryl, qui n'avait pas compris qu'elle jouait dans son équipe. C'est qu'elle commence à me plaire, s'est-il dit en se levant pour lui passer devant et être le premier à remplir sa déclaration, avant que les témoignages mensongers deviennent redondants aux yeux de l'expert répartiteur des transports. Daryl a fait en sorte de marquer une pause avec son entrejambe pile face au visage de Marsha. Ce dont il ne s'est pas rendu compte, c'est que si la bosse de devant était toujours là, celle de derrière – son portefeuille – avait disparu. Marsha venait de le lui subtiliser.

Il l'a eu mauvaise pendant neuf longues années. Et puis il l'a revue. Chez Nordstrom, dans le centre commercial de Towson. Elle était à peu près la même, en plus méchante. Ses cheveux avaient changé, mais qui ne changeait pas de coupe en neuf ans ? Ceux de Daryl étaient longs à présent, un peu gras, mais ça faisait cool. Il le voyait au regard des femmes. Des femmes qui n'étaient rien comparées à cette bombe *caliente*. Sa queue a pratiquement bondi hors de son caleçon, à l'affût, lorsqu'il a repensé à ce vol à la tire effronté. Mais qui se souciait encore de son vieux portefeuille ? Elle pouvait bien en faire ce qu'elle voulait, tant qu'il pouvait faire pareil avec elle à présent. Mais il valait mieux attendre. Il se dirigeait vers le bureau du responsable avec aux pieds une paire de Nike d'apparence assez neuves dont l'une avait un accroc, paire volée dans un gymnase et qu'il espérait se faire rembourser en prétendant que son pied s'était coincé dans l'escalator du magasin. En général la combine rapportait une centaine de dollars – les gérants vous donnaient cette somme pour se débarrasser de vous. Mais on ne pouvait arriver à ses fins en se pointant avec une trique pareille.

Elle était en train d'ôter un manteau exposé sur un mannequin du magasin. Elle bosse là ou quoi, s'est-il demandé, ahuri, en faisant demi-tour en haut de l'escalator pour descendre mener son enquête. C'était elle, pas de doute. Elle était en train de piquer ce manteau ! Et que je coupe l'étiquette antivol avec un cutter et que j'enfile le manteau au beau milieu du magasin. À ce moment-là, leurs regards se sont croisés. Son dard criminel a eu un sursaut involontaire. Presque en signe de respect. Elle a baissé les yeux et l'a reconnu. Lui et l'engin. L'escroc du bus et son pénis expressif. Le duo qui ne semblait pas la craindre. On va bien voir, s'est-elle dit en tournant les talons pour prendre l'escalator. En admiration, en transe, Daryl l'a suivie, sa queue montrant le chemin.

Il n'en revenait pas. Marsha et lui se rendaient tous les deux dans le bureau du responsable pour une arnaque. Elle a déboulé à l'intérieur la première sans prendre la peine de fermer la porte avant de remplir un formulaire d'embauche, probablement à l'aide d'un faux nom et de coordonnées bidon. Il fallait le reconnaître : qui la soupçonnerait de vol si elle venait se faire embaucher en portant le manteau qu'elle volait ? En sortant, elle n'a pas eu un regard pour lui, ce qui a laissé son pénis avec une impression de rejet, mais qu'est-ce que Daryl y pouvait ? Il devait se lancer dans son petit laïus fait de "Je viens de déchirer ma basket dans votre escalator défectueux", et, pour une fois, on l'a cru. Il est même reparti avec deux cents dollars ! Un record. Cette diablesse était peut-être son porte-bonheur !

Dehors, elle l'attendait. Au volant d'une berline de luxe, rien de moins.

— Montez ! lui a-t-elle ordonné par la vitre côté passager.

Il s'est exécuté. C'est le jour où ils ont volé l'uniforme de chauffeur. Le jour de leur premier vol de bagages. Elle avait besoin de lui sans son pénis, il avait besoin d'elle avec. Ils formaient une équipe, mais leurs besoins n'auraient pu être plus éloignés.

2

Daryl et Marsha prennent la sortie de l'aéroport et se mettent à fond dans la peau de leurs personnages. Il la dépose au niveau supérieur, près de l'enregistrement de Southwest Airlines, qu'ils préfèrent pour sa proximité avec l'endroit où les passagers des vols Delta débarquent. Elle attend qu'il vienne lui ouvrir et sort sans croiser le regard des porteurs fouineurs et avides de pourboires, qu'elle soupçonne d'avoir leur propre arnaque aux bagages. Marsha, dans son rôle, remercie poliment Daryl tandis qu'il se penche douloureusement au-dessus de son engin toujours dur comme la pierre pour sortir du coffre le bagage à main de sa passagère. Il pose la valise sur le trottoir et tire la poignée jusqu'au clic. Au moins, les accessoires ont été réglés, pense-t-elle, soulagée. Y a intérêt à ce que les roulettes ne couinent pas. Il lui est arrivé de mettre Daryl à l'amende pour ce genre de fautes inexcusables. Marsha a rempli cette valise destinée à l'abandon de vêtements volés inutilisés afin qu'elle n'ait pas l'air vide si un homme courtois, n'y voyant que du feu, voulait l'aider pendant la procédure d'enregistrement à laquelle elle fera semblant de se plier. Daryl lui adresse un au revoir professionnel mais se débrouille pour ajouter un regard complice et lubrique avant de se remettre au volant et de partir. Dans tes rêves, songe-t-elle. Marsha ne fera jamais "un" avec qui que ce soit, et surtout pas lui. Ni aujourd'hui. Ni demain. Jamais.

Marsha ne compte pas s'envoler, juste voler. Des bagages. Mais pour l'instant, elle doit se montrer prudente, attendre son heure. Ne pas attirer l'attention jusqu'à ce que le Vol Delta 1411 qu'ils ont repéré atterrisse à 8 h 15, et qui, selon son application Flight Tracker, arrivera avec quatre minutes d'avance porte D11. Pour ne pas se faire remarquer, elle se poste au bout d'une longue file d'attente pour s'enregistrer sur un vol Southwest Airlines, sachant qu'elle n'atteindra jamais le comptoir avant que les passagers Delta sans bagages à récupérer sortent et, sans s'en rendre compte, lui signalent que l'heure du crime a sonné.

Marsha aime bien les vols Delta car cette compagnie s'engage à ce qu'on récupère ses bagages en vingt minutes, faute de quoi ils vous créditent d'un bonus de deux mille cinq cents miles. Elle a compris depuis longtemps qu'elle doit subtiliser des bagages de classe éco car les passagers de première descendent en premier et leurs valises arrivent tout de suite, mais le temps de vider les compartiments au-dessus de leur tête, de marcher au ralenti derrière les familles avec poussette et les handicapés en fauteuil, les passagers de classe éco mettent une éternité à débarquer et à trouver leur chemin jusqu'au tapis roulant. Et quand ils arrivent, Marsha est déjà loin avec leurs bagages.

L'avion d'aujourd'hui est un vol de nuit en provenance de Las Vegas. Parfait. Ils seront dans le cirage. Marsha aime bien les vols qui viennent de climats plus chauds. Les valises contiennent en général des vêtements d'hiver que leurs propriétaires ne portent jamais le reste de l'année. Beaucoup auront encore l'étiquette du pressing. Tout propres. Immaculés. Non contaminés par des parties intimes.

Elle n'est pas non plus du genre à perdre une occasion de mentir.

— Vous avez entendu la nouvelle ? dit-elle soudain, faussement inquiète, à la famille stressée qui vient de se glisser derrière elle en bout de file. Il neige à Atlanta !

— Vous plaisantez ! geint le père.

— Je sais, dit Marsha, je suis certaine qu'ils vont annuler notre vol.

— Oh non ! crient tous ceux autour d'elle qui ont entendu.

Tandis qu'ils cèdent à la panique et se mettent à passer des coups de fil aux personnes censées venir les chercher, elle glousse dans son coin. Le mensonge, c'est comme le sport ; il faut s'y adonner un peu quotidiennement pour rester en forme. C'est presque un métier.

À présent, Daryl est sur le parking couvert temporaire où se garent les chauffeurs accueillant des passagers. Après trois cent soixante-quatre jours d'éjaculation retardée, il sait qu'il risque un orgasme rétrograde, au cours duquel le sperme, au lieu d'être évacué vers l'extérieur, remonte dans la vessie. Il n'a pas subi tout ce cirque pour un orgasme sec. Pas pour décharger à l'intérieur de lui. Est-ce qu'il ne s'est pas suffisamment fait baiser en bossant pour elle ? S'il n'a qu'une occasion par an de se vider les burnes, il veut que son sperme défonce le plafond et atteigne les étoiles. Et au centre de cette galaxie se trouve vous-savez-qui. Aujourd'hui, c'est le grand jour. Il a l'impression d'être à Cap Canaveral.

Marsha repère toujours les premiers passagers de Baltimore à sortir du terminal pour récupérer leurs bagages. Ils parlent tellement fort ! Et cet abominable accent ! Si elle arrive à l'éradiquer de son discours, pourquoi en sont-ils incapables ?

— Descends l'escalier mécanique, entend-elle une femme âgée crier à son mari qui marche devant elle, comme s'il pouvait aller ailleurs.

Escalier mécanique ? Marsha n'a pas entendu ça depuis des dizaines d'années, mais voilà, c'est ça, Baltimore. Rien ne change. Un autre passager arbore un sweat à capuche de OCEAN CITY, MARYLAND. Seigneur, comment peut-on aller là-bas, s'étonne-t-elle. Mais ça l'assure d'une chose : le vol de Vegas est arrivé. Elle attend qu'un plus grand groupe de voyageurs débarque d'un autre vol pour se mêler à eux sans que personne ne se rende compte de quoi que ce soit.

Elle descend l'escalator. Incarner un passager de classe éco n'est pas évident. Elle, elle est première classe jusqu'au bout des ongles, mais tous les vols à destination de Baltimore sont classe affaires, au mieux, quoi qu'en dise la compagnie, alors elle accepte tant bien que mal cette humiliation. Et puis, une classe éco bondée, c'est tout à leur avantage. Mais il se peut toujours qu'il y ait un problème. Comme cette fois où ils ont failli se faire pincer à l'aéroport de Philadelphie, quand ils ont abusé de l'hospitalité des bagages de leurs hôtes et se sont fait six séances de pillage en un mois. Elle a dit à Daryl que ça suffisait, mais il a insisté, c'était "tranquille". Un de plus ne ferait pas de mal. On parie ?

C'est un autre escalator qui leur a sauvé la vie ce jour-là. Marsha venait de se mêler à un groupe de passagers qui descendaient vers la zone de retrait des bagages, habillée plus que simplement d'un jogging et de chaussures de course, quand elle a entendu derrière elle :

— Hé, hé vous, là !

Deux agents de sécurité, qui avaient dû la reconnaître grâce aux bandes d'enregistrement, se dirigeaient vers elle. En descendant la dernière marche, elle a vu Daryl au loin qui attendait parmi les autres chauffeurs avec leurs pancartes, mais il était trop tard pour le prévenir. Tout de suite, elle a fait comme si son faux bagage cabine se coinçait dans les griffes de l'escalator, provoquant un embouteillage de voyageurs. Certains criaient, d'autres sont tombés, quelques chanceux ont réussi à sauter par-dessus son sac et à atterrir debout, tandis que d'autres, plus téméraires, comme les flics, ont sauté par-dessus la rambarde à mi-chemin et n'ont pas eu la même chance.

Comprenant immédiatement qu'il fallait s'arracher de là, Daryl a profité de l'agitation pour se faire la malle, tout comme Marsha, qui s'est débarrassée de son imper Chanel et de sa perruque poivre et sel dans un chariot à bagages vide que de paresseux employés de l'aéroport avaient sottement laissé à disposition gratuite des voyageurs. Tandis qu'elle se faufilait en direction du parking en empruntant les détours d'un trajet compliqué qu'ils avaient répété deux fois, elle savait qu'ils s'en sortiraient. Il était déjà au volant, avait démarré, et tenait pour elle une perruque rousse et une veste de couleur neutre qui ne jurerait pas avec le jogging qu'elle portait. Le carton d'accoutrements qu'ils gardaient dans le coffre de tout véhicule dont ils se servaient leur avait sauvé la mise plus d'une fois, et Daryl veillait à le garnir régulièrement. Marsha s'est engouffrée à l'arrière, a enfilé son nouveau déguisement, levant la tête aussi haut qu'une rousse naturelle l'oserait. Ils sont partis sur les chapeaux de roues, bredouilles mais libres. Il était temps de s'établir ailleurs. Baltimore, nous voilà. Encore.

Mais aujourd'hui, tout se passe à merveille. Daryl l'attend au pied de l'escalator qui mène au retrait des bagages, comme prévu. Oh, mais il se croit drôle. Il a fait une vraie pancarte. On peut y lire BARBARA MACKLE, une blague entre eux qu'elle n'en peut plus de partager avec lui. De nos jours, Barbara Jane Mackle, telle qu'on la connaissait en 1968, a pratiquement sombré dans l'oubli, mais à l'époque c'était cette fameuse héritière de vingt ans originaire de Miami kidnappée pour une rançon, enterrée dans une boîte pendant trois jours avant d'être finalement déterrée et secourue. Étrangement, ce fait divers ravit Daryl, alors elle le laisse dérouler toute l'histoire chaque fois qu'ils doivent faire la conversation. Mais aujourd'hui, c'est la dernière fois qu'elle devra se farcir toutes ces foutaises. Ce qu'elle aimerait, c'est enterrer son pénis dans une boîte et le laisser mourir d'asphyxie.

Marsha lui adresse le hochement de tête de celle qui a trouvé son chauffeur, et il s'empare aussitôt de son faux bagage cabine pour le faire rouler jusqu'au carrousel numéro deux, où les bagages des vols Delta sont en général livrés. “Carrousel” ? Qui a bien pu coller ici ce terme trompeur ? Il ne s'agit pas d'un manège, se dit Marsha, agacée, en voyant un idiot de gamin assis pile au bord du tapis roulant tandis que ses parents ne se soucient absolument pas de cette infraction aux règles de sécurité. Ils ne peuvent pas lire l'écriteau qui est sous leur nez ou quoi ! NE PAS S'ASSEOIR NI JOUER SUR LE

TAPIS ROULANT, est-il écrit en langage parfaitement compréhensible. Bon sang, elle exècre les enfants. Quelle malédiction pour les femmes ! Elle n'a qu'une fille, Dieu merci, mais quelle erreur de la nature ! Rien qu'à la vue de cette arrogante petite peste, Marsha a des flashbacks de son accouchement. Quelle expérience déshonorante. Depuis, elle s'efforce jour après jour d'être une mauvaise mère pour sa fille, mais cette vengeance ne lui a jamais suffi. L'enfant, qui est désormais une femme, se satisfait étrangement de ses propres défauts, peu importe la fréquence à laquelle Marsha les souligne. Mais l'heure n'est pas aux regrets. Elle a des bagages à voler. Tout ce qu'elle peut faire, c'est espérer que ce petit bâtard coince son pantalon entre deux lattes de caoutchouc et se fasse embarquer pour un tour de tapis roulant en hurlant qu'il est désolé. Ça lui apprendrait.

Marsha déteste devoir attendre les bagages. Elle a dû se tromper sur la livraison promise en moins de vingt minutes car elle se retrouve avec au moins dix autres voyageurs, et toujours pas de sacs en vue. C'est le créneau le plus dangereux, celui où des familles venues accueillir leurs proches dégainent leur téléphone pour prendre des photos qui pourraient être utilisées contre elle plus tard. Enfin, elle entend ces fainéants de manutentionnaires arriver à la zone de déchargement. Personne ne fait vraiment attention à elle, à part cette saloperie de gamin. Il ne joue plus sur le carrousel. Non. Il la fixe du regard.

Le petit Timmy est fatigué. Ronchon. Il a passé les quatre dernières heures coincé entre ses parents en classe éco, et en plus de ça, il a faim. Pas de collation pour lui parce qu'il est allergique aux cacahuètes. Il a détesté l'hôtesse de l'air. Celle qui l'a empêché de se faufiler dans les toilettes de la classe affaires et l'a forcé à retourner tout au bout de cette allée bordée d'adultes débiles qui étaient désormais au courant qu'il avait des problèmes pour s'essuyer. Son slip remontait dans son derrière, et il avait beau se tortiller pour le faire descendre, le tissu restait coincé là-haut, ce qui provoquait une irritation dont il savait qu'elle s'étendrait.

Regardez-moi cette garce pleine aux as avec son chauffeur, pense Timmy, en voyant le premier bagage et son étiquette PRIORITAIRE passer devant lui. Rien que parce qu'elle a du fric elle a droit à un traitement de faveur ? Elle a l'air trop bête pour savoir conduire, pas étonnant qu'elle ait un chauffeur. Peut-être que s'il la fixe assez longtemps, elle mourra.

Marsha bouillonne intérieurement. Mais qu'est-ce qu'il regarde, ce petit morveux ? Tous les enfants ne sont-ils pas de maudits envahisseurs déterminés à vous déchirer les parties intimes comme l'a fait sa propre fille ? Les bébés sont l'œuvre de Satan. Tous. La petite Jessica tombée dans un puits. Le bébé Lindbergh. Et même le petit Jésus. Et maintenant cet imbécile de gros bébé qui la nargue.

Soudain, le carrousel est jonché de bagages, avec des sacs qui se chevauchent, de sorte qu'on ne voit même plus les étiquettes. Mais Marsha sait quel genre de valise choisir. Les grandes noires, sans le petit ruban ou signe distinctif que les voyageurs les plus paranos mettent sur leur bagage en soute. En voilà une. Elle la montre à Daryl, qui la prélève docilement du tapis.

Le petit Timmy remarque l'érection de Daryl à travers le tissu de son pantalon, et sa haine des adultes atteint un pic de fureur inédit. Et si ses parents aussi voyaient ça ? Soudain il a peur que ce méchant ait la faculté de voir son zizi à lui. Il n'est pas dur en ce moment, mais ça lui arrive parfois le matin, et ça lui fait peur. Est-ce que ça signifie qu'ils sont pareils, tous les deux ? Cradingue pour toute la vie ? Il devrait lui mettre un coup de poing dans la quéquette, en plein dans les dents ! Ça lui apprendrait !

Bon sang, mais qu'est-ce que ce sale gosse regarde comme ça ? s'inquiète Daryl. Tu veux ma photo ? a-t-il envie de crier, mais rien à foutre : inutile de s'en faire pour ce petit fêlé alors qu'il a les noix sur le point d'imploser.

La connaissance charnelle de Marsha, voilà sur quoi il doit se concentrer. Il a tout prévu. Ça ne va plus tarder. Il a attendu une année entière, il peut tenir encore vingt minutes. Comme toujours, ils sortiront de l'aéroport ni vus ni connus avec leurs bagages fraîchement subtilisés et rouleront direct jusqu'au Hilton, situé à 2,2 kilomètres. Et là, à lui le pactole ! On se fout de savoir qui empochera les points fidélité Hilton. Elle peut les prendre, il s'en tape.

Au moment où Daryl commence à faire rouler le bagage volé, Marsha lui emboîtant le pas, un homme se rue vers eux et tape sur l'épaule de Marsha.

— Excusez-moi, dit-il, agité, vous avez pris ma valise.

— Non mais c'est une plaisanterie, fait-elle, toujours aussi bonne comédienne. Je suis désolée, elles se ressemblent toutes.

— Vous auriez pu vérifier l'étiquette d'embarquement, se défend-il sans conviction, soulagé d'avoir localisé le bagage qu'il croyait perdu.

Mais bien sûr, pense Marsha. Qui vérifie les étiquettes ? Ils ne s'embêtent même plus à poster un agent de sécurité à la sortie du retrait des bagages pour vérifier que votre valise correspond bien à votre carte d'embarquement. Pourquoi, ça reste un mystère. Elle n'est sûrement pas la seule voleuse à travailler dans les aéroports !

— Je suis confuse, monsieur, bredouille-t-elle, feignant l'embarras.

— Non, c'est ma faute, ajoute Daryl en remettant la valise à son propriétaire. C'est moi qui aurais dû vérifier l'étiquetage.

— Mais non, l'erreur est entièrement de mon fait, insiste Marsha, très "noblesse oblige". C'est moi qui vous ai indiqué laquelle prendre.

Se tournant vers sa victime crédule, elle poursuit :

— Je suis une parfaite idiote ! Et je suis grandement soulagée que votre vigilance nous ait empêchés de nous tromper. Imaginez un peu, si j'étais rentrée chez moi avec votre valise !

Ouais, imaginez un peu. Le contenu aurait été pillé et refourgué, et les éléments inutilisables ou invendables auraient fini éparpillés dans les chambres d'un manoir en toc squatté, jamais restitués.

— Timmy, arrête ça ! aboie le père quand il voit son gamin enfoncer ses doigts dans son derrière en fixant la dame et son chauffeur.

— C'est dégoûtant ! ajoute sa mère en lui enlevant la main de son pantalon.

— C'est pas ma faute, ça me gratte, gémit-il, soulagé que sa quéquette ne soit pas dure comme celle du monsieur qui prend une autre valise du tapis pour la dame riche.

Comment est-ce qu'elle peut ne pas remarquer le gourdin qu'il a dans son pantalon ? Ça lui fait pratiquement une troisième jambe.

— Pardonnez-moi, fait une passagère de Las Vegas sur un ton exagérément poli, vous venez de prendre mon sac !

Daryl arrive à la rescousse.

— Je suis affreusement désolé, madame, tous ces bagages se ressemblent tellement.

— J'ai exactement la même valise, s'écrie Marsha avec une stupéfaction très crédible.

À présent, tous les passagers sont arrivés au retrait des bagages, et Daryl devrait s'arrêter là mais il prélève une nouvelle valise sur le tapis, sous le regard enragé de Marsha.

— Je vous vois ! crie le petit Timmy à pleins poumons, et les voyageurs en attente de leurs sacs se tournent vers le gamin, perplexes. Ils volent les bagages ! hurle-t-il tel le héros redresseur de torts qu'il s'imagine incarner.

— Hé, monsieur, lâchez mon sac, lance un voyageur agacé en se dirigeant vers Daryl d'un air menaçant.

— C'est une simple erreur, essaie de le raisonner ce dernier, la valise de madame est de la même taille et de la même couleur !

Mais grâce au petit Timmy, les voyageurs commencent à voir le tableau. Il devrait peut-être passer à *America's Most*

Wanted et raconter son histoire. L'émission passe toujours à la télé, non ? Est-ce qu'il y a une récompense ?

SOS, pense Marsha. Elle voulait planter Daryl dans le parking, où elle a une autre voiture garée, mais tous ses plans tombent à l'eau. La foule se tourne contre eux. Ils sont faits. Daryl la regarde, en proie à la panique. Il ne peut pas se permettre de courir avec une gaule pareille, le moindre mouvement brusque peut s'avérer très dangereux. Il est à deux doigts. Deux doigts. Il se concentre sur les choses les moins érotiques possibles, bouffe de prison, test HIV, quadrille, vulves de stars de cinéma défuntes, tout ce qui pourrait l'empêcher de jouir.

Soudain, le petit Timmy s'arrache à la foule et lui balance un coup de poing dans l'entrejambe. Exactement. Aussi fort qu'il peut, pile dans sa trique, après quoi le gamin a le culot de bondir en arrière en éclatant de rire. Non, mais dites-moi que c'est pas vrai, songe Daryl en sentant son pénis commencer à exploser malgré lui. Toute contraction de la prostate s'avère inutile. D'un coup, tel un geyser infernal, une gerbe monumentale de sperme refoulé jaillit de sa bite. Une année de foutre, là, dans son pantalon, à quelques minutes du Hilton où était prévue la mise à feu. Il chancelle vers l'arrière, agité, pris de convulsions, et éjacule, secoué d'un orgasme double, triple, quadruple, à la vue des agents de sécurité qui approchent et de la foule de badauds. Il ne peut s'empêcher de pousser des cris de plaisir bestial que Marsha n'entendra jamais.

Elle a disparu. Mais où est passée cette salope ? Elle ne peut pas le planter maintenant ! Pas le jour de leur rapport ! Les agents de la TSA s'arrêtent net en voyant le liquide gluant qui dégouline sur les chaussures de Daryl et se déverse sur le sol de l'aéroport. Une dame en fauteuil roulant vomit. Son soignant aussi. Sur elle. Les parents du petit Timmy couvrent ses yeux de moins de treize ans, mais il repousse leurs mains. Il a envie de voir ces sécrétions obscènes. Voilà ce que font les adultes. En secret. La nuit. Chez eux, quand les enfants sont couchés.

Daryl se rend compte, dans les derniers spasmes de son éjaculation tant retardée, que le moment est venu pour lui de s'enfuir. Ce sale petit morveux rit comme une hyène et ses parents effarés essaient de le faire taire. La foule recule, ne sachant trop de quel côté partir. Marsha s'est apparemment volatilisée. Malgré son pantalon tout froid et gluant, il se rue vers la sortie. Que peut bien faire un homme quand il vient de décharger un an de sperme dans un aéroport bondé ?

3

Marsha est déjà dans les toilettes pour dames. Elle se débarrasse de la perruque blonde, qui finit direct à la poubelle. Même chose pour son sac à main et sa veste blanche. Elle coiffe avec ses doigts ses cheveux bruns coupés courts à la Jean Seberg et enfile une paire de lunettes de bibliothécaire aux verres épais qu'elle a toujours sur elle au cas où. Voilà. Une autre personne.

Tout est calme. Trop calme. Les seuls moments où elle accueille avec plaisir le bruit d'une petite commission ou, encore mieux, d'une grosse, c'est quand elle s'apprête à passer une main au-dessus d'une cabine pour subtiliser un sac à main ou un manteau avant de s'enfuir. Elle s'accroupit pour voir sous les portes, et bingo ! Elle repère deux cabines avec des paires de jambes. Rapide comme l'éclair, elle tend une main par-dessus la porte de la première pour attraper n'importe quel objet suspendu au crochet de l'autre côté. Certains aéroports, ayant eu vent de cette pratique, ont abaissé lesdits crochets hors d'atteinte, mais pas celui de Baltimore-Washington. Elle sent un manteau et au moment où elle s'apprête à le tirer, bam ! La femme censée être assise sur la cuvette lui tape sur la main avec un objet dur, sûrement une bombe de désodorisant.

— Je vais te briser la nuque, enfoirée, menace la femme, et bien qu'impressionnée par la réactivité de sa victime malgré la pestilence ambiante, Marsha n'est pas du genre à se laisser démonter.

Dans un dernier effort, elle tend une main par-dessus l'autre cabine occupée, et hip hip hip, hourra ! Un autre manteau. La femme à l'intérieur essaie déjà de s'y accrocher, mais en pleine défécation, elle ne peut rien contre les doigts agiles de Marsha. Qui est déjà loin.

•••

Daryl a réussi à sortir. Toujours pas de Marsha en vue. Putain. Toujours pas la trique. Jour un. Le compte doit reprendre. Elle n'y coupera pas, quel que soit le temps que ça prenne. Il grimpe dans la première navette qui passe. Parking longue durée. Il n'y a qu'un autre passager à bord. Un homme d'une quarantaine d'années avec une valise maladroitement réparée au chatterton. Il a l'air un peu bizarre. Cheveux blonds peroxydés, légèrement dégarni, barbichette poivre et sel, une sorte de cicatrice de bec de lièvre. Affublé d'un costume des années 1960 chopé dans une friperie qui lui va en fait très bien. C'est quoi son problème ? Il regarde le fute taché de foutre de Daryl et sourit. Super. Daryl lui sourit aussi. Qu'est-ce qu'il peut faire d'autre ?

•••

Avec ses cheveux courts, Marsha se sent vaguement française, et ce manteau marron Timmy Tuff qu'elle vient de voler est assez long pour cacher son costume bleu facilement reconnaissable. Elle monte l'escalator qui mène à la zone des départs, rien que pour embrouiller ses poursuivants, mais elle se retrouve coincée derrière un couple mou du bulbe qui n'a apparemment jamais entendu dire qu'il faut se serrer à droite pour laisser passer les passagers pressés. Marsha est constamment pressée et trouve que les gens autour d'elle devraient se caler sur son emploi du temps, et rien que le sien. Les gens qui restent plantés à droite sont des *losers*, des lâches, des électeurs indécis, alors que ceux qui passent à gauche sont des *winners*, des modèles, des leaders. Son soupir exaspéré effleure la nuque du malheureux couple devant elle, et l'homme, poliment, donne un coup de coude à sa femme, ou quiconque soit-elle, pour qu'elle laisse passer Marsha.

— Merci, marmonne-t-elle en avançant, subtilisant au passage le portefeuille dans le sac à main béant de cette femme sans ambition, passive, au ralenti, puis quitte l'escalator d'un pas leste.

Elle se dirige droit vers la porte sans croiser une seule fois le regard de cette populace mal lavée.

•••

La navette à destination du parking longue durée s'engage entre les rangées infinies de véhicules. C'est l'endroit le moins cher pour se garer à l'aéroport. Voilà où on rencontre les *losers*, se dit Daryl, il est d'ailleurs en train de parler à un beau spécimen en ce moment même.

— On m'appelle Ritchie Highway, fait le drôle de type à la valise défoncée, que ni Marsha ni Daryl ne voudraient voler, même si elle était la dernière à tourner sur le tapis.

Daryl aperçoit deux voitures de police qui patrouillent sur le parking et arrêtent des passagers qui ont été déposés pour leur parler. Il sait qui ils recherchent : nul autre que lui.

•••

Marsha sort de l'aéroport, et devinez quoi ? Pas un taxi en vue. Rien que des familles d'incapables déposant des proches qui ne prennent pas souvent l'avion, ou bien des voyageurs imbus de leur personne qui se croient à la pointe de la modernité parce qu'ils descendent d'un Uber. Marsha espère bien ne jamais devoir recourir à un service pareil ! Un glandeur au chômage qui ne sait pas quoi faire de son temps, au volant d'une berline en passe d'être saisie ? Non merci. Un chauffeur qui peut la noter, en plus ! Non mais vous imaginez ? Depuis quand le client n'est-il plus roi ? C'est ce qu'elle aimerait bien savoir.

•••

— Je suis Clark Avenue, dit Daryl, poursuivant le simulacre des présentations en utilisant l'adresse de la première maison où il a vécu enfant, sans s'embêter à ajouter son deuxième prénom comme dans ce jeu de pseudonyme de star du porno dont il oublie tout le temps les règles.

— On dirait que vous avez eu un petit accident, là, fait Ritchie avec un regard légèrement émoustillé.

— Ouais, répond Daryl agacé, se rappelant la paie promise par Marsha désormais gâchée dans son caleçon, toujours tout englué, probable incubateur de champignons divers et d'odeurs de désirs gaspillés.

— C'est votre arrêt ? demande Ritchie en se levant pour descendre à la section B du parking.

— Je n'ai pas de véhicule, répond Daryl tout bas, soudain inquiet à l'idée que le chauffeur du bus l'entende.

— Bien, murmure Ritchie avec une joie toute perverse, je vous dépose.

•••

Enfin un taxi de mes deux. Il était temps. Marsha refuse de faire la queue au niveau inférieur. Ça, c'est pour les amateurs. Ici, au niveau des départs, les chauffeurs savent qu'ils peuvent choper un client qui, comme eux, a de la suite dans les idées et sait s'en sortir dans la vie. Elle monte à bord, et, comme d'habitude à Baltimore, l'intérieur sent le reste de sandwich au rôti froid de chez Harry Little, qui a fermé il y a dix ans, pour l'amour du ciel. Comment est-ce possible, alors qu'un de ces pitoyables petits sapins pendu au rétroviseur est censé diffuser dans l'habitacle une odeur de chiottes récurées ?

— À la gare, aboie-t-elle.

Le conducteur, qui ressemble à Barry Manilow mais en toxico, la regarde dans son rétro.

— De Baltimore ? demande-t-il, énervé.

“Non, de Bangkok !” songe-t-elle avant de répondre par l’affirmative sur un ton aussi neutre que possible. Et pourquoi, je vous prie, ces chauffeurs pensent-ils que les passagers ont envie de regarder des photos de leur famille mal scotchées sur le tableau de bord ? Comment ces personnes d’apparence moyen-orientale peuvent-elles être de la famille de ce p’tit Blanc de Baltimore, elle se le demande, mais les mariages interraciaux sont en plein essor ces temps-ci. Elle suppose que tout est possible. Ce qu’elle sait en tout cas, c’est qu’elle aimerait porter la même burqa que les femmes de la photo aux couleurs délavées. Le déguisement parfait pour ce qu’elle a en tête. Une sorte d’amputation.

•••

Ritchie Highway n’a pas posé de questions à Daryl. Il lui a simplement dit de monter sur le plateau du pick-up et l’a recouvert avec une bâche. Quand le véhicule s’est arrêté à la guérite du péage, Ritchie a tendu son ticket et fourgué sa monnaie, sans un mot de la part de l’agent. En jetant un œil par le trou de la toile imperméable, Daryl a vu un autre flic arriver gyrophare allumé et toutes sirènes hurlantes mais il est resté invisible.

— Je crois qu’il faut que je vous dise que je ne suis pas gay, fait Daryl quand ils s’arrêtent un kilomètre plus loin, en venant s’asseoir dans la cabine du pick-up Silverado qui avait connu des jours meilleurs et dont la portière affiche les mots *Hee… Hee… Hee…* réalisée manuellement au pochoir.

Le sens de cette inscription lui échappe totalement. Sûrement une sorte de code secret homo. Mais bon, il s’en fout ! Il a d’autres chats à fouetter. Il doit échapper à la police. Et son nouvel “ami” semble plutôt sympa pour un pervers. Ritchie n’a même pas lorgné sur ses atouts virils englués quand il s’est changé en bordure de route, se débarrassant de son caleçon encroûté et de son uniforme de chauffeur souillé pour enfiler un moule-bite blanc, une chemise vintage multicolore Nik Nik et un jean rouge (ils en fabriquent encore ?!) que Ritchie a dégainés de sa valise déglinguée. Hé, en plus, il lui va ! Il a même eu la gentillesse de lui passer des lingettes et de le laisser nettoyer son pénis vidé tout seul. Les efforts de ses parties désormais non intimes ont été annihilés, mais son membre est encore féroce, droit et téméraire, las mais sur ses gardes et prêt à un tout nouvel orgasme. Mais ce n'est pas ce type qui va en profiter. Non, c'est Marsha. Et où est passée cette salope de Marsha ?!

•••

À l'arrière du taxi, en train d'éplucher le contenu du portefeuille qu'elle vient de voler à la voyageuse molle du bulbe, voilà où elle est. Scandalisée de constater qu'il contient huit dollars ! Mais qui peut bien aller à l'aéroport avec seulement huit dollars ? Une go-go danseuse timide qui n'a pas eu de pourboire ? Une musicienne de rue qui n'a pas l'oreille musicale et ne sait pas chanter une note ou jouer d'un instrument ? Et il faut que Marsha se fasse passer pour elle, maintenant ? Comment elle s'appelle ? "Frieda", lit-elle sur le permis de conduire. "Frieda Collins". Je suis plus intelligente que toi, Frieda, se dit Marsha, bien plus.

Soudain, le chauffeur s'engage sur la bretelle pour Westport.

— Excusez-moi, fait Marsha d'une voix agressive, se penchant vers l'avant, les narines assaillies par l'air qui fleure la résine de pin, ce n'est pas la sortie pour Amtrak.

Mais il ne répond pas et continue à rouler avec un peu trop de détermination au goût de Marsha. Est-ce que cet enfoiré est sourd ?

Ces riches, c'est quelque chose, songe le taxi. Est-ce qu'ils croient franchement connaître "Smalltimore" mieux que lui ? Un mec qui a grandi ici, à "Bumberg", et n'a jamais voulu en partir ? “Mr. Peanut-en-personne”, comme on l’appelle avec une certaine dose de respect dans les rues du centre de Baltimore, n’a pas besoin de GPS ou du nom qu’on donne à cette merde, il sait où se trouve la sortie pour Amtrak – il topait juste devant Chip House, le centre de désintoxication du coin. Mais vous n’allez pas prendre le train, ma petite dame. Je ne suis même pas un chauffeur illégal ! J’ai volé ce taxi !

•••

— Je peux te poser une question, Clark ? lui demande soudain Ritchie, d’un air aussi grave qu’une crise cardiaque.

Clark ? Mais c’est qui, ça ? Daryl réfléchit. Mais oui, c’est vrai. C’est toi, Clark ! C’est ton nouveau nom, tu te rappelles, Ducon ?

— Euh… bien sûr, répond-il avec un peu d’appréhension.

— Dis-moi, ronronne Ritchie en se garant devant une maison mitoyenne du quartier d’Irvington avec un petit carré de pelouse envahi de mauvaises herbes où trône un putain de puits aux souhaits, tu aimes faire des chatouilles ?

•••

— Il faut faire un arrêt, grogne Mr. Peanut-en-personne, sans accorder à Marsha le statut du client roi.

— On ne s’arrête nulle part ! ordonne-t-elle alors qu’il s’engage brusquement dans une ruelle.

Une ruelle ! Marsha n’a jamais posé le pied dans une ruelle de toute sa vie. Même dans Dutch Village, elle refusait de sortir les poubelles comme le lui demandaient ses parents, au motif justement qu’il fallait les sortir dans une ruelle. Les ruelles, c’est bon pour les éboueurs et les réfrigérateurs abandonnés, dans lesquels les enfants affamés étouffent en cherchant de la nourriture, mais pas pour elle. Elle n’est pas “ruelle”, elle est “sur cour” !

•••

— Est-ce que c'est toi ? demande Ritchie, mi-surpris mi-distrait, en levant les yeux vers la télé depuis la "table à chatouilles" sur laquelle Daryl est en train de l'attacher à contrecœur, dans le prétendu "donjon du rire" qu'abrite sa maison délabrée.

Daryl ne peut pas le contredire, car c'est bien lui aux infos de Channel 11, en train de quitter l'aéroport sur des images de vidéosurveillance. Marsha, aussi. Elle ne le cherche même pas ! Il n'entend pas les commentaires de la journaliste sur place, Jayne Miller, parce que le son est coupé, afin que Ritchie le bizarroïde puisse écouter sa musique de chiotte (comment peut-on acheter la bande originale de ce navet avec Elvis, *Chatouille-moi* ?), mais il comprend en substance de quoi il s'agit grâce au bandeau qui défile en bas de l'écran. VOL DE BAGAGES : UNE MENACE GRANDISSANTE.

— Chacun doit gagner son pain, dit Daryl dans un haussement d'épaules en bouclant la dernière menotte à plumes sur le poignet de Ritchie.

Bon sang, pense-t-il en voyant autour de lui tous les portraits flippants de Chatouille-moi-Elmo accrochés au mur, dingue ce qu'un escroc doit faire pour échapper à la police de nos jours.

•••

On va voir qui donne les ordres ici, se dit Peanut-en-personne en écrasant la pédale de frein. Il se tourne vers sa "course" et dégaine un petit flingue intraçable qu'il a échangé hier contre trois grammes de coke. Il est en manque et il veut du fric tout de suite.

— File ton portefeuille, dit-il en montrant les crocs, fier de son accent de Baltimore, que Miss Chicos a intérêt de comprendre.

Marsha se dit, Mais évidemment que ces étrangers sur les photos ne sont pas de sa famille. Le plus loin que ce toxico soit jamais allé, c'est sûrement Lexington Market, pour toper de l'héro. Du coin de l'œil, elle repère une voiture de police qui patrouille en quête de dealers mais elle est certaine qu'ils ne l'ont pas vue. Est-ce qu'elle devrait appeler à l'aide ? Ce vieux camé va peut-être la buter. Elle ne peut pas mourir ici. Pas dans une ruelle. Pas dans une fausse rue sans nom.

•••

Le "troc de chatouilles" est très rare dans la "communauté des bidonneurs" comme on l'appelle parfois, et Ritchie le sait bien. Pourtant, il tient là le spécimen parfait. Clark, ou plutôt Daryl de son vrai nom, comme l'a révélé la télé, lui a bien fait comprendre qu'il était d'accord pour chatouiller, mais pas pour être chatouillé. En échange d'une contrepartie, évidemment. Cinq cents dollars en bons alimentaires. Daryl optera pour le plumeau, voire la brosse à dents électrique, mais refuse de se faire peloter. Ritchie ne voit pas d'inconvénient à ce jeu de rôles. Ce type doit être un as du guili-guili, songe-t-il rêveusement, et il est prêt à s'abandonner à l'extase torturante de ses titillements.

Ritchie était lui-même plus versatile, avant. Il se faisait chatouiller ou effectuait les papouilles, mais c'était avant qu'il se fasse arrêter pour "violation de domicile avec chatouilles" après avoir suivi un éboueur canon jusque chez lui un jour de ramassage des ordures. Ça a tout changé pour lui. Oui, il s'est caché dans les buissons devant sa maison, mais quel mal y a-t-il à ça ? Quand le type s'est enfin endormi, Ritchie est entré par la fenêtre, dans l'unique intention de le faire rire. Est-ce que c'est un crime ? Le procureur lui-même, lors de l'audience du verdict, a admis que le système correctionnel du Maryland ne proposait aucun traitement pour les délinquants chatouilleurs. Et la liberté conditionnelle, c'était pas de la rigolade. Dur de se voir empêché d'approcher le rire à moins de cinq cents mètres. Mais c'était une autre époque, tout ça est derrière lui. Il a purgé sa peine et il est prêt à s'éclater.

•••

— Je n'ai que sept dollars, avance Marsha d'une voix faussement gênée.

La voix du mensonge, bien sûr. Elle possède en fait huit dollars, mais cette différence, bien que minime, lui donne l'impression d'avoir l'ascendant.

— Sept dollars ! s'écrie Peanut-en-personne, scandalisé. Ça me paiera même pas un sandwich mortadelle.

Marsha est persuadée du contraire, du moins s'il l'achète dans Dutch Village, en tout cas c'était possible à une époque, mais avant qu'elle ait le temps de riposter, il ouvre la portière d'un coup et l'extirpe de la banquette avec une force surprenante compte tenu de ses bras chétifs et perforés de partout.

— On va au distributeur, annonce-t-il en ouvrant le coffre, où se trouve un Irakien bâillonné et terrorisé qui doit être le véritable chauffeur. Ah, Baltimore est tellement excitante ! ajoute-t-il en rigolant.

Puis il attrape le portefeuille que tient Marsha. Le vrai taxi, lui, s'enfuit pour sauver sa peau d'Américain.

•••

Daryl se demande ce qu'il peut bien y avoir d'aussi marrant face au rire hystérique de Ritchie, dont il effleure la plante des pieds du bout des doigts. Ça peut pas chatouiller autant que ça ! OK, au moins je pige ce que ces *Hee… hee… hee…* sur la portière veulent dire. Il y a les mêmes mots tatoués sous tes pieds. D'accord, t'es un fétichiste des chatouilles, mais tu crois vraiment que c'est romantique, ce qui se passe là ? Avec toutes tes petites bougies allumées autour de nous comme si on était en pleine lune de miel ? Vas-y, marre-toi autant que tu peux parce que rira bien qui rira le dernier. D'accord, j'ai bien besoin de ces bons alimentaires, mais ma vraie rémunération, ça va être le pick-up dans lequel tu m'as conduit jusqu'ici. Parce que j'ai vu où t'as pendu les clés, mon pote.

— Fais mes genoux… les genoux, le supplie Ritchie entre deux crises de rire.

Mais qu'est-ce qu'il a, ce mec ? C'est un grand bébé, c'est ça ? Daryl prend le plumeau posé sur un coussin de velours comme un accessoire SM et s'en sert pour caresser ce taré derrière les genoux.

— Hahahahahahahaha ! hurle Ritchie avec un volume sonore qui réveillerait un mort.

Daryl a envie d'en finir et prie pour entendre bientôt le “mot signal”, quoi que le taré des chatouilles entende par là. Il a simplement hoché la tête quand Ritchie a essayé de lui expliquer que le mot en question était “bordure”. Mais signal de quoi, d'abord ? Qui était censé crier le mot ? Lui ou monsieur Chatouilles ? Bordure ? “Ordure”, plutôt ! Voilà le mot que Daryl a envie de crier. Signal mon cul.

•••

Marsha regarde dans le coffre par-dessus son épaule. Il est sale, mais il y a assez de place pour qu'elle s'allonge parmi les chiffons pleins de cambouis et les câbles de démarrage. Elle pourrait peut-être se servir du pneu de secours en guise d'oreiller ?

— Tu avais huit dollars, enrage Peanut-en-personne en comptant ses billets, pas sept.

— Il arrive que deux billets se collent l'un à l'autre, avance-t-elle sans conviction, mais il ne marche pas.

— Pose ton cul de menteuse dans ce coffre, fait-il, bouillonnant, pistolet bricolé braqué sur elle et dont elle est certaine qu'il ne sait pas se servir.

On ne ment pas avec son cul mais avec sa bouche, a-t-elle envie de préciser, mais une explication de texte à ce stade lui semble inutile. On s'attendrait à ce qu'il y ait des sans-abris dans le coin pour remarquer ce qui se passe, mais elle ne voit qu'un rat qui détale, un emballage déchiré d'esquimau au chocolat dans la gueule. Si seulement elle était un chat ! Ils sont plus intelligents que les humains.

— D'accord, d'accord, je grimpe dans le coffre !

Bam !

Il fait noir, mais tandis qu'ils reprennent la route, Marsha refuse de céder à la panique, même si elle s'aperçoit que la poignée de sortie d'urgence a été retirée. Au moins, elle a un peu de place pour se tourner d'un côté et de l'autre. Elle s'est déjà retrouvée dans un coffre, pour passer la frontière américano-canadienne avec Daryl au volant, après une mission avortée à l'aéroport de Montréal quand la sécurité s'est lancée à leurs trousses.

Elle suppose que Daryl s'amuserait de cette coïncidence : pas plus tard que ce matin, il l'avait rebaptisée Barbara Jane Mackle, et elle est à présent enterrée… enfin pas dans une boîte comme Barbara mais dans un coffre de bagnole, y a pas grande différence. Marsha se rappelle Daryl lui faisant la lecture à haute voix du chapitre où Barbara, après avoir été sauvée, disait aux autorités qu'elle avait gardé toute sa tête "en pensant à des choses joyeuses", alors c'est ce que Marsha va faire elle aussi. Le zguègue ratatiné de Daryl. Les économies de sa fille bientôt portées disparues. La mort du chien de sa mère. Et la plus joyeuse de toutes ? La tête de son ex-mari quand elle sectionnera son appendice sexuel.

•••

Quand Daryl s'empare de la brosse à dents électrique que Ritchie lui a demandé d'utiliser, ce dernier devient maboul, pris de gazouillis sonores de plaisir anticipé. Soudain, les voisins se mettent à taper contre le mur.

— Moins de bruit ! hurlent-ils.

Daryl se fige sur place mais Ritchie le supplie :

— Continue papa, s'il te plaît !

D'accord, il va essayer. Il a faim, et Marsha ne mange rien d'autre que ces putains de crackers, alors il faut qu'il se débrouille. Il y a un marché à côté de chez la fille de Marsha où ils prennent les bons alimentaires sans demander votre pièce d'identité, alors après cette épreuve il s'y rendra et fera d'une pierre deux coups. Il achètera de la viande en conserve et attendra Mme Jour de paie au cas où elle se pointerait.

Il actionne le bouton. Il caresse délicatement l'aisselle de Ritchie et on peut dire que ça lui fait de l'effet. Ritchie se met à ruer, hurlant et riant de plaisir, les joues sillonnées de larmes d'humiliation.

— La ferme ! crie le même voisin, cette fois vraiment en pétard, tapant comme un fou contre la cloison qui sépare les deux maisons délabrées.

Mais Ritchie est trop absorbé par son délire érotique pour s'en soucier.

Répugné, Daryl tourne la tête et la voilà, à la télé. Nulle autre que Marsha. Avec lui. Les mêmes images de vidéosurveillance, mais sous un autre angle. Ils sont beaux ensemble, non ? Et regardez-moi cette silhouette ! Mais elle est aux infos, et non dans la pièce d'à côté. Allez, expédie-moi ce boulot. Carre-le-toi où tu sais.

•••

Peanut-en-personne est dans le centre, elle le sait parce qu'il s'arrête, mais pas si souvent que ça, ce qui veut dire qu'il roule sur Calvert Street en direction du nord, un trajet que tous les voleurs identifient comme la meilleure porte de sortie en raison des feux verts qui s'enchaînent pour réguler la circulation. Elle tâtonne dans l'obscurité en quête d'un objet qui pourrait lui servir d'arme. Câbles de démarrage ? Pourquoi pas, avec leurs pinces crocodile qui se branchent sur une batterie morte. Quelle meilleure façon d'envisager son ravisseur ? Une batterie morte. Sûr qu'elle va le faire démarrer.

L'enfoiré ralentit, tourne à gauche, en direction d'un quartier plus bourge. Bien, elle est aux aguets. Tapie tel un serpent à sonnette prêt à bondir de la boîte aux lettres d'un ennemi de la secte Synanon. Une pince dans la main gauche, une autre dans la droite. Un nouveau genre de service routier. Elle a une décharge prête rien que pour lui.

Peanut-en-personne connaît ce distributeur. Avant, il se trouvait dans un beau quartier. Il y avait l'Eagle au bout de la rue, un bar gay fréquenté par des vieux sapés en motards et amateurs de fessées. Peanut pouvait voler quelqu'un devant ce bar tous les soirs et personne ne se plaignait. Mais il a disparu à présent. Repris par des gosses de riches qui en ont fait un restaurant végétarien. Berk.

Et les putes ! Bon, à l'époque, c'étaient que des trans qui avaient encore tout leur équipement d'origine et il n'aimait rien tant que fumer un caillou et se prendre un coup de bite dans le cul en sentant leurs nibards heurter son dos. Mais elles aussi, elles ont disparu. Se sont rangées des camions. Old Carrot Bottom. Ah, elle, c'était quelque chose. Elle s'est fait opérer, et maintenant elle dirige un supermarché Trader Joe's, comme quelqu'un de normal. Et Feral Street alors, quelle baraque, quelle matraque ! Une bande de bons samaritains d'un groupe appelé Baltimore Safe House l'a "secourue" et aidée à prendre un nouveau départ, en marge de la rue. Devinez où elle travaille, à présent ? Dans un cabinet comptable. Et ils sont au courant ! Et ils s'en fichent ! C'est normal, de nos jours ! Non mais où va le monde ?!

•••

Bam ! Bam ! Les voisins sont en train de frapper à la porte d'entrée. Il faut que Daryl se tire de là. Il augmente la vitesse de la brosse à dents électrique et dans un dernier spasme d'hilarité, Ritchie a un mouvement involontaire du coude, qui vient se cogner violemment dans le visage de Daryl, l'envoyant dans le décor. Deux bougies se renversent.

Alors que le plumeau prend feu, les voisins courroucés défoncent la porte et débarquent. Daryl est trop sonné pour empêcher les flammes de se propager à la moquette et à la prise où est branchée la télé. En voyant le début d'incendie et le tableau que compose Ritchie atteignant un triple orgasme sur sa table, le couple de voisins philippins se fige. Ritchie crie "Bordure !" et perd connaissance. Une attaque, peut-être ? À moins qu'il soit littéralement mort de rire ? Est-ce que c'est possible ? Daryl n'a pas l'intention de s'attarder pour le découvrir. Il décroche les clés du pick-up et court vers la sortie en passant devant les voisins horrifiés, qui essaient de venir à bout de l'incendie avec le vieil extincteur de Ritchie périmé depuis longtemps. Ah mince, les bons alimentaires. Il retourne à l'intérieur et les attrape sur la table. La dernière chose qu'il voit en s'échappant est un gros plan du visage de Marsha avant que la télé explose.

•••

Marsha entend Mr. Peanut Brain, ou elle ne sait au juste quel est son nom, tripatouiller les clés qu'il a volées, ne sachant toujours pas laquelle correspond au coffre. Ah, ça y est. Elle se tient prête. Clac-clac ! Le coffre s'ouvre d'un coup, et bien qu'aveuglée par la lumière du soleil, elle discerne sa grosse tête d'incapable, semblable à une lune abrutie au beau milieu d'une éclipse d'intelligence. Avant qu'il comprenne ce qui lui arrive, une pince crocodile rouillée lui mord la joue avec tant de férocité qu'une giclée de sang jaillit et manque tacher la tenue de Marsha. L'autre se plante dans son œil droit comme un grappin de fête foraine attrapant une peluche toute râpée. Sa pupille éclate plus vite qu'une tomate cerise trop mûre, mais le sang ne gicle pas, il ondule comme les rideaux hors de prix des maisons chicos que Marsha squatte. Il crie plus fort que Wilson Pickett ne l'a jamais fait, la joie en moins.

Elle déteste les conséquences de la violence. Vraiment. Ça en met partout. C'est la masculinité sans les privilèges, l'action alimentée par l'adrénaline et non l'intelligence. Ça attire l'attention de la police, complique la fuite, et s'annonce de manière vulgaire. De plus, le rouge est une couleur qui incarne l'ordre public. Pas franchement la politique de Marsha. Mr. Peanut, fidèle à son patronyme, ressemble au personnage cacahuète de la marque Planters, à se tordre de douleur par terre. Sauf qu'il lui faudra plus qu'un monocle s'il veut voir avec cet œil à l'avenir. Et une canne ne lui sera pas d'une grande aide pour sa joue, n'est-ce pas ? Marsha regarde autour d'elle. Il y a une sans-abri flippante qui ne doit plus prendre ses médicaments depuis un bail, affublée d'un t-shirt proclamant OUI C'EST VRAI, J'AIME BALTIMORE ; elle a peut-être vu Marsha en action mais elle se mêle de ses oignons, riant toute seule dans son coin comme une dingue. Ce qu'elle est probablement. Marsha lève un pouce à son attention, d'un air légèrement espiègle, puis croque la dernière moitié d'un cracker, stocké dans son soutien-gorge avec sa vraie carte d'identité. Elle s'éloigne en marchant aussi dignement que possible au vu de la situation.

4

— On prend pas les bons alimentaires ici, grogne le jeune Blanc bourru derrière le comptoir du Convenience Market d'Overlea.

Tout ce que Daryl veut, c'est régler ses achats : un wrap poulet-salade (aucune idée de ce que c'est), une bouteille d'eau à la con hors de prix, et un paquet de deux cookies Berger qu'il a toujours trouvés trop chers et rassis même juste achetés. À une époque, cet endroit était correct. Il est déjà venu ici avec Marsha une fois car la fille de cette dernière habitait le quartier et ils avaient profité de ce qu'elle était sortie déjeuner pour fracturer une portière de son van et lui voler non seulement un sac plein de pièces de vingt-cinq cents réservées aux parcmètres mais aussi son E-ZPass. Marsha reviendra-t-elle ici aujourd'hui ? Peut-être. Il l'espère. Il la baiserait devant tout le monde s'il le fallait ! Enfin bref, cet endroit acceptait les bons alimentaires avant, même pour le papier-toilette ! Et puis ils proposaient des sodas dignes de ce nom, du Royal Crown pour être exact, ce qui n'était pas facile à trouver, même à l'époque. Mais maintenant ? Tu parles. Ils doivent faire comme s'ils étaient riches.

— Depuis quand vous ne prenez plus les bons alimentaires parfaitement valables ? s'enquiert Daryl en sentant monter cette vieille colère en lui.

— Depuis qu'ils sont passés à la carte alimentaire avec code PIN, abruti, répond le petit prétentieux.

Comment Daryl est-il censé connaître le fonctionnement réglementaire des bons alimentaires ? Il n'est pas au chômage.

Il a un boulot. Et voler des valises n'est pas un boulot facile. C'est un métier, même. Un art que ce pauvre glandeur ne pourrait maîtriser.

— Les clients de catégorie huit de votre espèce, qui ne goûtent pas nos nouvelles dispositions, se rendent en général au Royal Farms de Joppatowne, ajoute ce petit connard arrogant avec un air supérieur qu'on voudrait chasser d'une bonne baffe dans la gueule.

"Qui ne goûtent pas", sérieusement ? Parler comme ça ici, à Overlea ? À qui croit-il s'adresser ? À Ritchie Rich ? Au moment où il s'apprête à tendre le bras au-dessus du comptoir (et cette petite chochotte va regretter la bonne vieille protection en Plexiglas d'antan), il voit la présentatrice des infos locales de WJZ-TV, Denise Koch, là, dans le magasin. Bon sang, depuis quand elle est à la télé ? Depuis *Drôles de dames*, il parie. Elle est toujours assez sexy. Mais pas autant que Marsha, sur ces vieilles images de vidéosurveillance que la chaîne d'infos a exhumées et qui doivent dater de... quoi, cinq, six ans ? Super canon dans ce tailleur en lin froissé à travers lequel il devine les contours de sa culotte. Elle dirait que ce n'est que son imagination perverse, mais il n'imagine absolument pas le réveil du fidèle compagnon qu'abrite son pantalon. Purée ! Regardez-moi cette bouche humide et menteuse, avec La Guardia en arrière-plan, à l'époque des travaux de l'aéroport qui rendaient le vol de valises si facile, même sur le trottoir, car les passagers, déboussolés, ne savaient où se rendre pour retrouver leur chauffeur. Elle va revenir dans le quartier, c'est obligé, se dit-il, excité, en se massant la bite. Où pourrait-elle aller sinon chez sa fille ? Oui, elles se détestent, il le sait bien. Mais quand même. Elles sont mère et fille. Tarées, mais de la même famille.

— Hé, sale type, arrête de te palucher, lance le nouvel employé de Convenience Market, et avant que Daryl ne détourne le regard de l'écran où apparaît le décolleté de Marsha, il attrape un taser sous le comptoir et choque Daryl à travers son pantalon en plein dans les couilles.

La douleur de l'électrocution le plie en deux, et lorsqu'il essaie d'amortir sa chute en tendant le bras, il atterrit sur sa demi-molle. Non, mon Dieu, se dit-il, dites-moi qu'on ne peut pas se fracturer le pénis ! Mais on peut, Daryl. On peut.

•••

Marsha se trouve à l'angle de Guilford et de la 21e. Le taxi de Peanut-en-personne est trop risqué pour qu'elle s'en serve. Elle a besoin d'une autre bagnole, et tout de suite. Facile de se trouver un coin rien que pour elle dans le quartier. Les dernières putes par ici sont de vraies femmes et ces clients-là, ça ne les intéresse pas. De temps en temps, il y en a un qui n'est pas au courant et qui se gare le long du trottoir, mais dès qu'il soupçonne des parties intimes cisgenres, il se barre. Si elle veut attirer le chaland, il faut que Marsha se fasse passer pour un trans de la vieille école, pas opéré. Elle imagine devenir une autre femme chic tout en gardant son petit nid de coucou. Elle serait Martha Stewart. L'alliance de la classe et du crime. Marsha se ferait opérer sur-le-champ si elle pouvait se faire transplanter la tête de Martha Stewart. Elle serait encore plus digne. Oh que oui. Elle se ferait appeler "Marsha Stewart". Un nom de trans de très bon goût, ou elle ne s'y connaît pas. Les mêmes initiales, en plus.

Elle jette un œil dans quelques poubelles et se dégote une perruque. Elle doit sûrement être infestée de poux, mais en la secouant, elle s'aperçoit qu'ils sont morts, donc techniquement c'est sans danger. Pas facile de rester à la mode quand on est en cavale. En l'enfilant, elle remarque qu'au moins il s'agit de sa couleur de cheveux et qu'elle n'a jamais été prise en photo par les autorités avec ce genre de sheitel qui lui arrive aux épaules, comme le préfèrent les femmes juives orthodoxes mariées qui se couvrent les cheveux pour raisons religieuses. Est-ce qu'un voleur de perruques se baladait en liberté dans un quartier hassidique où ce style est encore en vogue ? Combinaison improbable partout ailleurs qu'à Baltimore.

Un peu plus tôt, elle a trouvé une nappe tachée et l'a nouée autour de son corps comme une mini-robe fourreau très sexy. Il faudra qu'elle garde les mêmes chaussures mais les flics de l'aéroport, tous hétéros, sont nuls pour décrire correctement des chaussures de femme. Elle prend une bouteille vide de Dr Pepper dans une autre poubelle et la glisse délicatement dans sa culotte. Quelques ajustements, et voilà, elle a un "paquet". Elle lève le pouce.

•••

Daryl attrape la pointe de taser plantée dans ses couilles pour la retirer d'un coup sec comme s'il s'agissait d'un pansement. Mais ce petit hameçon n'est pas un gentil pansement, et il ne se laisse pas faire. Dans une seconde tentative, il extrait délicatement l'extrémité dentelée de la peau sensible de ses bourses jadis bien pleines. Sa queue lui fait un mal de chien. Elle est contusionnée. Enflée, aussi, et il constate avec horreur qu'elle est maintenant toute tordue. Comme on dit à Baltimore, ruinée. Foutue.

Cette petite flèche lui a fait l'effet d'une balle de révolver et il ne veut pas que les perforations s'infectent, alors il verse les dernières gouttes d'une canette de bière sur sa blessure. Bon sang, ça pique ! Mais la bière, c'est de l'alcool, n'est-ce pas ? N'importe quel alcool fait l'affaire quand il faut désinfecter. Allez dégoter de l'eau oxygénée quand vous vous cachez sous un pont parmi une bande de clodos. Mais attendez un peu. Ces mecs n'ont pas l'air de sortir de *CHUD*. Ce qui veut dire que ce sont des délinquants sexuels. Eh oui, il en voit deux en train de se tirer sur la nouille. Super. Il ne manquait plus que ça. Encore des pervers en travers du chemin censé le mener à la rémunération en nature de Marsha. Surtout qu'il se retrouve désormais avec des couilles électrocutées et une fracture de la bite.

•••

Marsha n'arrive pas à croire que cet enfoiré BCBG qui se prétend hétéro vient de lui proposer vingt-cinq dollars pour la sucer, elle ! Dans une ruelle donnant sur Cathedral Street ! Dans sa saloperie de Volvo gris acier qui doit avoir au moins trois ans. Elle ajuste la bouteille de Dr Pepper dans le caleçon qu'elle a habilement volé, rien que pour maintenir le type en état d'excitation jusqu'à ce qu'elle puisse lui piquer ses clés de voiture. Seigneur, il porte une alliance. Ce vantard sapé en Brooks Brothers est marié, et en plus, voilà un autocollant de la Gilman School sur son pare-brise. Il a aussi des gamins. Il y a une crosse de hockey sur la banquette arrière. Elle se demande si sa famille sait qu'il rôde dans Cathedral Street tous les soirs en rentrant de son boulot chez Legg Mason en quête de femmes dotées d'une pomme d'Adam. Car oui, c'est un agent de change, et il ne cherche même pas à cacher ses dossiers étalés aux pieds de Marsha. Voilà que ce salaud d'héritier commence à se tripoter à travers son pantalon à pinces. Devant elle ! M. Marché Haussier a peut-être envie de plonger vers son bas-ventre, mais il doit être né de la dernière pluie, parce que Marsha, elle, est comme la tendance générale des prix, elle se dirige vers les sommets. Et lui, il va payer. C'est Aileen Wuornos qui a eu la bonne idée !

•••

Maintenant qu'il le tient dans sa main, Daryl se rend compte qu'il a besoin d'une attelle pour son pauvre pénis fracturé, mais comment se procurer du matériel médical ici-bas ? Il repère un type, d'à peu près son âge, qui n'a pas l'air si miteux que ça. Il ne parle pas non plus tout seul. Il suce simplement une glace à l'eau (est-ce que le camion du glacier sonne quelque part avant de pouvoir descendre ici ?) en regardant une vieille télé portative des années 1970 branchée à un groupe électrogène portable. Daryl se dirige lentement vers lui, tâchant de protéger ses parties intimes vulnérables. Mais c'est pas vrai, le mec est en train de se masturber ! Devant *Les Simpson* ! Marge, pour être précis. Bon, Daryl a déjà dégainé son membre, peut-être que ce type compatira.

— Salut mon pote, lance Daryl d'une voix amicale en espérant briser la glace, tu me donnerais un coup de main ?

— Hé mais c'est le gars des valises ! répond le branleur avec tout le respect qu'il doit aux criminels.

Mince, ces vieilles images de vidéosurveillance ont dû défiler sur toutes les chaînes, se dit Daryl, mais peut-être qu'ici ça peut tourner à son avantage. Il aimerait souligner qu'il n'est pas "le gars des valises", mais le maître des valises, Sexcalibur en personne, le premier à faire la queue devant le tunnel royal de Marsha, mais décide de garder ces vérités élémentaires pour lui.

— Tu me donneras le bâtonnet de ta glace quand tu auras fini ? demande-t-il aussi poliment que possible étant donné qu'il approche un autre mec a priori hétéro alors qu'ils ont tous les deux le sexe à l'air.

— On dirait que tu t'es cassé la teube, fait le fan des *Simpson* avec un grand sourire en aspirant le dernier bout de glace aromatisée de son bâtonnet, qu'il tend ensuite à Daryl.

Ce dernier ne voit pas ce que son membre fracturé a d'amusant mais accepte la lamelle de bouleau teintée de rose, colle sa bite dessus et enveloppe le tout d'un morceau de jean déchiqueté qu'il a trouvé, sûrement une jambe de pantalon coupé par un ces mecs louches qui voulait se faire un short. Après avoir sécurisé le bandage à l'aide d'un bout de fil dentaire usagé emmêlé dans ses lacets, Daryl lève la tête de son plâtre de fortune et remercie le type.

— Tu veux que je te le signe ? lui demande M. Branlette, qui n'a pas que des plaisirs solitaires.

— Pourquoi pas ? décide Daryl. On est tous dans le même bateau.

Le fan numéro un de Marge Simpson dégaine un marqueur noir d'un sac en plastique et signe "Pudding" sur la compresse aussi doucement que possible. Le mec s'appelle Pudding ? Sérieux ? Non sans douleur, Daryl soulève son paquet enrubanné et dépose ses bijoux de famille endommagés dans le caleçon que lui a donné le fétichiste des chatouilles. Heureusement pour lui, la solidarité existe encore.

•••

Marsha n'a aucune idée de ce que son client qui met ses gosses en école privée entend par le "fourrage" qu'il lui propose en guise de préliminaires. Entre deux halètements lubriques, il lui explique que c'est une sorte de pénétration des sacs jumeaux entre le scrotum et les testicules. Même si Marsha avait un pénis, personne ne toucherait à ses sacs, peu importe la somme d'argent proposée en contrepartie. Surtout dans un véhicule en stationnement ! Elle l'attrape par les cheveux, qui lui coûtent une fortune en coiffeur, et lui fourre la tête contre son entrejambe tandis qu'il gémit de plaisir, heureux de se soumettre. Mais lorsqu'elle remonte sa robe, surprise ! Dr Pepper ! Elle chope la bouteille en plastique et le bifle avec. C'est une telle mauviette qu'il perd connaissance au premier coup. Une prostituée qui poireaute depuis des heures vole au secours de Marsha. Elles le tirent hors de la voiture et lui calent la bouteille de Dr Pepper en travers de la bouche, un manche bien plus impressionnant que ce qu'il avait espéré. Elles épluchent le contenu de son portefeuille et se partagent les cent vingt dollars qu'il contient. Marsha laisse l'alliance à la fille en guise de lot de consolation. Elles traînent le mec inconscient jusqu'à une poubelle sur laquelle on a peint une adresse à la bombe (grand bien en a pris aux propriétaires d'origine) et l'adossent contre le métal. D'humeur créative, Marsha récupère la crosse de hockey dans la voiture et l'appuie contre lui pour compléter le tableau. La fille de joie désœuvrée se passe la bague au doigt, s'épousant elle-même dans une sorte de cérémonie désenchantée tandis que Marsha prend le volant et part sur les chapeaux de roue. Prochain arrêt, visite de famille. Ma très chère fille, j'arrive ! Pour te voler, encore une fois !

5

Poppy Samuels est en train de rebondir sur l'un des deux mini-trampolines qui constituent la majeure partie de son bureau du parc à thème Super Rebond. Elle porte comme toujours une combinaison de jogging, cette fois à fleurs, et ses cheveux bruns sont coupés court et le plus simplement possible pour un minimum d'entretien. C'est toujours en l'air qu'elle se sent le plus détendue, saine, et, oui, heureuse, libérée des problèmes financiers liés à la gestion de sa propre entreprise qui s'est pourtant avérée très lucrative, jusqu'à ce que ces imbéciles de responsables de l'Association internationale des parcs à trampolines ferment son commerce. Est-ce que cette malheureuse fête d'anniversaire qui s'est soldée par trois blessures, dont deux graves, était sa faute ? Ces jeunes petites personnes n'ont-elles pas refusé d'obéir aux règles affichées à la vue de tous ? Et à quoi bon faire signer aux parents une décharge de responsabilité en cas d'accident si le tribunal ignore ce contrat pourtant valide ? Pourquoi Poppy serait-elle responsable d'une malapprise qui saute sur un autre gamin et ce faisant, lui pète la jambe ? Les parents égarés de cette petite délinquante n'auraient-ils pas dû garder un œil sur elle, voir qu'elle portait ses chaussures sur les trampolines, malgré les avertissements ? Et pourquoi est-ce la faute de Poppy si un autre gamin a des contusions au pelvis ? Et ne lui parlez pas de celui qui fêtait son anniversaire et qui s'est soi-disant cassé les deux bras après être passé au travers du filet de sécurité d'un vieux trampoline abîmé pour atterrir sur le sol en béton. Où était la négligence, alors qu'elle avait simplement oublié, en toute innocence, de remettre l'écriteau HORS D'USAGE après le ménage d'un samedi soir très fréquenté ? Poppy dirige Super Rebond toute seule, du haut de ses vingt-deux ans. Elle ne peut pas tout faire.

Malgré le verdict à la plus large majorité jamais prononcé contre un parc de trampolines aux États-Unis (et Poppy prévoit de récupérer la somme faramineuse de son amende mais aussi ses frais d'avocat, une fois que ce jugement injuste sera enfin annulé), ses clients les plus réguliers n'ont pas quitté le navire. Tel un tripot réfractaire pendant la Prohibition, Super Rebond est toujours ouvert, dans une complète illégalité. Sa propriétaire, Miss Betty, également connue sous le nom de Leepa, gymnaste de plus de quatre-vingt-dix kilos dont l'idée de soirée sur le thème "Buffet à volonté et trampoline à gogo" a marché du tonnerre, est fidèle depuis le début. Leepa a tout de suite adopté l'idée que Poppy a eue de maquiller la façade pour faire croire à un autre commerce et berner les autorités. Dans les moments difficiles, les sauteurs de l'extrême se serrent les coudes, et aujourd'hui a lieu leur premier gala de bienfaisance.

•••

Cette Volvo se conduit très bien, se dit Marsha en sortant de la ville à bord de la voiture qu'elle a fauchée à son agresseur raté. Elle aurait dû passer à l'émission *To Catch a Predator*, version féminine. Sa destination est assez proche du redouté Dutch Village, mais elle peut emprunter un itinéraire différent pour s'éviter ne serait-ce qu'un aperçu de son passé. Elle est épuisée, mais pas vaincue. Malgré des plans contrecarrés, elle est de retour en selle et l'opération Larguer Daryl est déjà couronnée de succès. Il est temps de passer à l'étape suivante.

En s'arrêtant au feu rouge, elle se sent soulagée. Il ne peut rien lui arriver, à part peut-être un car-jacking, mais quelles sont les probabilités, vu ce qu'elle a déjà traversé aujourd'hui ? C'est alors que du coin de l'œil, elle aperçoit un homme, encore un *homme*, oui, qui gesticule à son attention depuis sa voiture. Avec une certaine dose d'irritation, elle baisse un peu sa vitre mais pas trop, pour éviter qu'un insecte s'invite dans sa bouche.

— Excusez-moi, dit-il, je suis un peu perdu. Vous pourriez me dire comment aller au centre commercial Owings Mills ?

Eh bien ça, c'est une première. Un mâle sans GPS qui demande son chemin. En général, ils préféreraient mourir plutôt qu'admettre qu'ils ne savent pas où ils vont. Bien sûr, Marsha sait parfaitement où se trouve ce centre commercial à présent démoli. Elle garde un souvenir ému de leur magasin Saks Fifth Avenue, surtout de leur naïve politique de retours, qui lui a permis de les arnaquer plusieurs fois. Certes, le centre a été reconstruit et a rouvert sous un autre nom tout récemment, mais pourquoi devrait-elle aider ce type à trouver son chemin ? Ont-ils eu le plaisir d'être présentés ? Lui propose-t-il une forme de compensation pour cette information ?

— Bien sûr, répond-elle gentiment, prenez à droite ici sur Joppa Road et roulez sur cinq kilomètres jusqu'à York Road. Là, encore à droite et ce sera un peu plus loin sur votre gauche.

— Merci infiniment, lance-t-il gaiement tandis qu'elle lui fait signe de passer devant elle pour prendre son virage.

Bien sûr, ces indications sont parfaitement fausses, et ce simple fait suffit à l'emplir de sérénité. Elle se sent intellectuellement supérieure tout en restant pragmatique et, oui, plus jolie.

•••

Poppy a installé son matériel de façon à ne jamais être obligée d'arrêter de rebondir. Elle peut sauter de haut en bas puis se projeter tout à gauche et atterrir sur un large tapis dans la salle des trampolines puis se lancer contre le mur gauche, ricocher sur le tremplin principal et enfin, dans une dernière montée d'adrénaline, bondir jusqu'au trampoline de plafond avec ses incroyables ressorts de la marque SkyBoard, où elle se sert de ses mains pour se propulser vers le bas en exécutant un saut périlleux et atterrir sur les tatamis de Super Rebond avec grâce. Une entrée spectaculaire.

Ses clients sont ravis d'être à la pointe du mouvement radical des trampolines, et aujourd'hui ils mettent leur fric là où leurs pieds les mènent – ici, dans ce centre récréatif clandestin. Quel autre parc de ce genre, surtout de cette taille, peut se vanter d'avoir accueilli les soirées-concours Sautons entre drags ? Campolina, comme elle se fait fièrement appeler, n'a pas hésité à faire passer le mot dans la communauté gay, et Poppy lui doit une fière chandelle. Certaines drag-queens retournent littéralement leur veste en exécutant des sauts périlleux arrières ! C'est un groupe hétéroclite qui se presse à Super Rebond, et la généreuse donation en liquide de Campolina prouve son engagement.

Vaulta, grande perche d'un mètre quatre-vingt-deux de type caucasien injustement éliminée des sélections olympiques, sait faire de superbes vrilles malgré son bras manquant (la façon dont elle l'a perdu ne regarde qu'elle, on ne lui a jamais posé la question). Elle a déjà recruté des soutiens pour des collectes de fonds légales par le passé, mais à présent que le petit groupe de privilégiés est passé dans la clandestinité, c'est son propre fric qui paie les factures d'électricité. Et Dieu bénisse Sam Ressort et Barbara Double Salto, ce couple afro-américain qui n'a jamais révélé sa véritable identité mais incarnait à une époque un duo musical qui iodlait sur trampoline sous le nom des “Amygdales Palpitantes”. Ils sont restés, même après la “conjuration des trampos”, comme on a fini par appeler cette soirée fatidique dans le milieu. Bien qu'accusés par les autorités de contrevenir à la sécurité et de défier la gravité, ils ne craignent pas les procès futiles, à l'image de Poppy. Tous les invités de ce soir ont “une altitude” et ils le revendiquent fièrement. Ils sont un mouvement en devenir.

•••

Marsha roule lentement sur Belair Road et s'engage dans une rue vaguement familière. Super Rebond est dans les parages. Évidemment, sur leur page Facebook qu'elle espionne, ils ne donnent pas l'adresse exacte de leur stupide collecte de fonds. Elle est déjà venue à une soirée de ce genre, la fois où elle a ramassé les portefeuilles des clients de Poppy, direct dans leur sac à main. Une soirée "Talents cachés". Talent. Tu parles. Un imbécile qui jongle sur un trampoline ! Quel talent ! Et ne lui parlez pas de ces acrobates iodleurs ! Non, franchement.

Marsha ne sait même pas à quoi ressemble la devanture de l'entreprise de Poppy ces temps-ci. Elle sait qu'elle a eu des ennuis avec la justice, donc cette ridicule enseigne avec des enfants dessinés bondissant comme des balles de caoutchouc a sûrement disparu. Tant mieux. Elle se rappelle qu'il y avait une supérette bas de gamme à l'angle de la rue, et cet endroit pourrait y ressembler, mais elle semble toute retapée. On peut peut-être enfin acheter des crackers dignes de ce nom dans ce quartier ! Tiens, un magasin de tondeuses à gazon. Tondre à la Folie. Est-ce que c'est ça ? Sûrement. Quel nom ringard ! Sa fille n'apprendra jamais. Elle doit la faire payer. Lui faire cracher son argent pour avoir corrompu son canal utérin.

•••

Non mais sérieusement ? Un sale enfoiré a volé la voiture volée de Daryl pendant qu'il était sous le pont. Démarré avec les fils ce pick-up de merde alors qu'il administrait les premiers soins à sa bite. Comment il va faire, maintenant ? Comment retourner chez Poppy ? Comment baiser Marsha en ce légitime jour de paie ? Il se tient désormais sur la bretelle d'accès à Baltimore Beltway qui était heureusement tout près, même si marcher jusque-là lui a vraiment fait suer la bite. Il fait du stop avec une pancarte où il a écrit N'IMPORTE OÙ, déguisé en sans-abri – un sweat à capuche dégueulasse trouvé au fin fond de ce camp, avec les mots PEUPLE TAUPE imprimés devant, et un abat-jour déchiré en guise de chapeau. Le bandage qu'il a à l'entrejambe fait une énorme bosse sous son jean rouge désormais tout crasseux. Il ne ressemble pas du tout au chauffeur des images de vidéosurveillance diffusées à la télé. Aucune personne saine d'esprit ne le prendrait à bord de son véhicule pour autant. Lui-même commence à en avoir conscience, aussi quand la première voiture qui passe s'arrête dans un crissement de pneus, il ne croit pas sa chance. Aussi vite que sa bite fracturée et ses couilles électrocutées le lui permettent, il court jusqu'à cette épave cabossée et se penche côté passager. Un homme super louche avec des chicots pourris et une tenue de chasseur lui sourit. Daryl ne sait pas trop à quelle catégorie de déviant sexuel le mec appartient, mais il reconnaît un taré quand il en voit un. Il y a une chose qu'il aimerait bien savoir, quand même : pourquoi est-il un tel aimant à pervers ? Il monte.

— Un coup de gnole ? lui demande le cassos alors qu'ils roulent depuis deux minutes, mais Daryl n'est pas bête au point d'accepter de l'alcool qu'un inconnu lui tend dans un vieux bocal de beurre de cacahuète.

— Non merci, répond-il en ajustant douloureusement l'attelle dans son pantalon, ce qui lui fait un mât vertical presque comique à l'entrejambe.

Enfin, "comique" si on n'est pas à la place de Daryl.

— Je m'appelle Jimbo et je suis d'humeur à me taper un sans-abri, annonce le conducteur sans la moindre gêne.

— C'est votre jour de chance, l'aguiche Daryl en écartant les jambes pour redresser son attelle un peu plus.

— Bites croûteuses et couilles vagabondes, c'est ce que je préfère, dit Jimbo en bavant.

Daryl réfléchit vite, attrape un ouvre-boîtes rouillé sur le plancher et le plaque contre le cou de Jimbo.

— Attention, déviation, annonce-t-il, soudain très sérieux.

— Je vous en prie, ne me tuez pas, moi aussi je suis handicapé, le supplie le baiseur de clochards.

— Ouais, et moi je suis un clodo hétéro, se vante Daryl, et on va prendre des chemins différents.

•••

— Arrêtez ces sauts ridicules ! crie Marsha pour couvrir le vacarme de tous ces ressorts en débarquant dans la zone principale de Super Rebond.

Poppy se catapulte joyeusement en l'air tandis que ses amis fans d'acrobaties bondissent dans tous les sens comme des diables à ressort en la couvrant de billets de dix et vingt dollars. Au moment où elle se lance dans un saut périlleux arrière avec rebond sur le dos, elle aperçoit sa mère. Avant, la simple vue de cette dernière lui déclenchait une crise d'angoisse. À présent, tout son corps lâche. Elle s'évanouit.

— Gaffe à vos portefeuilles, gueule Vaulta en plein saut tandis que le reste des disciples, quel autre nom leur donner, se ruent au côté de Poppy, inconsciente, pour former un bouclier protecteur.

Tandis que Marsha tente une approche des flaques de billets, Leepa en attrape autant qu'elle peut chaque fois qu'elle atterrit.

— Mrs. Sprinkle, dit Campolina avec toute la courtoisie dont on peut faire preuve en rebondissant sur le ventre en minirobe à paillettes, vous savez que Poppy ne veut pas de vous ici.

— Ma fille a perdu la tête, déclare Marsha en ignorant le reproche qu'on lui fait alors que Vaulta tente de faire avaler un peu de boisson énergisante à Poppy qui revient à elle.

— On est tous dingos de trampolines, se défend Leepa avant d'exécuter un salto parfait avec vrille complète.

— On récolte des fonds pour continuer notre aventure de résistants bondissants, ajoute Vaulta en cajolant la tête de Poppy.

— Vous n'irez pas bien loin, réplique Marsha en essayant de se faufiler entre les adeptes du trampo pour atteindre le butin de sa fille. Toutes les causes commencent par des manifestations sur la terre ferme, alors vous devriez y rester !

— On n'a pas le temps de manifester quand on se bat pour rester en vie financièrement, intervient Billy le Twist, un nouveau venu d'origine asiatique, qui a fait don des économies de toute une vie, soit trois cent quarante dollars, juste avant que Marsha débarque.

Grâce à son jeune âge et à ses articulations hyperlaxes, il peut sauter avec les bras et jambes enroulés autour de lui comme un bretzel, figure qu'il exécute en guise d'autodéfense et qui laisse Marsha bouche bée.

— Les fonds de maintenance d'un parc de trampolines ne poussent pas sur les arbres, vous savez, ajoute Vaulta en réalisant un saut quatre pattes d'une agilité impressionnante pour quelqu'un qui n'a qu'un bras, avant de ramasser le dernier billet, coincé dans un ressort tordu toujours pas réparé.

Se croyant grande prestidigitatrice, elle passe le fric à Campolina, qui le fourre avec le reste des donations dans une gourde Super Rebond, un des rares articles de merchandising que Poppy a fabriqués et pour lesquels elle doit encore de l'argent. Ces acrobates de bas étage s'imaginent peut-être que Marsha ne les voit pas planquer les bénefs sous la banquette latérale d'un trampoline abîmé, mais elle n'est pas née de la dernière pluie. Elle montait des arnaques au bonneteau avant même de quitter Dutch Village. On ne peut pas escroquer un escroc. Marsha en sait quelque chose.

— Rebondis, murmure Campolina à l'oreille de Poppy en s'y mettant elle-même.

— Saute, ordonne Leepa tout bas mais d'une voix ferme, en commençant elle aussi à se propulser dans les airs pour contrecarrer la domination de Marsha-les-pieds-sur-terre.

— Tout là-haut hiii houuu, iodle Sam Ressort à l'attention de Poppy en atterrissant près d'elle après un saut en chandelle.

— Tout en bas hiii houuu, répond Barbara Double Salto d'une voix de fausset alpestre en s'élançant dans les airs avec une pugnacité toute musicale.

— Décolle ! crie Billy le Twist en projetant ses membres désarticulés vers le plafond avec une élégance zen qui n'appartient qu'à lui.

Poppy commence à rebondir, d'abord lentement, puis prend de la vitesse et de l'assurance, gagne de la hauteur à chaque bond, saute de plus en plus haut, comme si cet exercice éprouvant pouvait l'extraire pour toujours de l'orbite maternelle.

— Je refuse la maltraitance statique ! s'écrie-t-elle et ses disciples reprennent son refrain en saute-mouton chorégraphié.

Ils sautent, sautent, assurés de leur supériorité morale, mais Marsha ne les quitte pas des yeux. Si ses traits se figent face à tant de folie, ses doigts, eux, s'activent à la vitesse de la lumière jusqu'à tomber sur le butin planqué sous leurs pieds. Ils sont toujours en train de rebondir comme des cons quand elle s'enfuit en courant. Elle entend leurs cris indignés en s'engageant sur Belair Road. Mais leur souffrance n'est rien comparée à ce que Marsha a subi en couches.

6

Daryl apprécie de se retrouver au volant, même si cette vieille épave est très en dessous de ses critères. C'est une Ford. Il n'a jamais aimé les Ford, il a toujours préféré les Chevrolet s'il ne conduisait pas une berline. Le prédateur amateur de clochards a sûrement tellement d'impayés en souffrance qu'il y réfléchira à deux fois avant de déclarer son véhicule volé. Mais on ne peut jamais être sûr avec ces évaporés. Tout ce qu'un homme sain d'esprit comme Daryl peut faire, c'est se concentrer sur la promesse de sexe, et il compte bien trouver ce qu'il cherche chez Poppy.

"Au secours", croit-il entendre dire une sorte de voix enregistrée dans le tableau de bord. Comment est-ce possible ? Un problème de Bluetooth ? Un GPS qui déconne ? Il est surpris qu'il y ait un système satellite dans cette guimbarde, mais si, le voilà, à moitié invisible sur le plancher. C'est à Daryl qu'on devrait demander d'enregistrer les indications routières. "Tourne à gauche, pauvre con", dirait sa version. Ha ! "Fais demi-tour, enflure." Imaginez un peu la réaction des conducteurs ! "Dans cent mètres, foutez-vous en l'air." Il pourrait faire fortune avec cette blague.

"Au secours", répète la voix, mais attends un peu, est-ce qu'elle ne viendrait pas de sous son siège ? Il baisse les yeux et voit sa bite déficiente bouger dans son pantalon. Hé, c'est bon signe. Enfin peut-être. Mais d'où vient cette voix haut perchée ?

"J'étouffe !" entend-il et cette fois, il en est convaincu, ça vient de son entrejambe. Est-ce qu'il est en train de perdre la boule ? Sa bite remue encore, douloureusement, avec plus d'agressivité, cherchant désespérément à se faire entendre. Il est bon à enfermer ou quoi ? Mais non, il a bien entendu son propre pénis s'adresser à lui. Il tripote sa fermeture éclair, zigzaguant entre deux files de voitures. Hé, il ferait mieux de faire gaffe. Supposons que son engin se mette à parler aux flics ?

•••

Dans une embardée furieuse, Poppy gare le van de Super Rebond devant son centre de loisirs clandestin. Le siège conducteur a été customisé afin qu'elle puisse rebondir sur place tout en conduisant, un peu comme une version adulte de trotteur pour bébé qui, en général, n'attire pas trop l'attention, et lui permet de sentir ce va-et-vient vertical dont elle a besoin au quotidien. Mais aujourd'hui elle se fiche pas mal que ses voisins la remarquent. Elle n'a jamais été aussi remontée. Elle vérifie qu'il n'y a pas d'huissiers de justice en vue et klaxonne pour signaler aux autres que la voie est libre. Vaulta ouvre la porte en sautant sur place, comme toute la bande derrière elle. La guerre est déclarée. À mort Marsha Sprinkle !

Déterminée, Poppy fait bouger son van à hauteur variable, fière d'avoir réussi toute seule à doter chaque roue d'un cric hydraulique qui permet au véhicule d'atteindre un mètre vingt en position surélevée. Les militants de Super Rebond sortent de l'immeuble en scandant une reprise de *Jump Around* de House of Pain, que Sam Ressort et Barbara Double Salto ont réécrite en appel aux armes teinté de bluegrass. Campolina y va même de son petit effet sonore très réussi, un hennissement aigu qu'elle émet perchée sur son bâton sauteur, moyen de déplacement auquel elle a recours quand elle se sent d'humeur plus théâtrale que d'habitude.

— Place du mort ! gueule Vaulta et les autres sont perplexes parce qu'ils n'ont jamais entendu parler de cette place où elle veut les emmener, mais ils comprennent qu'elle veut simplement monter à l'avant.

Tout l'arrière du van a été démonté et les banquettes remplacées par des minitrampos procurant aux passagers le confort émotionnel d'amples sauts sur place. Vaulta a droit au siège avec le plus de ressort à côté de Poppy et oui, elle est un peu grande pour ce privilège, mais même aujourd'hui, avec toute cette rage qui la consume, elle n'oublie pas de baisser la tête chaque fois qu'elle bondit.

Poppy met la gomme. Les ressorts du véhicule, entretenus, gardent le système de suspension en grande forme, de sorte que les roues ont une incroyable amplitude. D'autres passagers trouveraient le trajet inconfortable, mais jamais les Super Bondisseurs n'auraient l'idée de se plaindre. Leur minibus s'élance à la verticale et atterrit comme sur coussins d'air. *Plutôt crever que rester assis, Marsha Sprinkle !!!*

•••

Marsha ne s'est jamais abaissée à entrer dans une supérette 7-Eleven, mais le jour est peut-être venu où elle va devoir contrevenir à ses principes. Cette Volvo est trop voyante pour qu'elle la garde jusqu'à New York et puis Poppy et sa bande sont sûrement déjà lancés à ses trousses. Il faut qu'elle se fonde dans le décor. Ah, Dieu merci. Voilà la cible parfaite – une famille qui remonte dans sa voiture, sûrement à deux doigts de faire l'objet d'un refinancement. Papa Tête-de-nœud avec sa casquette de baseball à l'envers. Quelle différence ça peut bien faire, ce qu'il y a écrit devant ? Elle sait à quel point le message qu'il veut faire passer doit être banal, alors elle refuse de lier les lettres et de les lire dans sa tête. La mère est déjà à bout. On voit que la maternité lui a jeté un vilain sort. Pourquoi ne s'en prend-elle pas à sa propre mère pour avoir laissé faire tout ça, comme Marsha s'apprête à faire avec la sienne ? Les mères ne doivent-elles élever leurs filles que pour être violées par les doigts, langues et pénis des hommes ? Ça doit cesser. Maintenant.

Et ces gamins ! Il se peut que quelqu'un sur cette vaste planète trouve ces jumeaux blancs adorables, mais Marsha, vraiment pas. Vêtus de joggings de chez Walmart avec le pantalon qui descend sur les fesses, ces garçons de huit ans (la mère lui révélera leur âge comme s'il s'agissait d'une information fascinante) imitent déjà le style gangsta. Marsha n'apprécie pas la vue de leurs boxers Dollar Tree et encore moins celle de la naissance de leur raie prépubère.

— Bernie, aide-moi à porter les sacs ! entend-elle la mère crier à un de ses fils avec un accent qui sonne plus Philadelphie que Baltimore, si une telle chose est possible.

Mais qu'est-ce que ces gens ont bien pu acheter ? Des Slim Jim ? Des bâtonnets de poisson pané ? Elle est en tout cas persuadée d'une chose : ce n'est pas dans les rayons de cet endroit maudit qu'elle trouvera les crackers de ses rêves.

— Barney, range les sodas dans le coffre, entend-elle ordonner papa.

Barney ! Elle n'a pas rêvé. Bernie et Barney. Bon sang. Et le médecin qui a mis ces enfants au monde n'a pas appelé les services sociaux pour signaler un cas de maltraitance onomastique ? Et pardon mais : "sodas" ?! Quel mot inconvenant pour désigner les boissons sans alcool. Le mot qui désignait le Coca-Cola dans Dutch Village. Non seulement moche, mais incorrect. Le soda, initialement, c'est *soda-water*, de l'eau gazéifiée, pas un cola plein de sucre. Est-ce que les gens accordent encore de l'importance au sens des mots ?

— Excusez-moi, fait Marsha de sa plus belle voix de victime, vous pourriez me déposer à la gare routière ? Je viens de me faire voler ma voiture.

— Comment ? bredouille la mère en proie à la perplexité et à la peur que les habitants de Baltimore d'un certain âge éprouvent toujours.

— Vous avez appelé la police ? demande le père, méfiant.

— Bien sûr, répond Marsha sans se démonter, ils ont enregistré ma plainte, mais ils sont en sous-effectif ces temps-ci.

— Voilà à quoi ressemble Baltimore de nos jours, commente la mère, dont le scepticisme naturel se craquelle légèrement.

— Est-ce qu'ils avaient un pistolet ? demande Barney, sans s'inquiéter de savoir si Marsha a été traumatisée.

— Oui, répond-elle en prenant soin de ne rien dramatiser. En revanche, je n'ai aucune idée de quelle arme il s'agissait. Je me suis figée quand j'ai vu qu'ils la braquaient sur moi.

— Vous avez de la chance qu'ils n'aient pas tiré, déclare le père.

— Parce que sinon, tu serais morte ! s'écrie Bernie, manifestement le moins intelligent des jumeaux.

— Bernie ! Comme c'est méchant de dire ça ! gronde la mère, gênée.

— Ce n'est rien, petit, intervient Marsha, tu as raison. J'ai de la chance d'être en vie et de tomber sur des gens aussi gentils que vous.

— Les policiers auraient quand même pu vous déposer quelque part, argumente le père, toujours sur le qui-vive.

— Oh, je leur ai demandé, explique Marsha, mais ils m'ont dit que la réglementation était plus stricte maintenant et qu'ils n'étaient autorisés à prendre personne à bord.

— Et à quelle gare routière souhaitez-vous aller ? demande la mère, qui se laisse embobiner par Marsha.

— Le bus Bargain Budget est le seul qui accepte le liquide, explique Marsha, mimant le désarroi, et sachant que surtout ils ne lui demanderont pas de carte d'identité.

— Je sais où on peut le prendre, fait papa, dans la rue en face de l'ancien terminus Dundalk.

— Les bus Bargain Budget n'ont même pas de vraie gare routière, bafouille Marsha, dépitée.

— C'est vrai ça, enchaîne maman, ils vous cueillent sur le parking du McDonald's comme des journaliers.

— Allez, montez, fait papa, soudain devenu le bon samaritain.

— On vous emmène, approuve maman avec cette gentillesse dégoulinante de miel qu'affectent pas mal de femmes à Baltimore.

— Tu t'assois à l'avant, beugle Bernie.

— Ouais, tu gardes tes poux pour toi ! ajoute Barney avec une suffisance que Marsha va lui faire regretter.

— Les garçons ! s'écrie maman en montant à l'arrière avec eux. Où sont passées vos bonnes manières ?

Dans la poubelle du savoir-vivre, se dit Marsha en s'asseyant à côté de papa. Une place qu'elle n'a pas l'habitude d'occuper avec Daryl quand il lui sert de chauffeur. Daryl. Dieu merci elle s'en est débarrassée. Lui et sa trique répugnante. Elle espère qu'ils sont tous les deux au fin fond d'une prison.

Papa démarre. Marsha boucle sa ceinture de sécurité pendant que les deux petits sauvages à l'arrière se tortillent de chaque côté de leur mère surprotectrice. Imaginez ces deux futurs toxicos en bébés tétant avidement les seins de cette femme ordinaire ! Marsha n'a jamais permis à sa fille, Poppy, de poser ses lèvres pleines de microbes sur ses mamelons naturellement renflés. C'est peut-être pour ça que cette enfant a sucé son pouce jusqu'à l'âge de quatorze ans. Comment Marsha le saurait-elle ? Elle n'est pas Dr Phil ! Et puis, sucer son pouce, c'est toujours mieux que sucer des bites, n'est-ce pas ?

La seule pensée de cette invasion orale inspire un mensonge à Marsha.

— Vous avez entendu la terrible nouvelle ? demande-t-elle soudain en se tournant vers les imbéciles de la banquette arrière tandis que papa prend la sortie 35A en direction du centre commercial Golden Ring.

— Non, quoi ? s'écrie la mère, soudain apeurée.

— Les Jonas Brothers sont tous morts dans un horrible accident de leur bus de tournée hier soir !

Bernie pousse un cri incrédule qui semble venir d'un animal sauvage.

— Non ! gémit Barney avant d'éclater en sanglots sonores.

— Mais quelle horreur, s'exclame maman en passant ses bras autour de ses fistons bas du front dans une vaine tentative de réconfort.

— Est-ce que c'est vrai ? crie papa pour couvrir les braillements de ses enfants horrifiés en ralentissant devant la bifurcation entre Boston Street et O'Donnell Street.

— Mais oui, affirme Marsha faussement affligée, je l'ai entendu dans trois bulletins différents. Joe Jonas a été décapité !

Du fin fond de son âme d'enfant, Barney pousse un nouveau cri d'angoisse assourdissant tandis que Bernie est pris de spasmes, tout morveux de chagrin.

— Et l'autre... comment il s'appelle déjà ? poursuit Marsha nonchalamment.

— Nick ! crient les gamins à travers un torrent de larmes.

— Voilà, c'est ça, enchaîne-t-elle, lui, il a été éjecté du véhicule et il s'est fait écraser par un semi-remorque.

Les deux enfants restent interdits un instant, mais une fois les derniers détails intégrés, ils se répandent de nouveau en cris d'horreur.

— OK, OK, ça suffit ! exige papa, bien trop tard. Ils n'ont pas besoin d'en savoir plus.

— Kevin a survécu à l'accident, essaie pourtant d'expliquer Marsha, faussement inquiète, mais il est décédé à l'hôpital d'une hémorragie cérébrale.

— Assez, mais arrêtez ! crie maman tandis que ses fils n'en finissent plus de chialer la fin de leur enfance.

— On est arrivés, annonce papa avec soulagement, impatient de larguer cette passagère qui ne connaît rien à rien.

— Il y a une autre personne qui attend, fait remarquer maman, espérant faire descendre Marsha de leur voiture le plus vite possible.

— Merci beaucoup, roucoule Marsha avec fourberie en sortant de la voiture, mais avant que papa et maman poussent un soupir de soulagement, elle ouvre la portière arrière et s'adresse aux gamins : Vous êtes trop jeunes pour vous en souvenir, mais beaucoup d'autres vedettes sont mortes dans des accidents de voiture. James Dean. Jayne Mansfield. Même la princesse Diana a été décapitée.

Incrédule, toute la famille reste paralysée jusqu'à ce que papa claque la portière et parte sur les chapeaux de roues. Marsha entend les gamins se remettre à beugler tandis que la voiture disparaît au loin.

7

Par la force des choses, Daryl a garé ce vieux tas de rouille sur le bas-côté. Quel choix vous reste-t-il quand votre propre bite vous parle ? Une fois son membre blessé libéré de son pantalon et de son attelle, il a entendu un soupir de soulagement. Est-ce qu'une bite peut soupirer en vrai ? Est-ce que cette question devient superflue lorsque vous l'entendez ensuite prononcer les mots "New York" tout haut ? Car oui, sa queue vient de dire New. York. Mais merde, est-ce que Daryl perd les pédales ? Non ! Il voit bel et bien l'ouverture à l'extrémité de son pénis répéter le nom de la ville. Il ne rêve pas. Une sorte d'infection a dû se propager dans son système reproducteur et octroyer des superpouvoirs à son organe. Est-ce que c'est grave ? Est-ce que sa bite est une sorte de Kreskin en puissance ? Est-ce qu'elle peut prédire l'avenir ? Bon sang ! Il pourrait participer à *L'Amérique a un incroyable talent* et gagner, putain ! "New York", dit-elle pour la troisième fois. Quoi, New York ? Est-ce que c'est là que Marsha se rend ? Sa bite est devenue un GPS pubien ou quoi ? Daryl souffre peut-être du syndrome pénien toxique mais ça pourrait être un mal pour un bien. Il s'est fait un nouvel ami. Il va l'appeler Richard. Oui, Richard.

•••

— Il n'y a plus qu'un endroit où cette sorcière a pu se réfugier : chez sa mère ! grogne Poppy les dents serrées en dépassant à toute vitesse l'aire de repos de Maryland House sur l'I-95 en direction du nord.

Elle est trop jeune pour se rappeler les détails, mais Marsha lui a souvent raconté comment son père les avait prétendument abandonnées après s'être fait arrêter par la police sur le parking de cette aire, en pleine orgie sexuelle, et avoir fui la ville. Marsha mentait tellement que Poppy ne l'avait jamais crue, mais même si c'était vrai, elle aimerait quand même revoir son père. Il accepterait son penchant fanatique pour le rebond et en échange elle essaierait de comprendre ses expérimentations sexuelles. Donnant donnant. Aussi simple que ça.

— New York, nous voilà ! chantonne Billy le Twist en se pliant vers l'arrière jusqu'à attraper ses chevilles sans perdre l'équilibre.

— Ta grand-mère va nous aider, cette fois ! beugle Vaulta en bondissant aussi bien à l'horizontale qu'à la verticale sous l'effet des suspensions hydrauliques.

— Adora aussi veut se débarrasser d'elle ! ajoute Campolina, faisant référence à la mère de Marsha tout en essayant d'appliquer son mascara en plein saut.

— On va sauter sur la tête de ta mère, bout Leepa en atterrissant avec un bruit sourd.

— L'écraser, la ratatiner ! crie Poppy qui a retrouvé toute sa rage.

— Personne ne vole Super Rebond, ajoute Sam Ressort dans un iodle grave et agressif, en sautant de minitrampo en minitrampo avec un parfait sens du rythme.

— À mort Marsha Sprinkle, braille Barbara Double Salto d'une voix de fausset vibrante, mettant tout le monde d'accord.

Poppy aperçoit le premier péage et bascule en mode statique.

— Atterrissage, ordonne-t-elle à ses disciples, qui réduisent docilement leurs mouvements.

— On descend, murmure Vaulta tout en diminuant sa propre amplitude.

— Pas bouger, ajoute Leepa, fière d'être ainsi programmée.

Au moment où Poppy s'arrête devant la cabine de péage, tout le monde est immobile. Figé. Inerte. Et, oui, malheureux. Quand l'agent jette un œil à l'intérieur, tout semble normal.

Poppy accélère et ses disciples en mettent un coup aussi. Lentement mais farouchement, dans un nouveau flux d'adrénaline, ils reprennent vie, bondissant et sautant sur place en direction du Delaware Memorial Bridge. Sam Ressort et Barbara Double Salto ne roulent pas au ras de la route, ils sautent de joie et en sont fiers ! Pour le plaisir, Poppy pousse le système hydraulique à fond et le van fait un incroyable bond d'un mètre cinquante dans les airs. La revanche n'en sera que plus savoureuse maintenant qu'ils franchissent les frontières d'un super rebond.

•••

Marsha est plantée là à attendre le bus. Les autres voyageurs sont rares et tous semblent se plaindre du service.

— Déjà une heure de retard, s'énerve une Blanche énorme d'un âge indéterminé à l'attention de Marsha, qui pourtant n'a jamais regardé dans sa direction.

Cette femme tient un bébé très blafard dans ses bras, il a l'air mort, mais Marsha se dit qu'il doit seulement dormir. Il y a aussi son mari, qui réussit l'exploit d'être tout aussi repoussant alors qu'il est d'un gabarit bien moindre.

— Un autre couple est déjà parti, lance-t-il, comme si ça pouvait intéresser quelqu'un.

— Ils en ont eu ras le bol d'attendre, explique la grosse.

— Le mari a dû aller pisser dans les buissons, poursuit l'homme pour Marsha, qui ne répond toujours pas mais est soulagée qu'on ne la reconnaisse pas.

Ces gens ne regardent pas les infos. Il n'y a pas d'actualité dans leur vie et il n'y en aura jamais.

— On est vraiment mal lotis ici, se plaint une femme d'origine hawaïenne qui sort apparemment de chez le coiffeur.

Merde alors, elle traîne un chat tout maigrichon dans son sac à main, qu'elle va essayer de passer clandestinement à bord. Avant que Marsha ait le temps d'évoquer l'interdiction de voyager avec des animaux domestiques à laquelle elle espère que la compagnie Bargain Budget adhère, un autre passager, avec de l'acné et une sorte de veste de travail sur la poche de poitrine de laquelle est brodé le nom BRUD, demande au mari de la grosse :

— Hé, comment ça se fait qu'elle est à l'envers votre chemise ?

— Il aime la porter comme ça, c'est tout, explique sa femme, comme si elle avait l'habitude de défendre le style personnel de son mari. C'est pour ça qu'on le surnomme Chemise-à-l'envers.

— J'aime bien la sensation, répond l'intéressé, comme si tout le monde était fasciné par ses choix vestimentaires. La pression du tissu sur mon cou.

— Ça l'oblige à se tenir droit, ajoute la corpulente épouse avant de se présenter comme étant "la Grosse Marge".

Ma parole, un vrai duo comique, s'émerveille Marsha, avant que le bébé se réveille et se mette à geindre.

— Allons Blanket, roucoule sa mère, tout va bien, on va aller à New York, on va prendre le métro !

— Il s'appelle Blanket ? bredouille Marsha, incapable de contenir son étonnement face à une décision parentale aussi gênante.

— Oui, comme le bébé de Michael Jackson, précise sans complexe la mère aux problèmes endocriniens.

— Michael, il a rien fait du tout, intervient la dame hawaïenne. C'est lui-même un enfant !

— Et on lui chante *Beat It* tous les soirs avant le dodo, hein Blanky-Blanky ? gâtouille Chemise-à-l'envers.

Blanket émet un gazouillis de contentement, et Marsha préfère tourner le dos à toute cette scène en espérant la faire disparaître comme par magie, mais voilà que débarque une autre tripotée de passagers pour le bus Bargain Budget.

Un couple italo-américain aux cheveux blancs se fait extirper d'une voiture conduite par ce qui doit être leur fille. Le voyage qui s'annonce n'a pas l'air de leur faire plaisir.

— On n'a pas envie d'y aller, se plaint le vieil homme avec un accent marqué, soutenu par sa femme qui secoue la tête.

— Ne dites pas n'importe quoi, aboie leur progéniture, vous allez vous amuser à Manhattan. Je vous ai pris des billets pour voir *Wicked* au théâtre.

— Mais on n'a pas envie de voir *Wicked* ! lâche la vieille dame en italien.

— On a envie de rester chez nous, supplie le père en anglais.

— Pas question ! s'énerve soudain la fille. Je vous ai dégoté ces places, alors maintenant vous y allez ! Vous avez une idée du prix que coûtent ces billets ? Vous savez combien de vieilles personnes tueraient pour être à votre place ?

— Mais on leur laisse volontiers ! s'écrient-ils en chœur.

— Aidez-nous, supplie le vieil homme aux passagers qui attendent.

— On déteste New York, sanglote son épouse, désespérée. S'il te plaît, ramène-nous à la maison.

Mais plus personne ne les écoute car ça y est, le bus arrive. Enfin ! Il a l'air dégueulasse et de rouler trop vite sur cette voie secondaire, mais au moins il est là.

La fille conclut par une menace.

— Vous montez dans ce bus ou je vous fous à l'hospice !

•••

À un moment, Poppy et ses amis sauteurs ont dû s'arrêter. Leur système digestif est au mieux de sa forme grâce à leurs exercices de trampoline, mais il faut bien satisfaire ses besoins naturels. Et puis, ils ont besoin d'argent. L'aire de repos James Fenimore Cooper semblait assez hétéroclite pour que les acrobates tentent d'y faire la manche. Quelle autre solution ? Poppy se rappelle qu'il y avait plein de Hare Krishna avant dans les aéroports. On devait bien leur donner un peu d'argent, non, sinon ils n'auraient pas été là. Alors pourquoi pas elle et sa bande ?

Les Super Bondisseurs se séparent. Vaulta apparaît comme la meilleure candidate à la charité étant donné son prétendu handicap. Elle se poste près de l'entrée avec un panneau en carton sur lequel est écrit BONDISSEUSE FAUCHÉE en lettres tremblées. Allez-y, essayez d'écrire avec un seul bras en sautant sur place dans un véhicule en marche, on verra le niveau de votre calligraphie ! Vaulta a fait de son mieux et il faudra que cet écriteau fasse l'affaire.

— C'est quoi un bondisseur ? Poppy entend-elle un homme demander à sa femme.

D'autres détournent le regard. Seule une gentille dame asiatique s'arrête et met un dollar dans le pot à dons, un gobelet géant récupéré dans une poubelle. Poppy se met à sauter sur place à côté, tâchant de faire preuve d'esprit d'équipe, mais quand une autre femme blanche aux cheveux crépus tend la main vers son porte-monnaie, sa malpropre de fille la tire par le bras en soufflant :

— Non mais ça va pas la tête ?

Leepa, celle à l'ossature lourde, se dit qu'elle ferait mieux de s'installer devant une autre porte, afin de cibler les familles obèses qui se ruent dans la boutique pour une collation à emporter de dernière minute. Elle dispose sur le sol une petite bâche dont elle se sert comme rampe de lancement de voyage, décorée de mignons personnages pop-up qu'elle a dessinés elle-même, et se met à scander "Les sauteurs aussi ont faim !" Mais difficile pour les clients, quel que soit leur poids, de compatir avec la faim d'une fille de ce gabarit, surtout qu'elle saute sur place comme une vraie tarée.

— Trouve-toi un boulot, grosse vache, lance d'un air suffisant un mec méchant avec un T-shirt de DOVER, DELAWARE avant d'entrer dans le magasin avec ses parents qui affichent leur mépris sans chercher à savoir de quoi il retourne, et qui ne sauraient pas rebondir correctement même si on leur donnait des cours.

Le reste de la bande se sépare pour aller aux toilettes, sautant au niveau le plus bas possible pour ne pas attirer l'attention. Sam Ressort aurait bien uriné et rebondi en toute tranquillité dans un cabinet mais Billy le Twist a pris le dernier disponible et déjà les pisseurs réagissent mal à sa tête qui surgit par intermittence au-dessus de sa porte, surtout avec le cou tordu de façon aussi bizarre.

Quand faut y aller, faut y aller. Sam Ressort se met lui aussi à sautiller sur place devant sa pissotière, et il a beau être discret, ce n'est pas du goût de tout le monde. Certes, il y a une séparation entre chaque latrine, mais celui qui pisse à côté vous voit quand même, et, en toute honnêteté, viser juste reste difficile.

— Vous avez un problème ? grogne un chauffeur routier à Sam.

— Non, tout va bien, répond-il en sautant sur place en rythme, son sens de l'équilibre stimulé par son mode de vie constamment vertical.

Lorsque Campolina entre dans les toilettes pour dames en sautillant de la façon la plus féminine possible, elle n'arrive pas tout à fait à passer pour une femme et tous ces bonds de drag-queen effraient les clientes, même si elles sont fans de l'émission télévisée de RuPaul. Le fait qu'on puisse s'asseoir et pisser dans une cuvette tout en sautillant sur place est une vérité que Campolina voudrait montrer au monde entier en laissant sa porte ouverte, mais elle comprend aux sales regards qu'elle récolte que les femmes, même les plus ouvertes, ne sont pas prêtes pour ce concept. Barbara Double Salto, elle, tient une forme urinaire olympique grâce à tout cet exercice sur trampoline, et elle s'assoit, saute, pisse, se lève de la cuvette avant que les pisseuses statiques s'en soient rendu compte. Quand même, sa sortie digne d'un kangourou laisse sans voix les femmes se refaisant une beauté devant le miroir et lorsqu'une petite fille demande "Pourquoi la dame elle saute ?", sa mère la fait taire en répondant "Elle est excitée, c'est tout", parce qu'elle ne trouve pas d'autre raison à donner à un enfant de cet âge.

Billy le Twist n'aurait pas dû faire étalage de ses talents hyperlaxes. Il sort des toilettes suivi de quelques hommes en colère qui crient quelque chose à propos du film *Matilda*. Mais Billy croit que ses dons transcendent la beauté de la danse et le propulsent dans la performance artistique la plus pure. Soudain très inspiré, il contorsionne tout son corps et ses membres pour aboutir à une forme grotesque, puis il s'accroupit, retourne son torse et se met à crapahuter telle une araignée vers Poppy et Vaulta à côté de la boutique.

Beaucoup de clients commencent à crier, d'autres prennent la fuite, mais quelques-uns, ravis, applaudissent à tout rompre. Les enfants en particulier adorent Billy, et se mettent à se tortiller dans tous les sens pour prendre des poses insolites. Comprenant que c'est Billy qui va récolter du fric, Poppy dit à Vaulta de la rejoindre dans la file pour manger au Burger King. Campolina récupère une boîte à salade vide sur une table et commence à faire passer le chapeau, tout en sautant. Leepa déboule du parking, ahurie de voir que des membres du public non sauteur leur jettent des billets. Quelques clients plus téméraires se risquent même à sautiller sur place avec Sam Ressort et Barbara Double Salto. Billy le Twist, toujours dans la position de l'araignée, marche avec les pieds et les mains à l'envers puis à l'endroit. Les enfants poussent des cris de joie et l'inquiétude des parents fond comme neige au soleil. Une pluie de billets s'abat sur Poppy et ses acolytes.

Un manager furax qui a l'air d'avoir enchaîné les sales boulots dans tout un tas de fast-foods débarque en gueulant sur la foule.

— Arrêtez de bondir comme ça !

— On a le droit de sauter sur place ! rétorque Poppy.

— Vous ! gronde le despote en pointant Billy du doigt sans faire cas de Poppy. Les performances d'art de rue sont interdites sur l'autoroute du New Jersey.

— Nous sommes des clients payants, riposte Campolina en vidant les donations dans son sac à main entre deux sauts fiers et sans complexe.

— On est peut-être accros aux trampos, mais on reste humains, et on a faim, s'écrie Vaulta en agitant son moignon tel un poing militant et en bondissant sur la moquette tachée de milliers de repas à emporter renversés.

— Arrêtez ces horribles sauts, tous autant que vous êtes ! ordonne le manager, mais trop tard, déjà des clients rebelles et même quelques employés derrière le comptoir sautillent sur place, surpris d'aimer ça. Je ne veux pas voir un employé sauter ! s'égosille-t-il à l'attention des serveurs mutins qui continuent à bondir tout en prenant la commande de Poppy et de ses gymnastes affamés – principalement des bouchées au fromage, faciles à mettre dans la bouche tout en se propulsant dans les airs. Partez ou j'appelle la police ! dit le tyran antibond directement à Poppy, ayant compris qu'elle est à la tête du groupe de tarés.

Avec tous les procès en suspens qui l'attendent, sans parler de ses intentions meurtrières, Poppy comprend vite que tout ça pourrait mal tourner. La police a un passif d'intolérance envers les sauteurs et ceux qui les soutiennent. Et puis, la petite troupe a bien dû récolter plus de cent dollars sur cette aire de repos, largement de quoi payer l'essence et les péages jusqu'à New York. Elle hoche la tête à l'attention de Sam Ressort et Barbara Double Salto, qui entonnent aussitôt une version country de *Rubber Ball* de Bobby Vee. *"Bouncy! Bouncy!"* reprennent en chœur les nouveaux adeptes du rebond dans le public tandis que Poppy et sa petite bande sautent vers la sortie, avec un Billy le Twist plus désarticulé que jamais fermant la marche. Unis, ils iodlent magnifiquement, *"La hi la hi houuu, I'll come bouncing back to you"*. Rassasiés, radieux sous les applaudissements de la foule, Poppy et sa bande sont prêts à attaquer. Ils ont une mission à remplir et un jour le grand public se souviendra d'eux.

8

Ce chauffeur a l'air timbré, se dit Marsha quand le bus Bargain Budget prend un virage à cent vingt kilomètres à l'heure alors qu'ils ne sont même pas encore sur l'autoroute.

— Moins vite ! crie un passager assis au fond pris de panique, mais l'Hispano-Américain au volant l'ignore.

On crève de chaud là-dedans, et bien qu'il y ait un écriteau INTERDICTION DE FUMER en évidence, ça pue le tabac froid. Marsha a réussi à dégoter une place côté couloir dans le dernier tiers du bus, mais elle est assise à côté d'un Blanc qui insiste pour lui faire la causette. Il se présente : Mr. Conrad, représentant en babioles. Marsha hoche la tête poliment sans l'encourager à poursuivre la conversation, mais le type continue sur sa lancée. Quand le chauffeur s'engage sur la 95 sans le moindre effort pour s'insérer en douceur dans le trafic, d'autres automobilistes klaxonnent et les passagers crient leur indignation, mais Mr. Conrad ne se laisse pas happer par la panique ambiante et sort un kit de démonstration d'articles qui pourraient intéresser Marsha.

— Hé, y a pas de papier dans les toilettes, gueule Chemise-à-l'envers à l'arrière du bus, mais le chauffeur se contente de lever un écriteau annonçant JE NE PARLE PAS ANGLAIS.

La Grosse Marge, qui tient Blanket et une couche sale, lance à son tour :

— Alors avec quoi on essuie le caca de notre bébé ?

Mais le chauffeur la traite aussi par l'indifférence et répond à son téléphone, dans lequel il se met à beugler en espagnol.

— Ces petites beautés ne vous ruineront pas, explique Mr. Conrad à Marsha en lui montrant un porte-clés de l'autoroute du New Jersey, quatre-vingt-dix-neuf cents seulement la pièce.

— Non merci, répond-elle en voulant se lever, sauf que son pied est cloué au sol dans ce qui doit être une vieille flaque de boisson sucrée jamais nettoyée.

— Et que diriez-vous d'un bracelet scoubidou ? demande-t-il sans se démonter. Je les fais moi-même !

— Je n'ai besoin de rien, dit Marsha en espérant le prendre suffisamment de haut pour qu'il abandonne, mais il passe au braquet supérieur.

— Regardez, insiste-t-il, dégainant un sachet de "breloques à collectionner", même pas besoin d'acheter une boule de chewing-gum pour les avoir. Cinquante fanfreluches, cinquante cents !

Marsha tourne la tête, enragée. C'est un test, se dit-elle. Elle a fui Dutch Village pour ça ?!

Le couple de seniors italiens a réussi à s'asseoir un rang derrière Marsha, dans la rangée opposée, mais le siège de la femme a un problème ; l'assise n'arrête pas de se replier vers le dossier, prenant la frêle passagère en sandwich. Son mari affolé essaie de l'aider, mais chaque fois qu'il rabaisse l'assise, le chauffeur, qui envoie apparemment des textos, donne un coup de volant et le siège se referme comme une tapette à souris. La femme se met à crier et son mari l'imite, mais le chauffeur, dans une rage pas possible, tape sur son volant avec son téléphone sans se soucier d'eux. Marsha décide qu'elle l'aime bien. Il lui ressemble. Il vit dangereusement.

Par la vitre d'en face, elle voit des voitures et des camions défiler dans le flou, dépassés à toute blinde. Bien ! Elle sera à New York en un temps record. La dame d'origine hawaïenne s'est trouvé une place à l'avant, mais à côté d'un vrai porc, blanc, assis contre la vitre avec ses gros jarrets écartés tant qu'il peut, poussant presque la pauvre femme qui ne se plaint pas dans l'allée. Le chat commence à feuler et à s'agiter et le gros type, agacé par la chaleur, finit par déchirer son T-shirt en grondant. Il se retrouve torse nu, sans le moindre signe de gêne. La femme n'émet toujours aucun reproche, et tente de calmer son chat.

— Chh, Banjo, dit-elle sans grand résultat.

— Bon sang, elle trimballe un animal enragé dans son sac à main ! s'écrie le porc en nage.

— Voyons, ce n'est qu'un gentil petit minou, dit-elle, mais la bestiole émet un miaulement infernal, tête au ras du sol et derrière relevé, ce qui ne peut signifier qu'une chose – c'est une femelle et elle est en chaleur.

— Ce chat veut me baiser ! hurle le type qui pique carrément une crise.

Avec tout ce vacarme, le petit Blanket finit par se réveiller en poussant un faible cri, rien qu'un gémissement. Mais soudain, Mr. Conrad perd son sang-froid.

— Faites-moi taire ce petit enculé ! gueule-t-il avec tant d'hostilité que même Marsha est choquée.

— Ce n'est qu'un bébé, monsieur, lance la Grosse Marge au fond du bus en abritant le nourrisson au creux de ses bras avant de fredonner *Beat It* pour l'apaiser.

— Hé, c'est de mon fils que vous parlez, là, se réveille Chemise-à-l'envers, tout à coup macho, bien que son col étouffe à moitié les mots dans sa gorge.

— Comment voulez-vous que je conclue une vente avec un putain de bébé qui braille sans arrêt ? riposte Mr. Conrad.

— Monsieur, je ne suis pas intéressée par votre marchandise, lance Marsha à la cantonade, souhaitant s'extraire du problème.

Le chauffeur, imperméable au drame qui se joue à bord, est en train de talonner un véhicule dans la voie de gauche, où on roule déjà à quinze kilomètres à l'heure au-dessus de la vitesse autorisée. Certains passagers, inquiets, freinent dans le vide, comme si ça pouvait inciter le chauffeur à ralentir.

Soudain, ce cinglé décide de doubler par la droite, mais il y a une autre voiture qui roule à une allure normale devant lui, alors sans mettre de clignotant, il fait une embardée sur la bande d'arrêt d'urgence, où il manque de justesse une famille dont le père change un pneu à plat. Tous les passagers, projetés vers l'avant, poussent un cri. Blanket s'y met lui aussi.

— Bâillonnez-moi ce petit enculé ! postillonne Mr. Conrad en agitant les bras comme un vrai monstre.

Marsha en a assez. D'un petit coup de pied, elle ouvre le kit de démonstration du représentant posé par terre, y plonge une main et en extirpe agilement la bourse en velours qu'elle a repérée quand il vantait les mérites de toute sa pacotille. Ça ne vaut pas tripette, mais ça évite qu'elle l'étripe. Elle réussit à lever son pied du plancher qui colle comme du papier tue-mouche, et va s'installer dans l'autre rangée quelques sièges plus loin. En chemin, elle remarque que l'Italienne a laissé tomber et reste assise coincée en V dans son siège défectueux tandis que son mari lui tient mollement la main en signe de soutien.

L'alarme incendie des toilettes au fond du bus se déclenche et Brud, l'acnéique qui est monté à bord en même temps que Marsha, en sort, suivi d'un énorme nuage de fumée.

— On se croirait dans une *chemilée* là-dedans, lâche-t-il en riant, dans l'espoir que son cafouillis lexical excuse le fait qu'il ait déclenché cette horripilante sonnerie.

Le chauffeur reste imperturbable et, au lieu de s'occuper du problème, en profite pour s'allumer une cigarette, tout en doublant les camions, et même une ambulance.

Au moment où elle s'apprête à se rasseoir pour enfin profiter de cette virée infernale, Marsha voit la propriétaire du chat insérer un coton-tige dans le vagin de sa chatte en chaleur qui n'en finit pas de miauler, et effectuer un mouvement de va-et-vient. Le choc réduit au silence le gros boudin torse nu assis à côté d'elle, qui observe la scène, hypnotisé. Mais devinez quoi ? Tout ce va-et-vient fonctionne. Le chat émet un dernier feulement d'extase puis se la ferme. Marsha ne savait pas que le bonheur post-coïtal existait chez les félins, mais elle l'a vu de ses yeux. Et quand elle relève la tête, tout ce qu'elle voit par le pare-brise est un brouillard inattendu. Puis l'arrière d'un camion à l'arrêt. Elle n'a pas le temps de se préparer au choc.

•••

— Accident droit devant, Daryl entend-il son propre pénis… pardon, Richard, beugler, entravé par le tissu de ses sous-vêtements.

Incroyable ! Sa nouille est encore plus forte que Google Maps. Il la laisse sortir en baissant sa braguette d'un coup, et, bien que tout mouvement de l'entrejambe reste douloureux, ça vaut le coup.

— Bien reçu ! s'exclame Daryl à son tour, s'habituant peu à peu à communiquer avec ses parties intimes endommagées.

Il n'en revient pas mais oui, il y a bien un accident. Bouge de là, Jeane Dixon. Ciao, Edgar Cayce. Va voir ailleurs, Uri Geller. Il s'appelle Richard et c'est le voyant ultime !

Il y a un bus Bargain Budget couché sur le flanc. Des bagages éparpillés sur la chaussée. Des corps gisent encore sur les trois voies et les pompiers et les secouristes font de leur mieux pour sauver les survivants.

— Trois morts, d'innombrables blessés, annonce Richard par les minuscules lèvres de l'orifice de l'engin de Daryl encore en voie de guérison, d'une voix pleine d'assurance sans se vouloir autoritaire.

— Tous aux abris ! lance Daryl sur un ton amical alors que leur Ford ralentit à cause de l'embouteillage en train de se former.

— Bien reçu, s'empresse de répondre son appendice avant de se recroqueviller furtivement pour se cacher dans le pantalon de Daryl.

Ils ne sont pas fous. Ils forment une équipe, et, tous les deux, ils vont se taper Marsha. Donnez-moi un M ! Donnez-moi un A ! Donnez-moi un R ! Donnez-moi un S ! Donnez-moi un H ! Donnez-moi un A ! Marshaaa ! Hé, mais Richard sait même chanter !

•••

Elle est un peu secouée, mais a priori Marsha n'a rien de cassé. Elle s'en sort bien. Difficile de retrouver ses repères une fois le véhicule accidenté sur le flanc, cependant elle voit au-dehors grâce à un gros trou de l'autre côté de l'allée, à l'endroit où le bus a dû heurter la glissière de sécurité. Malgré le jour qui décline, elle comprend que les passagers de la rangée d'en face sont tombés sur ceux qui étaient assis de son côté. Par chance, personne n'a atterri sur elle. Des bagages éjectés de la soute sont éparpillés sur l'autoroute. Certains sont en feu.

En rampant entre les sièges en direction du trou, elle escalade ce stupide vendeur de babioles, couvert de sang et avec un vilain os blanc qui dépasse d'un de ses bras. Il essaie d'attraper le sac qui a dû lui échapper des mains et s'ouvrir pendant l'accident. Ses petits trésors sans valeur jonchent les corps des blessés, dont beaucoup sont inconscients, ce qui ne l'empêche pas de tenter de les récupérer. Marsha sent son genou lui entrer en plein dans la bouche et l'entend crier de douleur pour la première fois.

En amortissant le choc, l'excès de tissu adipeux de la Grosse Marge a sauvé sa propre vie ainsi que celle de Chemise-à-l'envers. Stupéfaits d'avoir survécu, ils se hissent tant bien que mal au-dessus des sièges pour retrouver leur bébé.

— Blanket ! Blanket ! hurlent-ils, mais Marsha ne voit le petit nulle part.

La dame d'origine hawaïenne est inconsciente mais respire encore. Au moins elle ne se soucie plus de sa chatte en chaleur. En passant au-dessus du corps inerte de la femme,

Marsha n'en revient pas : ses cheveux, qui semblaient tout récemment coiffés, sont en fait une perruque. Marsha tire dessus, et après deux ou trois coups secs, les épingles cèdent et le postiche est à elle. Elle l'enfile sur ses cheveux courts, sachant que sans miroir il se peut qu'elle soit de travers, mais qu'est-ce que ça peut faire ? Déjà, elle sent une nouvelle identité s'emparer d'elle et c'est tout ce qui compte. Elle est Actors Studio jusqu'au bout des ongles.

Brud le fumeur invétéré et le mec torse nu aux jambes écartées ne sont nulle part en vue, alors elle suppose qu'ils ont été éjectés. Tant mieux. Si on lui avait demandé son avis, ce sont eux que Marsha aurait fait mourir. Le couple de vieux italiens est en vie, mais leur périple a pris une tournure encore plus humiliante. Elle les voit tous les deux en dehors du bus, la dame coincée la tête en bas dans un arbre, toujours prise au piège de son siège défectueux, tandis que son mari tente de la rassurer au pied de l'échelle qu'un pompier vient d'installer pour la secourir.

Le plus incroyable, c'est que non seulement le chauffeur semble indemne, mais en plus il est de nouveau sur son téléphone, toujours en train de pourrir la personne avec qui il s'est pris la tête tout le trajet. Marsha pioche dans tous les bagages et les sacs à main tombés du compartiment supérieur, et ouvre quelques portefeuilles en quête de liquide. Il y a même des crackers bas de gamme dans un sac repas qu'un passager a dû laisser. Ce n'est pas le moment de faire la fine bouche. Elle a faim ! Youpi ! Il y a également deux petits sachets de ketchup qui vont s'avérer bien pratiques pour la faire paraître plus blessée qu'en réalité. Le représentant la voit avec sa perruque, en train de s'étaler du faux sang sur le front, et serre ses breloques en plastique contre son torse comme si c'était de l'or. Comme si quiconque en voulait ! Marsha avale un cracker puis le second. Elle est contente qu'il n'y en ait pas davantage. Ça pourrait conduire à une défécation plus importante que ce qui lui convient. Ça fait dix ans qu'elle n'a pas eu besoin de s'essuyer, et elle a l'intention de continuer ainsi.

En se dirigeant vers la sortie la plus proche, à savoir le trou dans la carrosserie déchiquetée, elle repère Blanket à l'endroit où il a atterri, sur une pile de linge sale éjectée d'un bagage. Ce satané bébé gazouille et rigole, indemne, exception faite du stylo Bic planté dans sa tête. Marsha agit comme tout bon samaritain agirait à sa place et tire d'un coup sec sur le stylo. Le nourrisson se met à gémir mais tout est bien qui finit bien pour la Grosse Marge et Chemise-à-l'envers. Blanket est vivant ! *"Beat it"*, chantent-ils avec une autorité parentale débridée, aussi heureux qu'on puisse l'être en pareilles circonstances.

Marsha tressaille quand deux secouristes, qui ont dû réussir à forcer la porte avant du bus, l'attrapent par-derrière.

— Vous êtes en état de choc, dit l'un.

— On vous emmène à l'hôpital, déclare l'autre tel un preux chevalier.

Pile ce qu'elle voulait entendre. Elle est certaine qu'une alerte à toutes les patrouilles la concernant a été émise à l'heure qu'il est, et elle va pouvoir se cacher en pleine lumière aux urgences.

— Qu'est-ce qui s'est passé ? Où suis-je ? gémit-elle de façon convaincante en tenant sa tête "blessée" tandis qu'ils l'installent sur une civière.

Voici le moment idéal pour subtiliser le portefeuille logé dans la poche arrière de l'infirmier. On s'imagine qu'un professionnel aurait la présence d'esprit de ne pas garder ses objets de valeur sur lui en travaillant sur les lieux d'un accident, mais non. Et là, elle le voit. Ce fichu chat ! Banjo avait peut-être eu neuf vies, mais n'en entamerait assurément pas une dixième.

9

— SOS, SOS, crie Richard la bite à Daryl, Marsha en vue ! mais Daryl ne la voit toujours pas, bien que son entrejambe le tire doucement hors de la voiture comme un saint-bernard portant secours à une victime d'avalanche.

Il tourne la tête à droite, à gauche, cherchant désespérément à apercevoir l'objet de son obsession, tandis que Richard, s'élançant avec ardeur, commence soudain à durcir. À mesure que le sang afflue dans son pénis, Daryl hurle de douleur, et les familles coincées dans leur voiture se mettent à remonter leurs vitres et à verrouiller leurs portières. Quand Richard descend la braguette de Daryl de l'intérieur du pantalon qui le retient prisonnier, Daryl comprend qui est le patron et le laisse ouvrir la voie.

"Chargeeez !" Daryl pense-t-il entendre dans la bouche de Richard, mais peut-être est-il simplement en pleine dépression érotique.

Un pénis n'est pas une personne à part entière. C'est une partie d'une personne.

•••

Poppy n'en revient pas qu'une garce statique clairement en manque d'exercice lui ait dit de se "tenir tranquille" quand elle est sortie de son véhicule pour rebondir tandis que d'autres automobilistes observaient bouche bée le carnage de l'accident de bus. Tous ces conducteurs au point mort auraient pu être ravis que Poppy et sa grande famille puissent sauter pour voir à quelle distance étaient les secours, mais surtout pas ! Cette foule d'antisauteurs en puissance se montre bien plus hostile que celle, finalement plus ouverte, qu'ils avaient acquise à leur cause sur l'aire de repos.

— Bas les pattes ! aboie Vaulta, volant au secours de Poppy à l'atterrissage de son premier saut complet.

— Résistez à la gravité, s'écrie Leepa en bondissant sur un tremplin, la fibre militante galvanisée, tandis que d'autres soutiens à la cause statique bondissent hors de leurs voitures la bouche pleine d'insultes.

Enfin, "bondissent" n'est pas le terme exact ici car ces imbéciles sortent de leur véhicule à l'horizontale, ils ne sautent pas à la verticale. La précision du vocabulaire est cruciale dans la définition du milieu du rebond actuel.

— Restez à terre ! gueule un vieux qui ne serait pas fichu de sauter même avec un bâton de dynamite dans le cul, depuis l'habitacle de son vieux Dodge Charger plâtré de boue.

— T'es trop grosse pour sauter ! lance une jeune femme à Leepa par la vitre ouverte de son 4×4 hors de prix.

Une fille tonique comme elle aurait pu se montrer plus tolérante envers d'autres formes d'exercice physique, mais la secte de Poppy semble faire ressortir ce qu'il y a de plus réactionnaire chez toutes sortes de gens. C'est toujours un choc de découvrir un gay ayant des préjugés contre une minorité, mais un homo râleur d'une cinquantaine d'années à bord d'une décapotable qu'il est bien trop vieux pour conduire lance d'une voix pompeuse à Campolina :

— La place d'une drag-queen c'est à quatre pattes, par terre, pas dans les airs !

— Bien dit ! Retournez donc à l'aire de repos Walt-Whitman avec les gens de votre espèce, grogne un sportif décérébré homophobe dans sa grosse bagnole, démontrant que la haine des sauteurs se répand comme une traînée de poudre.

— Bouge plus, bon sang, gueule un autre enragé à Billy le Twist, qui prend un malin plaisir à tourmenter son détracteur en bondissant, désarticulé de toutes parts.

— Arrêtez de sauter ! Arrêtez de sauter ! scandent plusieurs agitateurs immobiles rouges de rage.

Sam Ressort et Barbara Double Salto accomplissent ensemble une vrille complète, ce qui ne fait que pousser à bout les automobilistes : déjà coincés par l'embouteillage, ils se sentent encore plus cloués sur place à cause de cette bande de tarés bondissants. Cette foire d'empoigne est en train de virer au soulèvement populaire.

•••

Richard crie, Daryl crie, c'est la crise de cris. C'est elle. Marsha Sprinkle, qu'on extrait du bus sur une civière. Elle est canon, même avec cette perruque ridicule. Daryl sait qu'elle fait semblant. Elle ne saigne pas. Il n'y a rien d'humain dans ses veines, que de la glace. Richard se rend compte qu'il est totalement esclave de la touffe de cette femme, et pourtant, non sans un certain masochisme, il accepte avec plaisir l'excitation qui se profile dans sa chair blessée. Mais merde, est-ce que Daryl sent la douleur qu'il éprouve, son combat, son estime de soi en berne ?

Oui, il ressent tout ça, mais qu'est-ce qu'il est censé faire, Daryl ? Il ne peut pas se jeter sur elle comme ça. Les lieux de l'accident grouillent de flics, et se ruer la bite à l'air sur une victime qu'on transporte en civière n'est pas le meilleur moyen de passer inaperçu. Marsha ne sort de son personnage qu'un bref instant, au moment où elle laisse son bras pendre pour récupérer un portefeuille égaré : elle le voit. Daryl Hotchkins. Cette espèce de crétin l'a suivie ! Toujours excité. Dans l'espoir de récupérer son dû, alors que l'accord vaginal non contractuel qui les lie et qui ne tiendrait pas devant un tribunal est devenu nul et non avenu à l'aéroport. Bon sang, il a le zguègue à l'air, et le pire, c'est qu'on dirait qu'il lui parle !

— C'est ma nana ! lance Daryl à Richard en voyant les mains expertes de Marsha délester le portefeuille de ses billets pour les cacher sous sa couverture après que l'infirmier l'a installée dans l'ambulance.

Il ne peut pas se résoudre à laisser partir ce véhicule avec Marsha dedans et Richard en dehors… d'elle. Ils sont prêts, tous les deux. Ils forment une équipe ! Deux huissiers de jusbite pour le prix d'un ! Déterminés à récupérer ce qui leur est dû.

— Bon sang mais c'est Poppy ! s'exclame Daryl incrédule en la voyant se faire malmener par un cinglé sautophobe.

Bien sûr, il a eu des différends avec Poppy, mais comme ils traversent tous les deux une mauvaise passe, le temps est peut-être venu d'oublier le passé et de faire alliance contre Marsha Sprinkle.

— Sauve-la ! hurle Richard, qui prend soudain les commandes.

C'est difficile de courir avec une fracture du pénis. On a le membre viril tout tordu, avec des gouttes de sang, voire d'urine, qui se mettent à dégouliner sans prévenir, mais Daryl s'élance malgré tout, commençant seulement à entrevoir le courage qui caractérise Richard.

Poppy voit Daryl courir droit sur son assaillant, qui essaie de la maintenir au sol en l'étouffant à deux mains. Est-ce qu'il court le pénis à l'air ? Mon Dieu, on dirait bien ! Elle a toujours détesté Daryl, ce nigaud prêt à suivre tous les caprices de sa maléfique mère, mais elle doit avouer que son engin vengeur, aussi inquiétant soit-il, débarque à point nommé. Daryl chope ce néoconservateur par les épaules et le retourne pour que Richard le bifle encore et encore, jusqu'à ce que l'humiliation le pousse à prendre la fuite.

Daryl se tourne alors vers Vaulta, qui vient de se faire tacler par un autre contempteur des hautes altitudes, et lui fait signe de s'accrocher à son manche, et bien qu'elle semble un peu angoissée à l'idée d'être sauvée par un pénis, elle n'a pas le choix. Richard la hisse pour la remettre d'aplomb, et il a mal, terriblement mal, mais parfois le sentiment de justice anesthésie la douleur. Le duo Richard-Daryl, efficace unité de combat, propulse Vaulta dans les airs et elle revit, dans cette éclatante victoire verticale. Libre de rebondir ! Libre de rebondir !

Poppy s'aperçoit que la circulation reprend peu à peu dans une file, au niveau des véhicules de secours. Daryl croise son regard, et lorsqu'il voit l'ambulance emporter Marsha au loin, affolé, il pousse un cri d'urgence pénienne qui fait sursauter Richard. Soudain, l'arrière de l'ambulance s'ouvre et Poppy, ses fidèles, Daryl et Richard assistent à une scène ahurissante. Redressée sur sa civière, en appui sur un coude, Marsha est en train de faire les poches d'un secouriste qui tente de lui administrer de l'oxygène via un masque de réanimation, tandis que l'autre essaie désespérément d'attraper les battants pour les refermer.

Poppy et ses disciples bouillent de rage en voyant que Marsha Sprinkle vole de nouveau, tandis qu'une vague d'adrénaline sexuelle parcourt la virilité partagée de Daryl et Richard comme un tsunami déferlant sur un petit village japonais. Quand la meute d'intégristes antibondisseurs voit Daryl et surtout son membre doué de parole, qui font désormais partie de la clique des sauteurs fous, ils pètent les plombs. Poppy et sa bande courent sauter à bord de leur van pour poursuivre Marsha, mais les pneus de Daryl ont été dégonflés par ces lamentables rabat-joie. Que va-t-il faire, avec Richard ? Poppy s'arrête devant eux dans un crissement de pneus et lui lance : "Monte !" sans savoir que sa mère lui a dit la même chose le jour où ils se sont rencontrés. Billy le Twist se penche par-dessus le siège passager, la tête en bas, et hisse Daryl et Richard à bord avec ses pieds.

•••

Bon sang, se dit Marsha, ce conducteur est encore plus taré que celui du bus. Il zigzague de file en file, double les lambins à cent vingt kilomètres à l'heure par la bande d'arrêt d'urgence. Wouhou ! On s'éclate ! Elle respire l'oxygène et fait semblant de recouvrer ses esprits tandis que les secouristes enregistrent ses constantes tant bien que mal avec les embardées de leur chauffeur, dignes du cascadeur Evel Knievel.

Ô surprise, qui Marsha voit-elle par les vitres arrière ? Nulle autre que sa fille ingrate qui les talonne au volant de cet absurde van trampoline qu'elle a dû acheter au rabais à un cirque en faillite. Et qui donc est assis à côté d'elle ? Daryl et sa trique parlante. Parfaitement, elle l'a vu ouvrir sa petite gueule comme si elle avait voix au chapitre. Les lèvres vaginales de Marsha, elles, se sont imposé une censure éternelle. Aucun mot ne sortira de sa chatte, merci bien.

L'ambulance quitte l'autoroute au dernier instant pour prendre une sortie, et même si le van de Poppy pouvait sauter par-dessus les voitures, elle n'aura jamais le temps d'attraper la bretelle avec toute cette circulation. Et puis, la nuit est presque tombée à présent. Marsha est désolée de ne pas mieux voir le visage outré de Poppy, Daryl et des autres imbéciles au moment où ils perdent sa trace. Bon voyage bande de nazes !

10

La journée a été longue. Poppy et sa clique ont trouvé l'un des derniers motels avec matelas à eau du pays : le Motel Libre Cours, qui vante ses "matelas H_2O pour ceux qui n'ont pas peur de faire des vagues". Et puis ce n'était pas si loin que ça – seulement vingt-cinq kilomètres à l'ouest de Newark sur l'insignifiante Highway 1, à Arsenal dans le New Jersey. Ils auraient pu pousser jusqu'à New York, mais il aurait été tard et ils ont besoin qu'Adora, la mère de Marsha, soit en pleine possession de ses moyens si elle doit se joindre à eux dans le coup de grâce qu'ils comptent porter à la vie de mensonge, de fourberie et de vol que mène sa fille. La grand-mère de Poppy croit peut-être sa petite-fille protégée par l'ordonnance restrictive qu'elle a obtenue à l'encontre de Marsha, mais cette dernière n'obéit à aucun juge – qu'il soit local ou fédéral.

Daryl, qui semble avoir complètement perdu les pédales à force de frustration sexuelle, fulmine à propos d'une sorte de contrat charnel qu'il a passé avec la mère de Poppy, mais on ne peut pas faire confiance à quelqu'un qui s'entretient avec son propre pénis, seulement se servir de lui. Pourtant, elle lui doit une fière chandelle. Et à Richard aussi, suppose-t-elle. Ils lui ont sauvé la vie, à elle et à ses camarades, et ils ont donc conclu une trêve. Poppy et sa clique pourront tuer Marsha quand ils auront récupéré leur argent, mais Daryl et Richard ont le droit de la baiser d'abord. Enfin, quand même pas devant la grand-mère.

•••

Tant de véhicules de secours ont débarqué en même temps aux urgences de l'hôpital St Francis de Trenton, dans le New Jersey, que c'était une véritable pagaille. En s'enfuyant de son ambulance sous les protestations de ses infirmiers, noyées par les journalistes réclamant des détails sanglants à cor et à cri, Marsha s'est emparée d'une blouse blanche tachée abandonnée sur un quai de chargement et a filé droit sans se retourner.

Elle s'engouffre dans l'ascenseur et tombe sur une salle d'examen d'urgence installée pour gérer l'afflux soudain de patients. Le peu d'intimité qu'offrent ces minces rideaux suffira à camoufler ses vols avec délit de fuite. Elle commence tout de suite à fouiller dans le sac d'une victime à peine consciente. Hé, mais c'est la dame au chat ! Lorsque la pauvre reconnaît sa perruque sur la tête de Marsha, elle serre son sac contre sa poitrine.

Comment ose-t-elle lui résister ? Marsha attrape une seringue hypodermique sur un plateau, déchire l'emballage, et am, stram, gram, choisit au pif un flacon de médicament – allez savoir lequel. Elle remplit la seringue, enfonce l'aiguille dans le bras de la victime têtue, et injecte le produit. Quelle que soit la substance, elle agit. Oh, la dame est toujours en vie, mais ses pupilles se dilatent, et elle donne volontiers son sac, dans lequel Marsha se sert allègrement. Après quoi elle retire la perruque, miraculeusement restée en place pendant cette virée en ambulance, et la remet sur le ciboulot de sa propriétaire. Marsha l'enfonce bien et elle semble aller parfaitement. Voilà ma jolie. Trenton propose. Marsha dispose.

•••

Le Motel Libre Cours ne fait pas de publicité mensongère. Cet endroit est bel et bien un havre de paix horizontale pour se reposer en secret. Une île paradisiaque au doux clapotis pour que les bondisseurs récupèrent leurs pouvoirs ascensionnels. On ne peut pas à proprement parler s'envoyer en l'air, mais ces matelas permettent quand même d'onduler sur place, et l'endroit ne manque pas de nouveautés : matelas à eau superposés, lits circulaires pour "expériences adultes", et même petits lits à eau pour animaux de compagnie.

Les bondisseurs sont entassés dans la suite Esther Williams, soit deux grandes chambres à un prix raisonnable, meublées de matelas à eau sur mesure de toutes les formes. Il y en a même un dans la cuisine. Poppy a installé tout un buffet ondulatoire de choses à grignoter – petites pommes, tomates cerises, raisins, toute nourriture capable de rebondir quand on la lance. Les sauteurs affamés se servent parmi les hors-d'œuvre en sautant de matelas en matelas comme s'ils jouaient aux osselets avant de les engloutir goulûment.

Une fois les estomacs remplis, place à la fête ! Vaulta met un CD de Big Freedia et tout le monde se met à twerker sur la bounce music de La Nouvelle-Orléans tout en surfant sur les vaguelettes des nombreux matelas à eau. Campolina, mordue de cinéma, pousse un cri de joie en allumant la télévision : elle voit que le film *Bounce* est disponible en VOD. Certes, c'est une comédie romantique pourrie qu'ils ont tous vue un million de fois, mais rien que le titre soulage leur anxiété. Et puis, Gwyneth Paltrow joue dedans, elle qui a exprimé son soutien à la cause des bondisseurs, et qui n'a pourtant pas, jusqu'alors, donné suite à leur demande d'aide financière. Mais on peut toujours rêver, non ?

•••

Marsha passe devant la salle de garde, déserte, et s'engouffre dans la chambre d'une patiente. La dame mexicaine d'âge moyen dont les cheveux teints au henné laissent voir les racines grises est parfaitement consciente mais semble souffrir de blessures internes. Marsha ne la reconnaît pas – elle devait être assise tout au fond. Se figurant que cette passagère blessée est désormais immobilisée, Marsha se met à fouiller les poches d'un manteau pendu derrière la porte.

— Hé, vous, bredouille la femme, scandalisée de se faire voler sous ses propres yeux, c'est mon manteau !

Marsha fait semblant de ne pas entendre et vide les poches, laissant les pesos et empochant les dollars. Quand la femme mal en point essaie de sortir de son lit pour empêcher Marsha de s'enfuir, elle oublie son intraveineuse et trébuche sur les tuyaux pour tomber violemment sur le bras avec lequel elle voulait amortir sa chute et qui est peut-être bien cassé. Tant pis pour elle.

La voie est libre. Marsha se faufile dans une autre chambre. Dans celle-ci, toute une famille amish est réunie autour de la mère à la tête bandée et au visage salement tailladé. C'est comme dans ce vieux film, *Le Tour du monde en quatre-vingts jours*, à propos duquel Campolina ne tarissait pas d'éloges. Les références de Marsha sont tellement diverses, issues de toutes les cultures du monde !

— Vous êtes au courant ? demande Marsha en attrapant un masque chirurgical sur une étagère pour le mettre sur son visage.

— Quoi ? s'écrie la famille, inquiète.

La voix de Marsha est étouffée par la gaze, mais ils entendent quand même son avertissement.

— Il y a une épidémie de légionellose dans l'hôpital !

Toute la famille se rue hors de la chambre dans un mouvement de panique. Maintenant, à elle la monnaie. Ses mensonges pathologiques lui procurent presque un état d'euphorie transcendantale, songe-t-elle en vidant le porte-monnaie de la dame effrayée. Elle espère planer à jamais dans cet état de félicité envoûtante.

•••

Dans un coin de la suite, seul à être assis sur une vraie chaise, Daryl s'occupe de Richard et lui donne à manger par l'orifice de sa bite – de la nourriture pour poissons qu'il a volée sous l'aquarium tropical du lobby. De façon ironique, Richard, qui fantasme depuis toujours sur la gorge profonde de Marsha, n'en a lui-même qu'une riquiqui, et il peut à peine avaler ces indispensables vitamines sans avoir de haut-le-cœur. Il essaie de ressentir la joie de ses amis sauteurs, mais pour être honnête, à les regarder cascader de matelas en matelas, il a le mal de mer.

Daryl repère sur une étagère la commande de l'appareil Magic Fingers, qui a dû être abandonné là à l'époque où les lits vibrants n'avaient pas été remplacés par les matelas à eau. Elle est toujours reliée à son petit moteur et semble impatiente de reprendre du service. Daryl traverse l'océan de matelas sans écouter Richard, qui se plaint d'avoir le mal de mer, sachant que la "relaxation picotante" que promet cet appareil est peut-être bien le remède alternatif qu'il leur faut. Par chance, il lui reste une pièce de vingt-cinq cents et c'est suffisant pour faire vibrer ce petit bijou. Si on peut le relier à un lit, pourquoi pas à sa taille, déduit Daryl avec tout le génie dont il se sait capable. Il tire les quatre fils de nylon branchés sur le côté, les relie aux piles d'une lampe torche qu'il trouve dans un placard et attache son appareillage de fortune à sa ceinture.

Avant que Daryl ait le temps d'insérer sa pièce, Richard vomit un jet d'infection urinaire qui manque atterrir sur Billy le Twist, lequel ne remarque rien, tout occupé qu'il est à se transformer en nœud coulant humain, tel qu'il a appris à les faire chez les scouts, mais l'instabilité du matelas à eau ne lui facilite pas la tâche. Poppy et sa bande commencent à s'épuiser. Le dernier morceau de l'album de Big Freedia s'achève, et eux avec. Se mettant à l'aise pour une nuit de sommeil dont la houle empêchera leur dynamisme inhérent de retomber tout à fait, les fanas du trampoline créent un tapis humain ondoyant et s'endorment en dodelinant.

Daryl insère sa pièce et hop, le Magic Fingers se met en branle ! Tout son corps tremble, frissonne, une relaxation totale s'empare de lui, se glisse jusque sous son pantalon. Richard semble soulagé, mais il ne sait pas si c'est parce qu'il a enfin vomi ou si ces vibrations intenses lui envoient des flashbacks de masturbation adolescente. Quoi qu'il en soit, tout son être pénien se sent serein. Il s'endort, et dès que Daryl l'entend ronfler doucement, il augmente le niveau vibratoire et glisse vers le sommeil en frémissant de plaisir, comprenant enfin les satisfactions du mouvement perpétuel. Bon dodo à tous.

•••

Marsha s'aperçoit que des agents de sécurité patrouillent dans les couloirs de l'hôpital, mais n'a pas le temps de céder à la parano : toute une équipe de soignants débarque du monte-charge avec des patients sur brancards secourus sur les lieux d'un autre carambolage. Ils défilent dans le couloir et Marsha se glisse dans la salle de garde. Elle saisit un téléphone portable abandonné sur un bureau. Et que voilà, des crackers, de la marque Carr's, pas mal. Un peu fades pour son palais sophistiqué, mais largement au-dessus de ces vulgaires biscuits qu'elle a dû enfourner un peu plus tôt dans la journée. Tous ces vols, c'est que ça creuse l'appétit.

Elle s'engouffre dans une salle d'examen, plus grande, où un patient masculin au bout du rouleau semble faire une espèce d'attaque. Pas de médecin ni d'infirmière en vue. Merde alors ! C'est ce chauffeur de bus complètement fou ! Il s'est sûrement montré si odieux avec le personnel soignant qu'ils se sont dit Qu'il aille se faire foutre, avant d'aller s'occuper de patients plus reconnaissants. Mais Marsha sent une certaine affinité avec cet homme désagréable. Quel calvaire ce serait si elle devait avoir un vrai boulot ! Elle comprend qu'il ait pour devise "Le client a toujours tort", et elle salue sa défiance à l'égard du grand public.

Elle n'en est pas sûre, mais il semble la reconnaître lui aussi. Le souffle court, il se met à gesticuler de rage et elle s'approche, mue par une étrange tendresse envers ce qui les lie : leur haine du genre humain. Le regard du chauffeur irradie de colère pour ses défaillances physiques et les imperfections du corps, mais que peut-on faire en pleine attaque ? Marsha se penche, lui pince le nez et colle sa bouche menteuse contre la sienne pour le réanimer. À quinze reprises elle lui compresse le torse, et chaque pression le fait tousser, gargouiller, revenir enfin à la vie. Bien sûr, il ne la remercie pas, et Marsha comprend, elle aurait fait pareil. Le sens du devoir est une récompense en soi. Au lieu de ça, il lâche une caisse, mais Marsha ne le prend pas personnellement. D'ailleurs, elle sent une petite limace de matière fécale en train de se former dans son propre rectum. Il ne lui en voudra pas d'utiliser les toilettes de sa chambre. L'évacuation ne lui prendra que quelques secondes. Enfin, même pas "quelques". Juste deux. Après quoi elle pourra s'accorder un peu de sommeil réparateur dans la salle d'attente. Personne ne fera attention à elle. Ce sera peut-être même l'occase de choper un autre portefeuille.

11

C'est une belle matinée dégagée dans le New Jersey, et après un buffet gratuit dans la salle de petit-déjeuner où Poppy et ses disciples, Daryl et Richard compris, ont été chaleureusement accueillis par les autres adeptes du matelas à eau, il est temps de reprendre la route. Si Marsha s'est montrée plus rusée avec son coup de la fuite en ambulance, c'est la dernière fois qu'elle leur échappe. La dernière fois qu'elle vole. La dernière fois qu'elle est une mauvaise mère. La dernière fois qu'elle manque de respect à la sienne. La dernière fois qu'elle dénie à Daryl son salaire légitime. Aujourd'hui, c'est le dernier jour de Marsha Sprinkle sur terre, point final.

Daryl a récupéré deux autres Magic Fingers dans des chambres inoccupées avant de partir, et quelques adeptes de Poppy ont accepté de se brancher pour faire l'expérience d'un nouveau mouvement qui semble soudain plus transgressif que le saut. En tant que puriste, Poppy a décliné l'offre, et on voit à sa moue légèrement amère qu'elle désapprouve tout écart du dogme trampolinesque originel. Mais d'autres, en particulier Sam Ressort et Barbara Double Salto, frissonnent latéralement d'un bonheur tout nouveau. Daryl n'a pas du tout l'intention de faire des histoires en remettant en cause la politique verticale de Poppy, et pourtant on voit bien que Richard, qui se repose désormais doucement et tâche de guérir, est réellement apaisé par ces vibrations.

Quand ils s'entassent dans le van, les convertis restent en mode latéral mais les plus fidèles, Vaulta et Leepa, ne sautent qu'à la verticale en signe de solidarité. Campolina, toujours en quête d'une nouvelle diversité à célébrer, accepte de tenter l'expérience Magic Fingers que lui propose Daryl tandis qu'ils sortent du parking. Wahou, se dit Richard dans le caleçon de Daryl une fois que Campolina s'est branchée et qu'il la sent vibrer comme un diapason humain.

— *Easy now!* gazouille Sam Ressort, entonnant une reprise de *Whole Lotta Shakin' Goin' On.*

— *You can shake it one time for me*, l'accompagne Barbara en iodlant comme une cow-girl.

— *Shake it baby, shake it*, beugle Campolina, incorrigible diva, en se trémoussant plus vite que Joey Heatherton.

On voit bien que la curiosité de Billy le Twist est piquée elle aussi, et quand Daryl, ondulant latéralement, lui tend l'appareil, il l'accepte comme une drogue de passage entre la beuh et l'héroïne. Poppy s'engage sur l'autoroute pied au plancher et saute si haut sur son siège qu'elle se cogne la tête contre le toit. Ça fait mal, et alors ? Elle doit continuer à montrer l'exemple à tous ses disciples. Les défenseurs du trampoline ne doivent pas être tentés de s'égarer sur des chemins de traverse. Ces histoires de vibrations, c'est un engouement passager. Ce n'est qu'en bondissant qu'on accède au véritable salut.

•••

Marsha n'a pas très bien dormi. Certes, elle s'est assoupie le temps de quelques brèves siestes assises, mais on ne peut pas vraiment parler de sommeil. Personne ne l'a embêtée pendant la nuit, à part une infirmière venue lui demander qui elle était, mais cette fouine a déguerpi quand Marsha lui a patiemment expliqué qu'elle était l'avocate de la compagnie routière Bargain Budget. Comme s'ils en avaient une !

Tout ce cinéma qui se joue autour d'elle la déprime. Les familles qui prient. Les médecins qui courent dans tous les sens avec leurs médicaments miracle. Sauver des vies, ça lui semble rasoir. Le monde serait-il vraiment différent si tous les passagers du bus étaient morts à part elle ? Avouons-le, chacun aurait vite sombré dans l'oubli. Même si Dieu existe, on ne peut pas s'attendre à ce qu'il se souvienne de tout le monde, si ? Elle ferait mieux de partir au cas où il serait en train de l'observer de là-haut. Elle ne voudrait pas qu'il pense qu'elle faisait partie du lot !

Il y a une voiture. Elle remarque que la portière n'est pas verrouillée et – ta da ! – la clé n'attend qu'elle sur le siège avant. Mais qu'est-ce qu'elles ont dans le crâne, les familles de victimes d'accident de la route, pour se ruer aux urgences en laissant leur bagnole comme ça ? Vous êtes célèbre ? Vous avez vu un voiturier quelque part ? Non, alors il faut se garer, fermer à clé et, oui, prendre les clés avec vous !

Au moment où Marsha ouvre la portière, un gros chien – allez savoir de quelle race, ils se ressemblent tous – saute de l'arrière où il était tapi sur le plancher et la mord à la main gauche. Elle a suffisamment d'autodiscipline pour ne pas crier alors même qu'elle voit les crocs de la bête s'enfoncer dans sa chair, mais elle essaie quand même de cogner la tête de ce bâtard de son poing droit. Le clébard, lui, prend son rôle très au sérieux et continue de lui ronger la main. Enfin, Marsha réussit à se libérer de cette gueule grondante, mais elle saigne, et c'est très ennuyeux. Au moins, la robe du soir orange plutôt sobre et le trench marron qu'elle a volés dans une autre chambre juste avant de se reposer hier n'ont pas de taches. Elle est toujours présentable.

Où aller quand le monde entier complote contre vous ? Il n'y a nulle part où se cacher quand on se fait mordre par un chien potentiellement enragé, que la police est à nos trousses, qu'on passe à la télé, et qu'on se retrouve sur un parking d'hôpital qui grouille d'équipes de sécurité, de journalistes et de parents éloignés des victimes d'un accident. Elle voudrait bien croire en un pouvoir supérieur, mais seulement si elle pouvait le contrôler. Mon Dieu, ça doit faire un bien fou de dominer Dieu.

— Je vous dépose quelque part ? lui propose un homme blanc d'allure parfaitement normale au volant d'un 4×4 vert.

Enfin, pas si normal que ça. D'âge moyen, il ne se dégarnit pas encore, et s'habille comme de nombreuses victimes aéroportuaires de Marsha, mais de toute évidence, il ne s'est jamais taillé les poils du nez. Ils sont propres, rêches, ne portent pas de traces de mucosités et restent bien droits. Considère-t-il que sa pilosité nasale est sa signature, comme les sourcils de Frida Kahlo ?

— Oui, répond Marsha en montant à bord, feignant d'être aux abois. Un chien de compagnie m'a attaquée, explique-t-elle sans sourciller, et il y en a d'autres dans l'hôpital. J'ai peur d'y retourner.

— Mais c'est terrible, dit-il d'une voix sonore dont il doit le timbre cristallin à ses poumons en bonne santé, protégés des bactéries, champignons et autres spores par la jungle qu'il cultive dans son pif. Moi, je leur ferais tâter du gourdin, ajoute-t-il avec un clin d'œil complice et un bref éclat de rire avant de lui tendre son mouchoir pour qu'elle l'enroule autour de sa blessure.

Du "gourdin". Très drôle. Elle se rend compte que tous les hommes sont des désaxés. Débordant de ce besoin hormonal d'envahir les femmes, abîmés par le poids de leur cartilage congénital, humiliés par les effets de la gravité sur leurs testicules, pleins du fluide vital qui jaillit de leurs glandes prostatiques vouées au cancer. C'est ahurissant qu'ils ne veuillent pas tous se suicider !

— Vous voulez bien me donner mes lunettes de soleil ? demande-t-il d'un ton détaché en s'engageant sur l'autoroute à péage du New Jersey en direction du nord.

Marsha regarde autour d'elle mais ne voit rien.

— Dans la boîte à gants ? suggère-t-il, comme s'ils jouaient à "Tu brûles/tu refroidis".

Elle ouvre le compartiment et se fige. Il y a une tête à l'intérieur. Une tête de femme. Le conducteur glousse. Est-ce que c'est une farce ? Si c'est le cas, Marsha ferait mieux de jouer le jeu. Cette tête a l'air vraie. Le sang séché pourrait être du faux, mais la peau déchiquetée autrefois reliée à un cou est si fraîche et si vilaine qu'elle ne croit pas à des effets spéciaux.

— Je me demande à quoi ressemblerait votre tête au bout d'une pique, fait Poil-de-nez avec beaucoup d'humour noir ou de curiosité morbide.

Qu'il s'agisse de l'un ou l'autre, elle ferait mieux d'agir, et vite. Marsha regarde la tête. Qu'attend-elle de sa part ? De la compassion ? Un conseil ? Évidemment, la tête ne réagit pas. Comment le pourrait-elle, puisque l'effroi a figé ses traits pour l'éternité ?

Mais Marsha n'a pas peur. Il en faut plus pour l'intimider. À deux mains, elle s'empare de la tête, et c'est peut-être à cause de sa blessure, mais elle la trouve beaucoup plus lourde qu'elle ne l'aurait cru. Comme une boule de bowling. Les grosses, à trois trous. Parfait ! Elle la cogne contre le crâne du conducteur. Une fois. Deux fois. Est-ce qu'elle rêve ou voit ses poils se recroqueviller dans ses narines ? Il essaie de se défendre, mais comment se protéger quand on souffre d'une commotion cérébrale causée par une autre tête ?

Elle attrape le volant et la voiture vire sur la file de droite, coupant devant un camion FedEx et un van de location U-Haul. Elle est surprise qu'ils longent déjà l'aéroport de Newark. Alors qu'un gros 747 d'American Airlines descend du ciel avec grâce et passe juste au-dessus de leur 4×4 en perte de contrôle pour atterrir sur la piste toute proche à l'ouest de l'autoroute, elle donne un dernier coup dans la tête du conducteur avec le crâne de sa victime, et elle se fend comme une noix de coco trop mûre. Elle espère qu'un passager de l'avion a eu le temps d'apercevoir son coup de grâce depuis un hublot avant que les roues n'entrent en contact avec la piste. Imaginez un peu l'histoire qu'il ou elle pourrait raconter en attendant ses valises. Ah, le tapis à bagages.

Tandis qu'elle immobilise la voiture sur le bas-côté de l'autoroute, Marsha se rend compte que la tête porte un postiche. Encore ? C'est quoi, la nuit des longues perruques ou quoi ? Blond cendré, en plus. Elle sera passée par toutes les couleurs du nuancier Clairol en une seule journée ! Elle va pour s'en emparer, mais la tignasse est arrimée au crâne comme si la femme s'était préparée à sauter en parachute. Elle tire. De toutes ses forces. Elle entend le cuir chevelu se déchirer mais enfin la perruque se détache. Marsha découvre avec stupeur que la femme était presque chauve. Elle devait avoir la teigne. Bon, elle ne doit pas être contagieuse maintenant qu'elle est morte, pas vrai, Dieu ?

"Vrai, Marsha", doit être la bonne réponse car sitôt la perruque enfilée, je suppose qu'on pourrait appeler ça un dégradé amélioré, un miracle se produit. Toute une famille sur la bande d'arrêt d'urgence à côté de leur voiture, à quelques centaines de mètres d'elle. Le père pisse un coup dans la petite zone de verdure qu'il doit considérer comme étant "les bois". Les rares arbres sont tout chétifs et l'herbe à moitié desséchée n'est qu'une piste d'atterrissage pour sacs en plastique, emballages de fast-food et mégots charriés par les vents de la pollution automobile. L'épouse, courte sur pattes et d'une patience à toute épreuve, ne peut-elle pas empêcher son mari de pisser un bol devant leurs abrutis d'enfants, qui, à la grande surprise de Marsha, ne s'aventurent pas distraitement sur l'autoroute en quête d'un trèfle à quatre feuilles, d'une pièce porte-bonheur ou d'on ne sait quelle bêtise ?

Marsha veut leur voiture, et tout de suite. Un Ford Explorer. Une des automobiles les plus vendues en Amérique. Parfaite. Presque invisible. Mais papa n'a pas fini de pisser. Ce qui veut dire que c'est un ivrogne. Accro à la bière, à tous les coups. Elle n'a pas peur que cette famille voie son compagnon de route inconscient derrière le volant. Il est adossé à son siège, la tête, blessée, tournée sur le côté. On dirait qu'il fait une sieste. L'autre tête par contre, c'est pas la même chanson. Il faut qu'elle s'en débarrasse, mais le seul dépotoir envisageable est justement le bosquet où se trouve le père, qui secoue les dernières gouttes d'urine marron foncé de son pénis tout fripé. Marsha contracte son propre périnée, et lance violemment la tête tranchée vers le coin le plus reculé de cet horrible paysage. Elle l'entend atterrir contre le tronc creux d'un arbre mort. Chtong. Deux points !

La mère, dont Marsha remarque les dents de lapin qui auraient dû être corrigées par un appareil dentaire quand elle était gamine, lève le nez d'un sac de supermarché discount pour donner une barre chocolatée à sa fille, que Marsha imagine très bien autoriser les garçons à faire claquer ses bretelles de soutien-gorge lors de vide-greniers presque tous les week-ends. Soudain, Marsha se met à galoper vers elles, même si sa main blessée la ralentit, car elle sait qu'elle doit prendre cette famille par surprise. Perplexes, la mère et la fille se figent sur place en voyant Marsha foncer devant elles et se ruer sur la poignée de la portière.

— Hé, vous ! crie le skater à la con nouvelle génération qui leur sert de fils en déboulant sur sa planche pour la bloquer.

Il tombe. Marsha snobe son manque total de cool et grimpe à bord, certaine que la clé électronique que Papa crétin a laissée sur la console entre les sièges suffira pour démarrer.

— Appelle l'assistance ! beugle le père qui trébuche en remontant le talus et tamponne désespérément la tache humide sur le devant de son pantalon que toutes ses secousses n'ont pas réussi à empêcher.

La mère s'allie à ses enfants stupides pour passer à l'attaque, mais Marsha distribue les coups de poing à l'aveugle. Oui, avec sa main blessée. Bam ! En pleine tronche. Au moins, elle a réglé le problème de la mère. Adieu les dents de lapin. La fille, la bouche pleine de chocolat, attrape Marsha par les cheveux pour l'empêcher de monter dans la voiture, mais c'est une perruque, grosse débile, et elle lui reste dans les mains, et la fille tombe à la renverse sur le gravier de l'autoroute. Papa charge en direction de la voiture comme Captain America, gueulant quelque chose à propos de l'assurance, mais leur fils, sans faire cas de la course héroïque du père, essaie de tirer Marsha hors du véhicule par la fenêtre côté passager. Trop tard. C'est la voiture de Marsha, désormais ! Elle remonte la vitre électrique, écrase les petits doigts crasseux coincés tout en haut. Il pousse un hurlement de douleur. Toute la famille l'imite. Et recommence.

Marsha lève les yeux et a envie de faire la même chose. Là, droit devant elle, sortis de leur van, Poppy, ses sauteurs bas du front, Daryl, Richard et les convertis aux vibrations courent dans sa direction sur la bande d'arrêt d'urgence. Mais regardez-moi ça ! Aussi sérieux que des terroristes ceinturés d'explosifs et aussi ridicules qu'un dessin animé de Bip Bip et Coyote. Pris de convulsions latérales, bondissant à la verticale, ce sont les Rockettes qui partent en vrille. La famille en train de se faire tirer sa bagnole n'en revient pas. Tant pis pour la voiture ! Ces vibrateurs humains montés sur ressort peuvent la garder ! Mais qu'est-il arrivé à l'autoroute à péage du New Jersey ? C'était un endroit si agréable !

Marsha en a ras le bol de ces conneries. Elle écrase l'accélérateur et fonce droit sur Poppy et ses potes, mais les acrobates horizontaux et verticaux s'y connaissent en distance, vitesse et en puissance moteur. Elle voit l'expression rebelle de sa fille, et soudain tous les trembleurs, y compris ce débile de Daryl et sa bite stupide, se mettent à zigzaguer vers l'avant et vers l'arrière de façon agressive et à pousser des gémissements sinistres, affolés par leurs boîtiers Magic Fingers. Ça fout vraiment les jetons.

Poppy atterrit pile devant la voiture de Marsha, grogne "Rends-nous notre argent" et juste avant l'impact se propulse dans les airs.

— Bon sang, lâche Marsha, pied au plancher.

Vaulta atterrit avec un bruit sourd sur le toit du Ford et bien qu'elle sursaute, Marsha continue d'accélérer, puis la voit dans son rétroviseur atterrir sur le bitume sur ses deux pieds, et sauter de nouveau.

Pire que tout : Marsha aperçoit Daryl et son pénis lubrique droit devant, chacun tremblant comme une feuille, vibrant de bonheur et souriant tels des siamois sous gaz hilarant tandis que Sam Ressort et Barbara Double Salto guident les autres dans une espèce de danse en ligne frémissante et saccadée. Laissons-les savourer leur victoire dérisoire, se dit Marsha en accélérant encore. Elle imagine le temps qu'il va leur falloir pour que tout le monde atterrisse et monte à bord du van avant qu'ils puissent se lancer après elle. Bonne chance, les glandus de la cabriole ! Marsha fonce comme une flèche. Pas vers le haut. Pas vers le bas. Pas sur le côté. Elle file à travers le groupe, droit vers le Holland Tunnel. Et vous ne m'attraperez jamais, bande de trouducs !

12

Adora Sprinkle ne s'est jamais sentie en sécurité sachant que sa fille, Marsha, était libre d'aller et venir comme bon lui semblait. C'est pour ça qu'elle a obtenu une mesure d'éloignement à son encontre. Un "ex parte" comme on disait au refuge pour femmes maltraitées La Maison de Ruth. Et ce qui en effet définissait la relation de Marsha et d'Adora c'était la maltraitance. Sa petite-fille Poppy l'a appelée ce matin, remontée comme un coucou, prête à tuer sa mère qui l'a encore volée, et l'a prévenue qu'elle était peut-être en chemin pour la voir, mais Adora se tient prête si jamais Marsha vient boucher son horizon. Elle a enregistré le numéro de la police en raccourci sur son clavier de téléphone. Elle les appellera en un rien de temps.

À part ça, Adora était plutôt insouciante en cet après-midi d'automne frisquet de l'Upper East Side, attendant sa première cliente dans le bureau de sa boutique Bistoutouri. Satisfaite du lifting frontal qu'Adora avait réalisé sur son shih tzu, Weezie, Mrs. Winstead envisageait des injections de Botox, voire un peeling chimique, pour rafraîchir le "faciès" de son chien, selon son propre terme. Weezie ayant bien supporté l'anesthésie et ses bleus s'estompant comme prévu, Adora savait qu'elle la persuaderait sans mal. Les gens gagas de leur chien deviennent vite accros à la chirurgie esthétique pour animaux de compagnie, et Adora a été une des premières à détecter ce besoin. Elle n'est pas qualifiée, n'éprouve aucune honte, et n'a jamais prétendu être vétérinaire. Non, c'est une sculptrice, une artiste, certains disent même magicienne.

Comme sa petite-fille, elle travaille “en dehors du système”. Rien à voir avec sa fille, qui en plus d’enfreindre les injonctions d’éloignement n’est qu’une vulgaire criminelle.

Quelqu’un s’est-il déjà plaint des services d’Adora ? Bien sûr que non, l’Upper East Side – enfin, presque “Upper”, son institut est situé entre la 62e et la 63e Rue sur Second Avenue, au deuxième étage – est un quartier où les propriétaires canins affluent des quatre coins du pays pour des implants de pommettes et autres augmentations du menton. Certes, des articles de presse ont laissé entendre que l’Upper East Side était passé de mode et que les gens cool ne voulaient plus vivre là. Très bien, qu’ils restent à Brooklyn. Les clients d’Adora sont peut-être vieux, y compris dans leurs choix politiques, mais ils savent faire preuve de radicalité quand il s’agit du ravalement de façade de leur toutou. C’est ici, sur Second Avenue, que le lifting animal extrême a explosé !

Les clients d’Adora se sentent riches et ils veulent que le monde entier soit au courant. Certains vont jusqu’à demander des cicatrices de lifting devant les oreilles de leur chien au lieu de derrière, simplement pour prouver qu’ils peuvent se permettre ce luxe. S’il arrive à Adora de commettre une erreur, ils détournent le regard, vers les quartiers chics bien sûr. Comme la fois où elle a perforé l’organe interne d’un cavalier king charles en injectant de la graisse dans les muscles de l’animal pour lisser une ride particulièrement disgracieuse. Qui a dit que la beauté était facile ou sans douleur ? Pas Adora. Vrai, elle a peut-être eu la main lourde sur les implants fessiers de Dragon, le pékinois de feu Mrs. Chang Kaï-chek, mais quel chien a envie de s’asseoir une fois qu’il s’est fait lifter le popotin ?

Là où elle fait son beurre, c’est avec son offre spéciale chiens récemment castrés : elle leur permet de retrouver leur confiance de mâle grâce à ses “Roubijoux”, implants testiculaires purement cosmétiques plus vrais que nature. Un jour, elle a conseillé à un propriétaire canin défenseur du droit animal de n’ajouter qu'un rouston et d'affirmer que c'était le cancer, et non la visée contraceptive, qui avait eu raison de l'intégrité génitale du toutou. Vous savez quoi ? Le bobard a marché. Personne n'a soupçonné une castration.

Mais ce qui fait sa réputation, c'est qu'elle se surpasse dans le domaine de la créativité. L'incroyable chirurgie de l'entropion qu'elle a réalisée sur Jazzy, le yorkshire de Cindy Adams, a fait date, et plein de dames de Park Avenue ont demandé la même opération des paupières pour leur chien d'appartement. Et bien qu'elle ait été la cible de Peta par le passé, qui l'a taxée de cruauté et d'avidité, toutes ses clientes vantent volontiers le travail discret qu'elle a effectué sur Simba, le chien de Jocelyn Wildenstein, alias Catwoman. Ce n'était pas une Tara Reid à quatre pattes, je vous le garantis. Adora pouvait être la chirurgienne esthétique la plus classe de ce côté-ci de la Suisse si la situation l'exigeait.

La gueule pantelante d'un chien a souvent besoin d'un coup de bistouri pour rester attachante et ne pas déparer avec la vitalité de son maître. Personne n'a envie d'un chien qui a l'air déçu ou triste. Les bouledogues ne sourient pas vraiment au naturel mais une fois qu'Adora leur a lifté les commissures, on pourrait presque parler de rictus. Tailler quelques quartiers derrière la truffe d'un teckel élargit ses ouvertures nasales, ce qui lui donne une allure classique, et si l'on ajoute à ce cisèlement subtil une légère extension des pattes, alors cette race tant moquée devient une lignée de haut pedigree. Bienheureux ces toutous !

Sur elle, Adora n'a pas fait grand-chose. Il y a longtemps, elle a compris que ses poches sous les yeux, ses rides et le relâchement naturel de son corps étaient à peu près dans la moyenne pour une femme de son âge (fin de la soixantaine) et que si elle-même essayait de duper mère Nature, ses clients ne s'y retrouveraient plus et ça les détournerait des interventions prévues pour leurs animaux tant bichonnés. La pratique d'Adora consistait à projeter la peur humaine de vieillir sur les animaux à quatre pattes, qui ensuite devenaient un reflet grâce auquel les propriétaires se sentaient plus jeunes.

Adora avait bien un secret, dont ses adeptes ignoraient tout. Elle avait elle-même subi une intervention, dont elle seule pouvait voir le résultat. Une ombilicoplastie. Opération du nombril. Son cas est rare : elle a demandé à ce qu'il soit plus proéminent, alors que la plupart des patients demandent l'inverse. Mais Adora, non. C'était sa décision, concernant une partie intime de son corps. Ce n'était pas la perspective d'apparaître en public en bikini – heureusement, cette époque était loin derrière elle. Non, ce nombril introverti, il lui faisait détester son corps. Un nombril introverti, c'était une poubelle à peluches. La première fois qu'elle a vu cette pelote de saletés, le dégoût l'a paralysée. Elle s'est sentie écœurée. Souillée. Atterrée par cette situation. Adora Sprinkle. Une femme si digne, affligée d'un trou, un réceptacle, d'une fosse, d'une benne qui attire, protège, cache, héberge ces déchets épouvantables constitués de peaux mortes, de poils, et de fibres de ses propres vêtements qu'elle faisait semblant de croire de meilleure qualité. C'était inacceptable, elle ne pouvait pas se balader avec la gueule d'une plante carnivore au milieu du ventre une minute de plus.

L'intervention était simple. Le chirurgien esthétique l'a endormie avec un anesthésique local, réalisé une incision pour atteindre la hernie qui détermine la position du nombril et l'a tirée vers l'extérieur. Et hop. Plus de piste d'atterrissage pour la sueur et les résidus de sébum, adieu les droits à l'hébergement pour les déchets corporels. Cette décharge pour imperfections du corps humain était désormais fermée ! En tout, l'opération n'a duré qu'une demi-heure et la cicatrisation un mois. Le coût ? Trois mille cinq cents dollars. Une affaire. Adora se sentait enfin bien dans sa peau. Digne de sa carrière.

Certains de ses clients veulent que leur chien ressemble à Barbie. D'autres citent en exemple Tiffany Trump, Priscilla Presley, et même le Michael Jackson très lifté de la fin, mais

Adora n'encourage jamais ces relookings en sosie de célébrité car elle les réserve pour sa nouvelle chienne ; un cocker anglais nommé Surprize avec un Z qui ressemble trait pour trait à Joan Rivers. Elle a passé des années à sculpter, tirer, tendre et traiter au laser la peau de sa chienne pour obtenir ce regard en tunnel aérodynamique qui était la signature de Joan. Même en comptant en années chien, Surprize n'est plus toute jeune, mais est-ce qu'elle a l'air vieille ? Pas du tout. Elle ressemble à un extraterrestre. Exactement comme Joan.

Il y a longtemps qu'Adora s'est rendu compte qu'elle ne pouvait pas montrer Surprize en public. Des gens criaient, d'autres riaient, les enfants sanglotaient. Un militant qu'elle se souvenait avoir vu aux infos dans une manifestation contre les usines à chiots lui avait même gueulé de la faire piquer quand il avait vu cet animal radicalement transformé, mais avec une précision extrême. Surprize avait subi un lifting du cou, une augmentation du menton, des centaines de peelings au laser, des injections de Botox pour toutou, et au moins deux gastroplasties. Certains ont déjà traité Surprize de monstre, ou pire, de marionnette Flub-a-Dub, mais Adora s'en fiche. Elle sait que les chiens peuvent souffrir de trouble dysmorphique corporel, ou TDC de son petit nom. L'incapacité à se voir telle que les autres la voient fait que Surprize n'a aucune idée de son apparence. Elle ne se rend pas compte qu'Adora a traité trois fois la couleur originelle de son pelage, de sorte qu'il scintille d'une blondeur ton sur ton qu'elle porte comme une couronne. Surprize est le vrai bébé d'Adora. Et son horrible fille le sait bien. Marsha ne manque pas de chien côté physique, mais même Surprize sait qu'elle peut être une vraie chienne.

Cela fait longtemps qu'Adora n'essaie plus de deviner pourquoi sa fille a mal tourné. Enfin, Marsha n'a pas mal tourné à un moment précis, elle a toujours été comme ça. Comme dans ce film qu'Adora aime tant, *La Mauvaise Graine*. Voilà, c'était Marsha. D'instinct, les chiens savaient qu'elle était méchante. Sinon, pourquoi le premier cabot d'Adora, Intrus, aurait mordu son bébé le jour où elle est rentrée de la maternité ? Parce que c'était Belzébuth, voilà pourquoi !

Mais qui a le temps de ruminer ? La sonnette tinte et elle a un institut à faire tourner. Bien. Mrs. Winstead est à l'heure. Adora actionne le bouton de l'entrée, impatiente de voir comment a évolué le lifting frontal de la petite Wizzie – qui lui a donné un mal de chien, ha ha ! Si Joan Crawford avait été un clebs, elle aurait été fière de ses sourcils : arqués, dessinés, archi petit toutou mignon.

Adora sait que certains propriétaires pourraient ne pas comprendre l'allure avant-gardiste de Surprize, alors plutôt que la voiler, comme elle l'avait d'abord envisagé, elle a entraîné sa chienne à filer sous le pan inférieur de la housse du canapé de la salle d'attente quand des clients à l'esprit potentiellement étroit arrivent. Aucun chien n'a vu Surprize en vrai et sans en être totalement persuadée, Adora pense que c'est mieux ainsi. Sa chienne est d'une splendeur tellement surnaturelle qu'en tant que créatrice, elle se sent la seule autorisée à contempler sa beauté.

Mrs. Winstead, sosie de Nancy Reagan comme la plupart de ses clientes, s'engouffre à l'intérieur, visiblement perturbée. Weezie gémit, ce qui n'est pas si aisé avec tous ces points de suture.

— Il y avait une femme extrêmement insistante en bas qui voulait monter avec moi, annonce-t-elle, secouée.

— Comment ça ? s'inquiète Adora, qui, prise de parano, se rue vers le téléphone.

— Je ne sais pas qui c'était, elle n'arrêtait pas de dire que c'était une cliente mais elle n'avait pas de chien et je l'ai trouvée louche.

Adora appelle la police et Weezie se met à aboyer comme une sauvage, ce qui fait sauter plusieurs points sous ses sourcils fraîchement rehaussés. Avant qu'Adora ait le temps d'attraper des boules de coton pour tamponner le pus qui suinte des incisions, la porte s'ouvre d'un coup sur Marsha.

— Maman ! Quel plaisir de te voir ! s'écrie-t-elle en s'emparant du cordon téléphonique pour l'arracher du mur.

— Weezie, attaque ! gueule Adora, terrorisée, et la chienne de Mrs. Winstead bondit à la rescousse, sorte de croisement entre Benji et Mickey Rourke en drag-queen.

Marsha, à présent vêtue d'une robe de jour bleue en coton mélangé et d'une veste cintrée matelassée rose provenant de la valise de la dame aux dents de lapin, s'empare du miroir à main posé près de la table d'opération. Elle le tend face à Weezie, qui voit pour la première fois les résultats de son relooking. La chienne se fige l'espace d'une seconde, cligne des yeux douloureusement, puis laisse échapper un jappement déformé par le désespoir qui fait trembloter, éclater, s'effondrer tout son lifting. Mrs. Winstead essaie de la prendre dans ses bras pour la consoler, mais Weezie, maboule, lui croque un morceau de nez pour se venger. Un geyser de sang jaillit et Mrs. Winstead hurle plus fort que Janet Leigh dans *Psychose*. Weezie se rue vers la vitre la plus proche et, désespérée, commence à se cogner la tête contre le verre tandis que sa maîtresse s'efforce de boucher le trou qu'elle a dans le visage avec du papier absorbant humide.

— Vas-y ! Fais-le ! crie Marsha à la chienne humiliée.

— Non ! Non ! sanglote Mrs. Winstead, incrédule face à la folie autodestructrice de Weezie.

Adora se précipite sur son portable pour appeler les autorités mais Marsha tend la jambe pour lui faire un croche-patte, et sa mère valse dans le décor avec son téléphone, que Marsha s'empresse de lui confisquer. Les coups répétés de la tête de Weezie contre la vitre finissent par la faire exploser, et les bris de verre entaillent les rares parties de son visage non liftées. Sans un regard en arrière, la chienne saute par la fenêtre vers une mort certaine.

— Attaque ! lance alors Adora à Surprize, avec une rage qui la consume depuis le jour où Marsha est née.

En entendant le code secret auquel elle a appris à réagir dans les situations d'urgence, Surprize déboule de sous le canapé avec une exubérance toute nouvelle et fait de son mieux pour avoir l'air féroce. À la différence de Weezie, elle a déjà vu son ravalement de façade et, ma parole, elle se trouve carrément stylée ! C'est maintenant ou jamais. Mais quand on a subi un tel niveau de déformation, pas évident d'être prise au sérieux. Marsha rugit de rire avant de s'emparer d'un scalpel qu'elle lance vers le visage monstrueux de Surprize. Les yeux de la chienne ont beau être liftés, elle y voit clair et sait éviter le danger. Non sans mal, elle fait pivoter sa tête et échappe à la lame de justesse. Telle une Donatella Versace vengeresse à quatre pattes, elle cambre son dos contusionné et recousu en laissant échapper un aboiement de douleur entre ses babines enflées teintées de rouge au maquillage permanent, mais à cause de l'appareil orthodontique qu'Adora lui a mis pour corriger son alignement dentaire disgracieux, sa voix part dans les aigus, comme si elle avait la trouille. Comment Surprize peut-elle bien expliquer que c'est un collapsus trachéal dû à de nombreuses interventions nasales qui est responsable de ce jappement parti en vrille, qu'elle n'est pas née avec ce handicap vocal ? C'est impossible. Tout ce qu'elle peut faire, c'est bondir vers la bouche menteuse de Marsha.

Mais Marsha est agile elle aussi, ne l'oublions pas. Elle attrape Surprize par ses pattes arrière avant qu'elle n'ait le temps de mordre, la fait tournoyer comme un lasso, et la balance à travers la pièce. La chienne frôle Mrs. Winstead qui se rue vers la porte, sanguinolente et hurlante, puis finit son vol plané dans la tronche d'Adora, qui tombe à la renverse dans un fauteuil lui-même propulsé contre le mur, d'où une photo encadrée de Deputy Dawg se décroche pour se fracasser sur sa tête.

Marsha s'empare d'un burin chirurgical parmi les instruments sur la table et vise Surprize, étourdie mais déterminée à se battre.

— Pas mon chien, bredouille Adora, qui voit des étoiles en se levant, pas mon bébé !

— C'est moi, ton bébé, et je vais massacrer ce putain de clébard, siffle Marsha entre ses dents.

Son bras recule pour projeter la lame avec le plus d'élan possible. Mais avant qu'elle puisse le faire, quelqu'un lui saisit l'autre main par-derrière. Celle qui est blessée. C'est ce connard de Daryl, qui rebondit sur place avec la bite à l'air, à moitié molle. Comment osent-ils ?

Soudain, toute la pièce se met à trembler et Poppy déboule comme un ressort, ricochant contre les murs, tentant d'atterrir sur Marsha mais ses mouvements sont tellement incontrôlés qu'ils ne servent qu'à renverser les meubles.

— Tue-la, grand-mère ! crie-t-elle alors que Vaulta et Leepa entrent derrière elle, prises de secousses intenses, et que Daryl se paluche frénétiquement pour que Richard se dresse.

Poppy atterrit pile devant Marsha et lui lance "Joyeuse fête des mères !" en se mettant à l'étrangler sous les encouragements d'Adora qui hurle comme Tallulah Bankhead dans son film d'horreur préféré, *Die! Die! My Darling*. Campolina, Sam Ressort et Barbara Double Salto, suivis de Billy le Twist qui marche sur les mains, entrent en chaloupant et le plancher du bureau d'Adora s'ébranle littéralement. Les disciples du mouvement perpétuel encerclent Marsha, bondissant et palpitant tandis qu'elle vire au bleu entre les mains étrangleuses de Poppy, au rouge de dégoût à la vue indécente de Richard, et enfin au violet de rage face à Daryl qui se tripote. À court d'air, agitant les bras dans tous les sens, elle serre le poing et, de fureur, cogne Daryl en plein dans la bouche, et Richard se met à geindre comme une petite fille.

Marsha en profite pour coller un coup de boule à sa fille, qui l'envoie valser contre les murs, puis distribue des coups de pied retournés à Sam Ressort et Barbara Double Salto, dont les ripostes de rodéo ne peuvent rien contre sa maîtrise experte des arts martiaux. Aveugle de colère, Vaulta s'élance dans les airs mais évalue mal la hauteur sous plafond et se cogne la tête pour atterrir de travers sur une chaise, le souffle coupé. Le cœur serré, Leepa se propulse à son tour mais son propre poids la déséquilibre, et au lieu d'atterrir sur Marsha, elle éclate une table basse. Avant qu'Adora puisse attraper Surprize, sa fille vengeresse s'empare de l'animal ahuri pour enfin achever sa mission – zigouiller le toutou adoré de sa mère. Marsha chope Surprize par les oreilles et la balance de nouveau de toutes ses forces. Adora essaie d'attraper "son bébé" au vol mais, pour dire les choses comme elles sont, elle n'est plus toute jeune et l'après-midi n'a pas été de tout repos. Elle se rate. Surprize se fracasse contre le mur et pourtant… et pourtant… elle va bien. Non seulement elle s'en sort, mais c'est un autre animal. Elle regarde Marsha… et souffle dans sa direction. En raison de brusques lésions neurologiques, cette chienne refaite de partout devient prise au piège dans l'esprit d'une chatte en colère. D'un seul bond, dans une posture qu'elle imagine toutes griffes dehors, elle atterrit sur la tête de Marsha et lui laboure les cheveux. Marsha se débat contre cet animal qui ne sait plus à quelle espèce il appartient comme Tippi Hedren contre les oiseaux.

— Mords-la ! Mords-la ! beuglent-ils tous à Surprize, mais elle ne fait pas le poids contre Marsha, qui, en pleine montée d'adrénaline démoniaque, extirpe la bête confuse de sa chevelure et la lance comme une balle.

Par chance, cette fois, Adora ne rate pas son coup et attrape son animal transespèce. Elle sourit et la caresse, et Surprize frissonne, tressaute puis se détend dans ses bras, et se met à ronronner de bonheur. Poppy et sa bande manifestent leur joie tandis que Daryl et Richard se relèvent, s'agitent, s'adonnant à un polissage effréné. Ils sont peut-être plus nombreux qu'elle mais c'est elle la plus rusée. Ils ne perdent rien pour attendre. Ils paieront tôt ou tard ! Elle fait volte-face et file plus vite qu'une balle de revolver. Soudain, tous à l'exception d'Adora, toujours coincée dans son fauteuil, se mettent à bondir et à vibrer d'une hystérie nouvelle qui confine à la joie délirante.

13

Marsha regrette que le téléphone qu'elle a subtilisé dans la salle de garde de l'hôpital n'ait pas l'application Lyft, mais il doit bien avoir Uber, ce qui rime avec loser, alors que Lyft ça rime presque avec transgressif, enfin bon, peu importe. Quoi qu'il en soit, Marsha ne paiera pas de sa poche. Ah, bénie l'époque où elle avait un chauffeur ! Avant que sa bite ne prenne le contrôle et ne fasse de lui une véritable tête de nœud. Mais qui a pris les commandes à présent, hein ? Certainement pas Daryl ni ses couilles bleues. Entassé dans un van qui pue la sueur avec toute une bande de tarés du fitness dont pas un n'a réussi à la tuer alors qu'ils étaient neuf (plus un chien paumé et une bite parlante) contre elle. Même la croûte de sa main blessée est intacte.

Eh oui, c'est Marsha qui commande, et elle est sur le point de se faire déposer à LaGuardia par un vulgaire escroc, mais on s'en fout, les chauffeurs de covoiturage ne tapent pas la discute parce qu'ils ont généralement un passé douteux. S'ils avaient un vrai boulot, ils ne feraient pas ça, si ? Les hommes, comme celui qui la conduit aujourd'hui, passent sûrement trop de temps à regarder le sport à la télé et à se branler. De toute évidence, il est également dépourvu de tout sens de l'orientation. Quel conducteur de New York a besoin d'un GPS pour aller à l'aéroport ? Il ne sait pas où se trouve LaGuardia ? Ils ne sont pas censés passer un test ou je ne sais quoi ?

Les longs moments de vérité ininterrompus ennuient Marsha, alors pourquoi ne pas s'éclater un peu ?

— Excusez-moi, dit-elle sur un ton exagérément poli, mais que pensez-vous des dernières nouvelles ?

— Quelles nouvelles ? fait-il, légèrement inquiet.

— Dolly Parton vient de révéler qu'elle est un homme, débite-t-elle avec sérieux.

— Quoi ? braille-t-il.

— Je sais, dit-elle en hochant la tête, il y a des drag-queens partout de nos jours.

— Dolly Parton. Elle a une bite ? s'écrie-t-il, incrédule.

— Apparemment.

— Quel genre ? demande-t-il, de plus en plus perplexe.

— Non circoncise, à en croire les infos qui ont fuité de l'émission *60 Minutes* de dimanche prochain !

— C'est une blague ! beugle-t-il par-dessus les bruits de circulation en se garant devant le terminal des départs de JetBlue Airways.

Qu'est-ce qu'il y a de drôle dans le mensonge quand on vous croit dès le début ? Convaincre sa victime, c'est ça qui est amusant.

Marsha attribue la note de zéro étoiles à ce gros bêta, coche "pas de pourboire" et appuie sur "envoyer".

— Monsieur l'agent, dit-elle au flic avide de pouvoir qui fait la circulation perché sur le trottoir et persécute inutilement les chauffeurs particuliers simplement venus déposer des membres de leur famille, cette voiture là-bas tourne depuis longtemps.

— Merci bien, madame, répond-il d'un ton macho, une bonne grosse dose de force de l'ordre circulant dans ses veines.

Marsha n'en veut pas spécialement au chauffeur qu'elle pointe au hasard, mais c'est justement le but. Ce pauvre crétin a de la chance d'être une victime aléatoire de la méchanceté de Marsha. Il se retrouve dans le bouquin, n'est-ce pas ?

Elle repère un petit bagage cabine derrière une passagère qui vient manifestement tout juste de débarquer mais n'attend pas au bon endroit son Uber ou son Lyft. C'est presque un appel au vol, alors sans se faire prier, Marsha attrape prestement la poignée de la valise à roulettes de cette bouseuse et file dans le terminal. Mais au lieu d'aller directement à l'enregistrement, elle descend vers la zone de retrait des bagages. C'est plus fort qu'elle.

Marsha dispose d'un bon paquet de fric en liquide et d'un nouveau déguisement, alors ce n'est pas le moment de voler un sac, mais elle ne peut quand même pas laisser les petites compagnies aériennes toutes imbues d'elles-mêmes se reposer sur leurs lauriers, hein ? Elle agit rapidement, comme toujours. D'abord, elle met la valise qu'elle vient de voler sur un tapis de bagages en provenance de Chicago, vol 5371, remarque-t-elle. Pourquoi ? Parce qu'elle le peut, c'est tout. Elle est impatiente de voir le porte-parole de la sécurité tout cramoisi essayer d'expliquer ce qu'elle fabrique quand il matera les images de la vidéosurveillance. Ensuite, elle attrape le chariot vide d'un porteur peu méfiant et, sans s'arrêter, le roule à l'autre bout du tapis où elle chope deux bagages que personne n'a pris, fait demi-tour en direction du tapis suivant, où elle les dépose. Youpi ! Vive l'anarchie bagagiste ! Attrapez-moi si vous pouvez !

Mais elle n'en a pas encore terminé. Il lui reste une heure avant son vol et elle a besoin d'une nouvelle fausse identité pour embarquer. Elle déboule dans le premier bureau des réclamations qu'elle voit : celui d'American Airlines. Il y a des employées féminines mais l'une est noire et la Blanche pèse au moins quinze kilos de plus qu'elle. Bon. Alaska Airlines. Mince, une femme de son âge mais portoricaine. Et un homme. Personne qui ait la moindre ressemblance avec elle, mais il y a beaucoup de compagnies aériennes à LaGuardia, elle ne désespère pas. United Airlines. Bingo ! Une femme blanche avec des yeux marron comme les siens, d'environ son âge et son poids. Pas aussi jolie bien sûr, mais la même couleur de cheveux qu'elle actuellement, bien que coiffés différemment. Mais bon, quelle femme de son âge ne change pas de coiffure ? Les femmes de

Baltimore, à vrai dire, mais Baltimore est loin, ici c'est New York et cette dame fera parfaitement l'affaire.

Le décor est planté de manière idéale. Des bagages non réclamés jonchent le sol, comme d'habitude, et son presque sosie vérifie les étiquettes en priant pour ne plus recevoir de clients furax.

— Ça ne m'est jamais arrivé, dit Marsha d'un air faussement inquiet, mais je crois bien que mes bagages ont été égarés.

— Sur quel vol étiez-vous ? demande l'employée démoralisée, qui déteste ce boulot depuis le jour où on l'a transférée dans ce département.

— Chicago, vol 5371, répond Marsha, concentrée, sans méchanceté, à la différence des autres clients.

— Je peux voir votre ticket de bagage ? demande la femme comme elle le fait systématiquement.

— C'est bien le problème ! dit Marsha en fondant en larmes. Je l'ai perdu. Je suis tellement bête ! Il était collé à ma carte d'embarquement mais le papier que vous utilisez maintenant est tellement fin que tout s'est froissé dans ma poche et il a dû tomber.

Tiens, on me l'avait jamais faite, celle-là, pense l'employée, soudain sur ses gardes. Ça ne peut quand même pas être cette voleuse de bagages dont la sécurité nous a parlé ? Lorsqu'elle se retourne pour jeter un œil discret à l'affiche "Recherchée" posée sur son bureau, en partie recouvert de paperasse, Marsha repère son sac à main. Que cette nigaude a suspendu à une patère derrière la porte. Non, ce n'est pas elle, se dit l'employée, scrutant les images de vidéosurveillance, pas aussi méchante, en fait elle me ressemblerait presque, sauf que je suis plus jolie, bien sûr. Et puis, cette femme a perdu sa valise et non volé celle de quelqu'un d'autre.

Rapide comme l'éclair, Marsha passe à l'action. Sa main plonge une demi-seconde. Le portefeuille est à elle.

— Mais quelle idiote, s'écrie Marsha comme si une ampoule de bande dessinée venait de s'allumer dans sa tête, c'est mon mari qui a ma carte d'embarquement ! J'ai oublié. Je vais la chercher. Il m'attend dehors avec les enfants et notre bagage cabine.

Avant que la fille de United Airlines ait le temps de réagir, Marsha s'est volatilisée. Bon débarras, connasse, se dit l'employée, tu mérites de perdre tes bagages.

Jusqu'où peut aller la négligence ? Marsha était là, ennemie publique numéro 1 des aéroports, et on ne la reconnaît pas ? La fille mettra des heures à s'apercevoir que son portefeuille a disparu, en plus. Bon, regardons un peu le contenu. Quoi ? Pas de cartes de crédit ?! Toutes ont explosé le plafond autorisé et ont été annulées ? Marsha ne s'attendait pas à une ratée pareille. Voilà la carte d'identité, au moins. Elle se faufile derrière une meute de passagers qui s'engouffrent vers la sortie et s'assoit sur un banc à côté d'un groupe fêtant un enterrement de vie de jeune fille en tenue d'apparat. Ici, personne ne fera attention à elle. Elle ferait mieux de mémoriser toutes les informations du permis de conduire. Son esprit est semblable à un appareil photo. Clic ! Ta vie dépend de ces détails, retiens-les. Adresse, date de naissance, surtout le code postal. Un piège à loup. Voilà ce qu'est l'esprit de Marsha, et vous savez quoi ? Elle peut tout à fait passer pour cette cruche d'employée si elle détourne suffisamment l'attention de l'agent de sécurité de la TSA, et elle sait comment s'y prendre. Elle joue mieux que Meryl Streep. Oscar du Meilleur Mensonge, me voilà !

Qu'est-ce que c'est que ce bazar, là-bas ? Tout un attroupement attend des passagers avec des pancartes. MERCI POUR LES SERVICES RENDUS ; BIENVENUE À LA MAISON, SOLDAT ; FIER D'ÊTRE AMÉRICAIN, pour n'en citer que quelques-unes. Marsha déteste le patriotisme. Elle n'a rien contre les forces armées, au moins ils se sont fait la malle, mais pourquoi leurs proches éprouvent-ils toujours ce besoin d'étaler leur chauvinisme en public ? S'ils sont d'humeur fervente, elle va leur donner de bonnes raisons de l'être.

— Je suis désolée, quelle perte immense, dit-elle à un jeune homme qui pourrait être porte-drapeau.

— Mais je n'ai rien perdu, s'exclame-t-il, soudain inquiet.

— Il y a eu un accident, dit-elle tout bas à une autre femme, sûrement une croqueuse de militaires, puis elle se tire.

— Comment ça ? demande l'épouse de soldat en lui courant après.

— Regardez le tableau des arrivées, fait Marsha en s'arrêtant, l'air grave. Ils disent seulement "voir aumônier". Vous savez ce que ça signifie, n'est-ce pas ?

La femme pousse un cri horrifié et Marsha remonte le col de son trench avant de se diriger vers le comptoir d'embarquement.

Elle prend l'ascenseur parce qu'elle sait que les voyageurs qui les empruntent sont diminués physiquement, plus craintifs, moins sûrs de leur propre sort, et ne sont pas prévoyants pour ce qui est des restrictions de bagages. En d'autres mots, ils ne peuvent pas vous courir après. Il y a trois personnes à l'intérieur. Un homme avec tout l'attirail du supporter des Yankees alors que ce n'est pas la saison du base-ball et un chariot chargé d'une grosse valise pour la soute et d'un bagage cabine sûrement trop volumineux pour les compartiments supérieurs. Les deux autres, qui ont l'air de n'être jamais sortis de chez eux, se tiennent comme des sacs. On ne leur a jamais dit qu'une posture bien droite était la clé du succès ? Ils doivent être mariés car ils se disputent à propos du prix du parking longue durée. Ils tirent chacun un bagage à roulettes qu'on leur confisquera s'ils voyagent en zone 4 ou 5, ce dont Marsha est certaine.

— Vous êtes au courant des nouvelles mesures en vigueur ? lance-t-elle, en bonne samaritaine.

— Non, qu'est-ce qu'il y a ? demande M. Fan-de-sport, parano.

— On n'a droit qu'à un seul petit bagage qui loge sous le siège, aucun compartiment supérieur n'est disponible en raison des règles de sécurité.

— C'est impossible, soupire la femme, voyant d'ici l'enfer qui s'annonce pour elle et son mari si ces mesures sont réelles.

— Je sais, compatit Marsha, c'est de la folie, mais c'est comme ça pour toutes les compagnies. Et ce n'est pas tout. Maintenant, une fois à bord, interdiction de porter des chaussures !

— Mais le sol est dégoûtant dans les avions, postillonne la femme qui pique soudain une suée sous les bras.

— Hors de question que j'aille dans des toilettes pleines de microbes en chaussettes ! surenchérit son mari.

— Aucun homme ne peut viser juste avec les turbulences ! approuve le fan des Yankees d'une voix sonore qui fait rougir la femme mariée, gênée à la moindre allusion au sexe masculin.

Les portes de l'ascenseur s'ouvrent. Marsha sort la première et murmure en passant à un couple qui attend :

— Ils ferment l'aéroport JFK à cause d'un nouveau virus mortel !

La femme manque s'étrangler et Marsha rit sous cape. Il y a des gens prêts à gober les mensonges les plus absurdes ! Elle file, laissant dans son sillage une rumeur apeurée.

Bon, voilà, elle s'apprête à acheter un billet d'avion en liquide avec une carte d'identité plus ou moins ressemblante qui n'est pas la sienne. C'est l'examen final pour décrocher son diplôme ès impostures. Sera-t-elle admise ou recalée ? Là est la question. Pour le coup, le prix des billets de dernière minute, c'est la grosse arnaque. Ils savent que vous êtes forcés de partir : quelqu'un est mort, ou quelqu'un est né, et ils vous tiennent par les couilles même si vous avez un vagin. Et vous finissez par payer une fortune alors que le billet aurait dû être à son plus bas prix. La place est invendue et le serait restée si vous ne vous étiez pas pointé pour l'acheter. C'est votre mère qui devrait payer ce billet. Celle dont vous avez traversé les voies génitales avec tant de mal le jour où vous n'avez pas demandé à naître. Pareil avec cette pillarde d'utérus de Poppy. Marsha n'a pas volé le fric de sa fille, elle a pris ce qui lui revenait de droit en compensation de ce polichinelle indésirable qui lui a pété le tiroir. Et ces hommes répugnants ! Ce sont eux qui devraient la couvrir d'or pour ce qu'ils ont fait. Fornicateurs ! Accros au sexe ! Agresseurs ! Pire : pères ! Et encore pire, l'homme le plus immonde de tous… son ex-mari.

14

La Cross Bronx Expressway s'est améliorée mais quand même : Poppy a vu ce film avec Pam Grier, *Fort Apache, The Bronx*, et elle n'a aucune envie de faire halte pour rencontrer les gens du cru. Est-ce que les bondisseurs et les vibreurs seraient acceptés si loin au nord de Baltimore ? Elle préfère ne pas le savoir. Pourtant, sa bande a des soucis, c'est évident. Poppy, elle, va bien, elle continue à rebondir sur son siège, à un rythme tranquille qui n'attire pas l'attention des autres automobilistes mais lui procure cette sensation indispensable pour connecter son corps et son esprit. Et sa grand-mère, dans tout ça ? Adora sait qu'elle est un peu vieille pour sauter, mais devrait-elle faire semblant de vibrer pour montrer son appartenance à cette clique anti-Marsha, à ces… quoi ? Militants ? Marginaux ? Oui, c'est le mot qu'emploient les jeunes d'aujourd'hui, n'est-ce pas ? Dehors les "marginaux". Le simple fait de prononcer ce terme lui donne l'impression d'être plus jeune. Son chien, et elle sait que le mot "chien" est désormais considéré comme péremptoire et réducteur, semble ouvert aux premières secousses latérales expérimentales de sa maîtresse, alors pourquoi ne pas tenter l'aventure de ce tout nouveau mode de vie ?

Est-ce que c'est Surprize qui ronronne comme ça ? Mais oui, c'est bien elle, telle la chatte qu'elle a décidé de devenir. Un chien peut-il changer d'espèce, se demande Adora. Pourquoi pas ? Tout est possible dans ce style de vie excentrique et utopique dans lequel elle a été propulsée. Pour autant, est-ce que Daryl est obligé de garder son pénis à l'air ? Richard a l'air gentil et à vrai dire ses mouvements n'ont rien de sexuel, ce qu'elle ne prend pas personnellement, mais pour une femme de sa génération, il faut avouer qu'on met un peu de temps à s'habituer.

Pile au moment où Daryl et Richard vibrent à l'unisson, la batterie de leur Magic Fingers montre des signes de faiblesse. Campolina n'a plus de jus mais elle a trouvé une pièce de vingt-cinq cents au fond de son sac, de quoi se payer une autre tranche vibratoire.

— On a besoin de petite monnaie, annonce Billy le Twist en se contorsionnant pour regarder sous les sièges en quête d'éventuelles pièces.

Barbara Double Salto essaie de bricoler la connectique de son chargeur de téléphone pour le brancher au moteur de son Magic Fingers, en vain, et Sam Ressort, pratiquement immobile après le dernier spasme de son appareil, tente énergiquement de le relier au transpondeur de l'E-ZPass fixé au pare-brise, sans plus de succès.

— Et pourquoi pas avec la batterie de la voiture ? s'écrie Poppy, fière de ne pas souligner les limites pratiques des vibrations par rapport aux rebonds.

— Ça ne marchera pas ! se désole Daryl, soudain pris de panique, privé de secousses latérales, passant en mode vertical par défaut, tandis que son pénis inerte commence à mollir.

— Il nous faut une source d'énergie, crie le membre flasque en essayant de vibrer spontanément, sans l'aide du Magic Fingers, mais réussissant à peine à trembloter.

Poppy savait qu'ils en arriveraient là. Des groupes dissidents comme les vibreurs ont besoin de temps pour intégrer un mouvement, et pourtant les bibondisseurs sont peut-être bien l'avenir et elle doit accepter ce fait.

— Il leur faut des pièces ! s'exclame Leepa, ses bourrelets toniques agités par ses rebonds entêtés, bondisseuse canal historique jusqu'au bout des ongles, mais ta salope de mère a même pris la petite monnaie !

— Arrête-toi ! crie Richard par le trou flageolant de son manche déconfit.

Poppy n'aime recevoir d'ordres de personne, encore moins d'un pénis affaibli, mais elle sait que sa bande de sauteurs et de vibreurs est pour ainsi dire sur les rotules. Si son véhicule n'a pas encore besoin de carburant, il y a urgence pour ses disciples. Voilà une sortie. Troisième Avenue. Ça a l'air tout innocent comme ça, mais il s'agit du Bronx, ne l'oublions pas. *Last Exit to Brooklyn*, c'est peut-être de la gnognote en comparaison.

Tandis que Poppy s'engage sur la bretelle de sortie, ses sauteurs originels essaient de faire preuve de compréhension et d'apporter leur soutien moral aux vibreurs fraîchement convertis, affolés de devoir rester immobiles. Billy le Twist et Campolina tentent un retour vers le rebond mais après avoir goûté aux "frissons", ce n'est plus pareil.

— Là, une laverie ! crie Campolina tout excitée, sa tête heurtant de nouveau le plafond du van à cause de son engagement militant.

— Ils auront un monnayeur ! s'exclame Daryl à son tour, comprenant où elle veut en venir.

Sans grande conviction, il essaie de sautiller sur place, mais ses muscles tremblotants s'affaissent et très vite reviennent les tensions que les vibrations avaient si remarquablement libérées. Richard fait ce qu'il peut pour se mêler à la joie collective, mais il est si flasque que personne n'entend ses encouragements étouffés. Surprize pousse un feulement inquiet qui passerait inaperçu dans n'importe quel groupe de chats, même les plus sceptiques. Est-elle chen ? Chiat ? Quel est le bon terme ? Ça n'a plus d'importance. Elle fait partie de la troupe désormais.

Lorsqu'ils se ruent à l'intérieur, Poppy ouvrant la marche bien sûr, ils découvrent avec surprise que la laverie, tellement générique qu'elle n'a apparemment pas de nom, est bondée. Parfait. Ils ont besoin de fonds. D'un trésor de guerre. De pièces pour nourrir la dépendance au mouvement de leur mouvement décalé. Les statiques, en pleine lessive, tombent des nues lorsqu'ils lèvent le nez de leurs vêtements, serviettes, et draps mouillés pour voir débarquer ces mordus du remous, certains sautillant, d'autres tremblant bizarrement.

— Aboulez la monnaie ! exige Poppy d'une voix autoritaire en volant un rouleau de pièces à une fille blanche au visage chevalin qui s'apprêtait à les introduire dans la fente de la machine.

— Hé, bas les pattes ! s'exclame-t-elle, ne sachant où donner de la tête, mais Poppy a déjà bondi hors de sa portée.

Vaulta se perche quant à elle sur une machine à laver, saute sur une autre et atterrit pile devant le monnayeur au moment où il crache quatre-vingts pièces de vingt-cinq cents en échange d'un billet de vingt dollars.

— Désolée, lance-t-elle à une dame coiffée de bigoudis qui attend devant la machine et n'a pas l'air commode.

De sa main valide, elle récolte les pièces de la femme dans un gobelet vide qu'elle a ramassé juste avant.

— Hé, c'est pour le sèche-linge ! grogne la dame en s'élançant vers Vaulta avant qu'elle ait le temps de redécoller.

Tandis qu'elles se disputent les pièces, Campolina attrape une serviette mouillée dans la panière d'une Jamaïcaine et la fait claquer comme un fouet sur le cul de la femme qui n'est plus de la première jeunesse.

— Aïe putain ! ! gueule-t-elle, remontée comme un cycle d'essorage à mille tours minute.

— Nous on se *move* hou hou ! iodlent sans éclat Sam Ressort et Barbara Double Salto qui, encore sous le choc de l'arrêt brutal de tout mouvement, ne prennent pas la peine d'expliquer aux clients qui ne pigent que dalle leur référence politique à John Africa et MOVE, son groupe militant de retour à la nature né à Philadelphie.

Un aspirant héros, gros dur portoricain avec des pellicules et un tatouage minable dans le cou épelant R-E-V-O-L-T, essaie de choper Daryl, qui essaie mollement de sauter jusqu'à ce qu'il puisse recharger sa batterie vibratoire à plat. Richard vient à la rescousse en faisant gicler un jet d'urine étonnamment puissant dans la face de l'agresseur, qui pour le coup se révolte plus vite que l'encre ne sèche sur la page que je suis en train d'écrire.

Ça y est, c'est la foire d'empoigne. La fille au visage chevalin s'apprête à jeter de la lessive à la gueule de Poppy, mais un étudiant écolo lui prend sa boîte de cristaux toxiques des mains et la vide dans la poubelle d'un air satisfait. Un vieux sans-abri qui essaie tristement de détacher ses sous-vêtements à l'eau de Javel rebouche le flacon et le lance à une vieille prostituée qui l'attrape au vol, le débouche et en jette une giclée en direction de Campolina, laquelle réagit comme toute drag-queen en mauvaise posture : elle fonce tête baissée pour que le liquide imprègne ses racines foncées qu'elle n'a pas eu une minute pour retoucher. Ouais, ça pique, et alors ? Vous croyez qu'on a le temps de poser son cul chez le coiffeur quand on fait la révolution ?

Notre gros dur tatoué se figure tout à coup qu'il peut sauter, lui aussi, mais quand il atterrit sur un sèche-linge surchargé, la machine se met à faire des tap-tap effrayants et des embardées d'un côté puis de l'autre. Tandis que Cou Tatoué garde l'équilibre tant bien que mal, Billy le Twist est si enragé de voir un civil qui n'appartient pas à leur cercle imiter leur gymnastique d'avant-garde qu'une vague de fierté frémissante le submerge ; rassemblant ce qu'il lui reste d'adrénaline et de flexibilité, il se penche vers l'arrière jusqu'à ce que ses doigts touchent le sol, lève une jambe, exécute un grand écart et tremblote sur ses coudes en direction de l'ennemi sans perdre l'équilibre une seule fois. Il suffit d'un coup de pied. Le pseudo-sauteur raté tombe du sèche-linge et se vautre sur le lino, n'ayant que ce qu'il mérite.

Les adeptes des secousses enfournent les pièces dans leurs Magic Fingers et se mettent aussitôt à vibrer latéralement.

C'est l'extase. Poppy et ses trampos font blocage, sautillant et bondissant pour effrayer et repousser les clients enragés de la laverie, qui ont le sentiment que leur jour de lessive a été injustement interrompu. Soudain, un vrombissement de moteur se fait entendre et tous les yeux se tournent vers la vitrine. Au loin, une Adora tremblante au volant du van aux suspensions customisées fonce droit sur eux. Les clients plongent pour s'abriter tandis que Poppy et sa bande bondissent et vibrent avec une ferveur renouvelée. Adora fracasse la devanture dans un déluge de verre et de bois, et le véhicule finit sa course en plein dans le monnayeur, qui se renverse mais ne se brise pas. Plus déterminée que jamais, elle détourne son grand âge en rage, fait marche arrière et écrase l'accélérateur, percutant ce stupide morceau de métal une seconde fois. Les clients s'enfuient, certains traînant quelques vêtements humides derrière eux, pendant que Poppy et sa clique encouragent Adora. Elle brûle la gomme, percute de nouveau la machine, et cette fois, banco.

Il y a des pièces partout. Une vraie mine d'or pour les adeptes du Magic Fingers. Daryl insère la monnaie à une telle vitesse dans son appareil que Richard s'affole et attire son attention sur les risques d'overdose de frissons, mais Daryl est tellement accro qu'il se rit du danger et tourne la molette de vitesse au max. Sam Ressort et Barbara Double Salto chevrotent déjà à fond les ballons, faisant des gammes sur des paroles de western swing sans queue ni tête auxquelles leur vibrato donne une tonalité encore plus bluegrass. Billy le Twist fait jongler les pièces avec ses mains, ses pieds, et même sa langue, et de façon hallucinante, chaque fois qu'il en lance une, elle atterrit pile dans la fente des Magic Fingers de ses amis. Campolina fourre les pièces de vingt-cinq cents qu'elle a en trop dans son toupet de faux poils pubiens comme un écureuil déchaîné qui amasse autant de noisettes qu'il peut pour l'hiver. Pas facile d'être guerrière et drag-queen, et quand on vibre par-dessus le marché, je vous raconte pas.

Poppy, Vaulta et Leepa, la vieille garde des bondisseurs, aident Adora à sortir du van, et les vibreurs agités de partout les rejoignent en applaudissant son courage. Adora rayonne de gratitude et Surprize, se sentant enfin bienvenue, lui saute dans les bras, nouvelle créature arrivée à maturité, et se tortille tout en souplesse. Adora la couvre de bisous et imite les vibrations de son animal avec une passion dévorante. Richard lui aussi y va de son petit hourra, de nouveau dressé grâce à l'énergie qui coule à flots. Surprize se met à aboyer et à miauler tout en tremblant, ne cherchant plus à passer pour tel ou tel animal, mais fière d'être elle-même malgré toutes les complications. Une sirène retentit au loin. Le monde comprendra-t-il un jour ?

15

Bon sang, ce que Marsha aimerait réserver et payer son vol sur une de ces bornes libre-service, mais en liquide c'est impossible. Elle fait la queue, sachant que son avion ne va pas tarder à décoller, mais elle se dit qu'acheter et embarquer dans la précipitation ne peut que lui rendre service. Il y a deux vrais humains qui travaillent au guichet d'enregistrement, une Afro-Américaine avec une coiffure incroyable qui a dû la faire souffrir et un homme blanc qui ne comprendrait jamais. Ils sont tous les deux disponibles. Elle jette son dévolu sur lui.

— Un aller simple pour Boston, s'il vous plaît, sur le vol United 78 en liaison avec le vol Cape Air 2116 pour Provincetown, annonce-t-elle avec assurance et politesse en présentant sa pièce d'identité.

— Vous avez vos numéros de confirmation ? demande-t-il comme à chaque client.

Marsha laisse échapper une larme de crocodile.

— Non, sanglote-t-elle, ma mère est morte subitement ce matin, atrocement mutilée par un chien, je viens de l'apprendre. Il faut que je me rende à la chambre funéraire de Wellfleet pour prendre les dispositions nécessaires.

Elle fait exprès de lui faire savoir qu'elle ne séjournera pas à Provincetown, elle y atterrira seulement, au cas où il la prendrait pour une lesbienne et la traiterait en conséquence.

— Je vous en prie, le supplie-t-elle, ce sont les derniers vols disponibles aujourd'hui.

L'employé semble réellement ému. Sa propre mère a eu un accident impliquant un chien récemment et il est heureux de pouvoir s'en ouvrir à quelqu'un qui le comprend.

— Elle a trébuché sur la laisse de ce satané colley qu'elle promenait.

— Ça arrive tout le temps, le console Marsha pour mieux le ferrer.

— Ce clébard est tellement stupide. Devinez pourquoi il a déguerpi d'un coup ?

— Pourquoi ? fait Marsha alors qu'elle s'en tamponne.

— Pour bouffer un tas de crottin après le passage de la police montée dans le parc ! beugle-t-il bien trop fort.

— Répugnant, approuve Marsha, tâchant de ne pas montrer de signes d'impatience.

— Maman n'est pas morte, mais elle s'est cassé les deux jambes, se plaint-il, et d'après vous, qui doit s'occuper d'elle maintenant ?

— Vous ? propose Marsha comme la marionnette d'un ventriloque.

— Exactement ! déclare-t-il à l'attention de toute la file d'attente. C'est moi !

Il se ressaisit et lève le nez de son ordinateur.

— Vous avez de la chance, dit-il.

Au début, Marsha comprend qu'elle a de la chance parce que sa mère est soi-disant morte, mais s'aperçoit qu'il parle des billets d'avion.

— Il y a des places disponibles sur les deux vols, annonce-t-il. Couloir ou hublot ?

— Couloir, comme ma mère préférait elle aussi.

Elle redouble de larmes, se frotte les yeux, exhortant un filet de morve à couler de son nez, sachant que l'employé est sur le point de jeter un œil à sa pièce d'identité. Il détourne le regard, gêné par tant de chagrin, puis pose les yeux sur sa photo avant de les lever vers son visage couvert de mucosités. Qui pourrait dire de qui il s'agit à travers ce rideau de larmes ?

Et puis, il sait que l'embarquement a commencé sur son vol. Allez, amenez-moi cette pauvre femme à Provincetown.

— Voilà pour vous, dit-il gentiment en prenant son argent (merci, Poppy !) et en lui tendant sa carte d'embarquement. Mais dépêchez-vous, votre avion est sur le départ.

— Merci, pleurniche-t-elle, la coulure de morve tant espérée finissant par atterrir en plein sur la partie de la carte où figure sa porte d'embarquement et brouillant les chiffres.

— Merci d'avoir choisi United, ajoute l'aimable employé comme il a été conditionné à le faire.

— Vraiment, merci à vous, gazouille-t-elle en attrapant le stylo qu'il a laissé sur le guichet avant de se précipiter vers le poste de contrôle.

Parfait ! Il y a suffisamment de monde dans la queue pour qu'elle demande à un employé de la compagnie de la faire passer devant les passagers qui, eux, ont prévu l'attente. Regardez-moi tous ces imbéciles qui paient pour avoir droit au programme Clear, se dit Marsha. Qui donnent aux autorités leur ADN, leurs empreintes digitales, leurs données de reconnaissance faciale, tout ça pour avoir le droit de resquiller dans la file. Mais plus tard, hein ? Quand ils se serviront de toutes ces données privées pour vous inculper de n'importe quel crime que la police n'arrive pas à résoudre, hein ? C'est CLAIR qu'ils vous tomberont dessus. Allez hop, direct en prison ! Non merci. Tout ce qu'il faut, c'est inventer une histoire d'embouteillage ou d'enfant malade à la maison et un employé crédule vous fera passer devant tout le monde. Et ça ne coûte pas un rond !

Marsha ne fait pas cas de la vieille râleuse devant laquelle ce gentil employé de United la fait passer.

— Quel poisson se dessale ? l'interroge la femme en colère.

— Je vous demande pardon, répond Marsha, perplexe.

— La MORUE ! gueule la vieille sur un ton accusateur, comme une gamine dans une cour de récré, mais elle a beau se plaindre, ça ne changera pas grand-chose, hein ?

Le cœur de Marsha s'arrête quand elle aperçoit une vieille photo de vidéosurveillance où on la voit sous un angle différent, posée sur le bureau du type qui vérifie les cartes d'identité. Elle se remet dans la peau de son personnage et sanglote d'un air convaincant.

— Ma mère est morte ce matin. Je ne m'y attendais pas du tout !

— Pièce d'identité ? râle-t-il en la coupant, sans la moindre compassion.

Oh-oh. Avec lui, ça va pas être de la tarte. Elle réfléchit, prend sa carte d'embarquement – par chance, ce sont les anciennes, en carton costaud – et se sert de la tranche comme d'une lame contre la croûte au creux de sa main.

— Mince, s'exclame-t-elle, je me suis coupée.

— Bon sang, aboie le type quand elle lui tend son permis de conduire avec une grosse traînée rouge en travers de la photo. Adresse ? demande-t-il en guise de test avant de prendre son mouchoir pour éponger le sang, mais ne lui proposant pas le moindre Kleenex pour sa propre blessure.

Elle lui débite la même adresse qu'il a sous les yeux en tamponnant son entaille comme elle peut avec l'enveloppe de la compagnie aérienne, ce qui le distrait tant qu'il en oublie de regarder l'image de vidéosurveillance posée à côté de lui. Les hommes ne remarquent jamais les détails d'un visage féminin de toute façon, songe Marsha, tout ce qu'ils cherchent ce sont des trous par lesquels pénétrer dans leur corps.

Ça marche. Il entoure le chiffre de sa carte d'embarquement avec une sorte de code qui fait de lui, croit-il, quelqu'un de supérieur aux autres, et il lui fait signe d'avancer, secouant la tête avec mépris. Marsha adore la panique qui s'empare de la plupart des voyageurs quand ils approchent du portique de sécurité ; retirez vos chaussures, mettez vos affaires dans le bac, enlevez votre ceinture, sortez les médicaments, les affaires de toilettes dans un sachet spécial, l'ordinateur dans un bac et l'étui dans un autre. Ça lui laisse le temps d'échafauder des plans. Il y a deux files qu'elle peut rejoindre, mais elle doit se livrer à une petite analyse au préalable. Voyons. Qui est le plus novice parmi tous ces passagers ? Pas ce type, trop européen, non, pas elle non plus, trop bien habillée. Oui ! Elle, là ! Une dame d'un certain âge, d'une bonne lignée, qui prend rarement l'avion. Elle a une bouteille d'eau qui dépasse de son sac à main et ne sait même pas qu'on va la lui confisquer. Parfait.

Marsha se rue vers elle dans la peau de son personnage endeuillé et la supplie de la laisser passer pour attraper son vol avant que la porte d'embarquement se referme. Évidemment, la dame compatit et accepte.

— Un petit conseil, lance Marsha gentiment en posant son sac sur le tapis roulant du scanner, vous devriez mettre cette bouteille d'eau dans votre poche au lieu de la laisser là, ils vont vous la prendre.

— Ah bon ? fait la femme avant de docilement glisser la bouteille d'eau Deer Park dans la poche de sa jupe-culotte. Je n'ai pas pris l'avion depuis le 11 Septembre et tout ça c'est nouveau pour moi.

— Oh, la réglementation change tous les jours, soupire Marsha, pressentant que cette femme, comme les autres, mettra son sac à main sur le tapis roulant avant son bagage à roulette de façon à le récupérer en premier une fois de l'autre côté.

Furtivement, elle retire sa vraie carte d'identité de son soutien-gorge, la glisse dans la poche du manteau qu'elle enlève, et passe le portique sans encombre, convaincue que l'employé de la TSA vient de reluquer ses culottes, mais qu'y peut-elle ? On vit dans un monde de pervers. Elle attrape son manteau et regarde derrière elle. Impeccable ! Ils ont fait sortir sa cible de la file et découvert la bouteille d'eau. Alors que la victime bredouille ses explications, Marsha repère le sac à main de cette femme qui sort justement du scanner. L'écriteau a beau dire NE PAS PRENDRE SES OBJETS BLABLABLABLA, Marsha le chope et passe la bride sur son épaule en pressant le pas. Le sang qui tache sa carte d'embarquement masque les numéros de vol mais la morve a suffisamment séché pour qu'elle puisse lire son numéro de porte. Voyons. Porte 24. Fait suer.

Bon. Nous y sommes. À L'HEURE annonce le tableau. Voilà l'équipage qui embarque. Elle s'assoit illicitement sur le siège réservé aux handicapés et remet sa carte d'identité dans son soutien-gorge, tout contre les seins qu'aucun homme ne pelotera jamais. Voyons ce qu'il y a dans ce sac à main. Des Chiclets. Tellement vieille école. Des pansements ! Ça doit être son jour de chance ! Elle en prend un petit et l'applique sur la cicatrice de sa morsure de chien. Et voilà le portefeuille. Tant de portefeuilles, si peu de temps. Deux cents et quelques dollars. Pas mal. Elle extirpe les billets et les fourre dans son soutif eux aussi. Tiens donc, un chapeau de pluie. Une de ces charlottes en plastique qui se plient en accordéon et qu'on voyait dans les publicités pour Wonder Bread. Bon sang, elle n'en a pas vu depuis l'époque où elle vivait dans Dutch Village. Elle l'enfile. La Marsha Sprinkle des images de vidéosurveillance aimerait mieux mourir qu'être vue avec n'importe quel élément de sa tenue vestimentaire actuelle. Elle va garder le sac à main également – ce sera un bon accessoire pour la suite. Hem hem ! Elle est prête à embarquer, là ! Magnez-vous, merde !

16

Le camion U-Haul dont ils se sont emparés devant la laverie n'est pas spécialement aménagé pour les sauteurs ou les vibreurs, évidemment, mais l'intérieur long de trois mètres est parfait pour se cacher et bringuebale assez pour garder les disciples de Poppy en déséquilibre, exactement comme ils aiment. La sirène qu'ils entendent dans le lointain ne les effraie pas le moins du monde. Loin de là. Les deux étudiantes qui ont loué ce camion, ayant probablement foiré leurs partiels et décidé de laver leur linge avant de rentrer chez elles annoncer la nouvelle à leurs parents, ont vite été dépassées et se sont enfuies comme des petites natures dès que Poppy a braqué sur elles un flacon d'adoucissant qu'elle tenait comme un pistolet sous un torchon. Dans la panique, l'une a même laissé tomber son manuel d'agriculture. Qui peut bien étudier l'agriculture dans le Bronx, à part une abrutie ? Elle ne saurait même pas comment appeler la police. Peut-être qu'un animal de basse-cour volera à son secours !

Poppy et Adora sont assises à l'avant dans les sièges baquet. Surprize feule et fait n'importe quoi comme tout chat dans un véhicule en mouvement, se cachant dans les moindres recoins. Daryl a bien essayé d'avoir la place du passager en faisant valoir que Richard et lui sont une équipe qui n'a besoin que d'un siège, mais il en va de même pour Adora et Surprize, qui de surcroît sont des membres de la famille, alors tant pis pour lui. Les amortisseurs de ce camion étant bousillés, Poppy rebondit sur place pour ne pas ressentir les symptômes du manque. Et pour procurer des secousses régulières à Adora, elle donne de brusques coups de volant dès qu'elle le peut, mais entre maintenir le mouvement et attirer l'attention de la police, la limite est ténue.

À l'arrière, la troupe vire à droite et à gauche dans une béatitude non entravée par les ceintures de sécurité, ou bondit de haut en bas chaque fois que Poppy passe volontairement sur un nid de poule pour les aider à s'envoyer en l'air. La communication entre l'avant et l'arrière est quasi impossible, mais si elle crie très fort, les autres peuvent saisir quelques mots.

— Je vais... blabla... moi-même, Billy le Twist entend-il Poppy leur lancer de l'autre côté de la paroi, mais c'est Richard, dont l'ouïe doit être plus développée que celle de son maître, qui comprend les mots manquants – "la tuer" – et les crie... à pleins poumons ? Du bout du méat ?

Sam Ressort et Barbara Double Salto accommodent les vibrations à leur sauce, c'est-à-dire en se cognant exprès dans la séparation du camion pour montrer à Poppy qu'ils ont entendu sa soif de revanche et la soutiennent. Campolina, qui en fait toujours des tonnes, entre dans une transe vibrante spectaculaire pour éclipser ses camarades, mais elle perd l'équilibre et finit contre une paroi latérale. Poppy entend le choc sourd et accélère pied au plancher pour leur signifier qu'elle a bien enregistré les impacts physiques de leur engagement.

Adora quant à elle fait de son mieux pour entendre les menaces que Vaulta et Leepa hurlent quand leur tête dépasse la cloison intérieure du camion, et même si elle ne saisit que les mots "rebondir..." et "l'aplatir...", elle voit l'idée. "Sur elle" et "à mort" lui viennent immédiatement à l'esprit, comme les énigmes de *La Roue de la fortune* qu'elle résout tous les soirs. Pour ne pas être en reste, Richard et Daryl se joignent à ce concert de violence verbale, mais le moteur se met à pétarader au même moment, et, tant mieux pour Adora, couvre un de leurs mots, dont il lui semble bien qu'il commençait par "enc". D'accord, elle est à fond pour l'élimination de sa fille, mais toutes ces allusions sexuelles sont-elles bien nécessaires ?

Certes, Daryl doit disposer du vagin de Marsha en guise de salaire annuel. Richard aussi, suppose-t-elle. Alors quoi, appelez les services du chômage ! Mais par pitié, il y a une vieille dame dans ce camion : tâchez de respecter les limites de son libéralisme encore récent. Surprize, elle, est bien trop déboussolée pour avoir un avis sur ce qui constitue une rémunération décente de nos jours, alors elle quitte les genoux d'Adora d'un bond pour atterrir sur le tableau de bord et feule comme la chatte woke qu'elle est devenue. Trop chou !

Au moment où elle quitte Surprize des yeux pour se concentrer sur sa conduite, en se demandant si elle doit à présent prononcer le "z" de son nom comme un "s" doux chaque fois qu'elle est mode félin, Poppy se fige. Un animal apparaît en plein milieu de la route. Il court. Il essaie d'échapper à un homme au visage tatoué, vêtu d'une combinaison qui ressemble à celle d'un gardien de zoo. Dans ses mains protégées par des gants renforcés, une perche de capture et un filet.

— C'est un hérisson ! décrète Adora, mais Poppy se moque bien de savoir ce qu'est cette bête couverte de piquants – elle fait une embardée pour esquiver l'animal dont les grognements sont étonnamment sonores.

Dans le camion, la troupe lance des hourras de joie, pensant que leur leader donne dans la cascade pour renforcer leurs mouvements autopropulsés, mais ils se trompent, c'est du sérieux. Un carambolage en devenir.

— Attention ! hurle Adora et juste à temps, Poppy vire en travers des bandes rugueuses de l'autoroute, manquant de justesse un camion de glaces Bryers qui vient de freiner brutalement pour éviter d'emboutir une remorque transportant des chevaux, peut-être bien de futurs vainqueurs du derby du Kentucky, et qu'il va falloir maintenant ramasser à la petite cuillère.

Poppy se cramponne au volant de ses deux mains et exécute un donut complet, dérapant en rond, brûlant de la gomme, s'arrêtant miraculeusement avec deux pneus éclatés et un moteur fumant sur la bande d'arrêt d'urgence de la 95, dans le mauvais sens.

Elle saute de la cabine du camion, suivie de sa grand-mère et de Surprize qui ne cesse de miauler, et elles vont libérer les autres. Ils sont secoués, chamboulés, tourneboulés, mais prêts à recommencer. Soudain, Surprize aperçoit le hérisson, qui s'est précipité vers les fourrés le long du bitume et s'est roulé en boule comme le font ces animaux en cas de danger. Oubliant qu'elle est un chat, elle aboie et court vers cet énorme mammifère qui ne semble pas indigène. Mais un concert de klaxons assourdissant la détourne de sa proie et le dresseur musclé, essoufflé d'avoir couru et évité les véhicules hors de contrôle, arrive juste avant qu'elle enfonce ses dents toujours baguées dans cette boule de piquants.

— Il est à moi, dit-il en prenant dans ses bras la créature sifflante qui se détend aussitôt. Je m'appelle Bob Braco et ceci est le plus gros hérisson vivant en captivité. Il s'appelle Rooter et il vient de Nouvelle-Zélande.

— C'est illégal d'importer ce genre d'animal dans notre pays, Adora sermonne-t-elle ce gardien de zoo véreux, remarquant qu'il a les mots "créature" et "captive" tatoués sous les yeux, à la verticale, comme des larmes.

— Ce n'est illégal que dans certains États, réplique le dresseur avec insolence, et je vous ferai remarquer que ce hérisson pèse dix kilos, et que sur le marché des animaux exotiques de compagnie, il vaut son pesant d'or !

— Écoutez, on se fiche de la loi, intervient Poppy avant qu'Adora poursuive ce débat stérile.

— On est des hors-la-loi extrémistes du trampoline en cavale, déclare Vaulta.

— Et on a besoin d'être déposés quelque part, exige Leepa telle la meneuse bondissante de gauche qu'elle est devenue.

— Vous tous ? demande Bob Braco en zieutant la troupe qui réprime ses envies de bouger pour ne pas inquiéter ce sauveur potentiel.

Il perçoit tout de même leurs vibrations. Sent leur besoin d'élévation. Et, bon sang, ce regard qu'ils ont ! Mais qui sont ces gens ?

Surprize redevient chat et, radoucie, ronronne sous le nez de Bob. Mince alors, même leurs animaux de compagnie sont tarés ! Et… qu'est-ce que c'est que ce bordel ? L'un d'eux se trimballe la bite à l'air et semble même avoir une conversation avec elle ! Qui sait, il pourrait peut-être bien revendre à cette bande de perchés une mouffette désodorisée ou ce pingouin qu'il n'arrive pas à refourguer parce que le climat tempéré l'afflige d'odeurs de transpiration.

— Où est-ce que je vous emmène ?

— À la gare, ordonne Poppy.

Ça, ça reste à voir, se dit Bob Braco en courant vers son van. Il grimpe et roule à toute blinde vers eux. Alors, c'est qui le patron ?

Entassés dans le véhicule déglingué qui doit servir de camp de base au business de contrebande de Bob Braco, où règnent une chaleur étouffante et une odeur à gerber, Poppy et le reste de sa troupe essaient de se concentrer sur leur gymnastique excentrique pour éviter que les déjections animales leur retournent le bide. Adora a eu le droit de s'asseoir à l'avant à côté de Bob grâce à Surprize – dès qu'ils l'ont aperçue, tous les animaux de la ménagerie se sont jetés contre les barreaux de leur cage. Un singe psychotique captif lui aussi se précipite sur Campolina, qui pousse un cri de drag-queen, mais le primate, espèce de croisement entre Frances Farmer et Cheeta, la surpasse avec un hurlement de la jungle qui rabattrait son clapet même à Tarzan.

Le trappeur s'engage sur la Route 91 en direction de l'ouest comme s'il savait où il allait et leur explique gaiement que ce grand singe avait bizarrement attrapé le parvovirus, une maladie dont on pensait qu'elle ne touchait que les chiens, mais est-ce que c'est de sa faute à lui si le pays de naissance de ce singe était si arriéré que même le virus était paumé ?

— Je vous le laisse pour seulement vingt dollars, propose-t-il, mais personne à bord ne semble intéressé.

Se tournant vers Adora sans faire cas de ses tentatives de débutante pour faire vibrer son corps – qui sait, la vieille a peut-être la danse de Saint-Guy – il essaie de marchander.

— D'accord, je vous fais un prix, propose-t-il tel un vendeur de climatiseurs en septembre. Quinze dollars et Ding Dong Kong est à vous. Imaginez la portée ! Vous pourriez ouvrir un élevage de chiots très rock'n'roll !

Avant qu'Adora ait le temps de réagir à cette idée révoltante, le singe taré pisse tant qu'il peut devant la compagnie, et tous les passagers remercient leur bonne étoile en constatant que les tuyaux d'évacuation de la cage intégrée sont en état de fonctionnement.

Kool, le pingouin, probablement baptisé ainsi à cause de la campagne publicitaire pour les cigarettes du même nom, a de toute évidence un déo inefficace. Vaulta et Leepa essaient de bondir aussi loin de lui que possible, mais l'odeur de fromage rance mêlé d'oignon que dégage ce volatile qui ne supporte pas la chaleur leur fait espérer une pluie de détergent industriel qui ne viendra jamais.

— Cette puanteur, ce n'est que le guano, explique Bob. C'est la fiente de pingouin. Pour eux ça ne pue pas, pourquoi ça sentirait mauvais pour vous ? Je vous propose un marché. Débarrassez-moi de ce piaf et je vous amène à Amtrak.

En l'absence de réponse, il tente une autre approche.

— Écoutez, les pingouins sautillent sur place, vous savez.

Éberluée, Poppy se tourne vers Kool, qui pile au même moment serre ses pieds palmés et… se met bel et bien à sautiller.

— Les pingouins, ça vole pas. Ça sautille, reprend Bob. Il est des vôtres !

Kool sautille encore et Poppy sent son cœur qui commence à fondre. Jusqu'à ce qu'une bouffée pestilentielle lui parvienne.

— C'est impossible, parfois l'hygiène l'emporte sur le désir d'intégration, s'excuse Poppy.

Après quoi Kool braque un regard hostile sur elle, gonfle son poitrail, et grogne. Oui, il grogne, comme un chien.

— C'est le bruit que font les pingouins quand ils sont pas contents, explique Bob Braco.

Surprize feule comme une chatte enragée et le regard des deux animaux se croise. Le duel du règne animal dans toute sa splendeur. Chacun se retire dans son coin du van, frustré de la place pervertie qu'ils occupent dans la vie sauvage domestiquée. Mais qu'y peuvent-ils ?

— OK, tant pis pour vous, lance Bob en prenant une bretelle de sortie pour se garer sur l'aire de repos de Branford. Ralph a faim, et ce blaireau se fiche pas mal du nom qu'on lui donne tant qu'il a son dîner à l'heure.

Sam Ressort et Barbara Double Salto pensent avoir tout vu mais quand Bob, d'une main assurée, attrape un serpent à sonnette dans un sac en tissu pour le balancer dans la cage d'un blaireau, pas besoin de monnaie pour trembler, ils se débrouillent très bien tout seuls. Le vieux Ralph n'est pas farouche ! Il fonce sur le reptile, le mord, lui donne des coups de griffe. Même après que le crotale a planté ses crocs vénéneux dans sa peau coriace. Il s'évanouit quelques secondes mais il fait semblant. Les blaireaux font partie des rares animaux à être immunisés contre le venin de serpent. Va te faire voir, crotale de mes deux ! Ralph engloutit le reptile entièrement, sonnette comprise. Poppy manque vomir. Vaulta tombe dans les pommes. Pour la première fois de sa vie, Leepa perd l'appétit. Campolina prend de vieux chiffons imbibés d'Eau écarlate qu'elle sniffe de temps en temps pour se les fourrer dans les oreilles : elle ne veut plus entendre ces horribles bruits de digestion, mais ça les atténue seulement. Avec l'aide évidente de Daryl, Richard expulse une décharge pénienne pour exprimer son dégoût, mais un perroquet fébrile, qui a réussi à retirer le scotch qu'il avait sur le bec, intercepte le jet et l'avale goulûment.

— Dernier verre au bar ! lance-t-il à la cantonade, imitant parfaitement la voix de Bob.

— Je vais vous faire une autre proposition, dit le chauffeur tandis qu'ils reprennent l'autoroute, l'un de vous me fait une petite branlette et je vous emmène où vous voulez.

Poppy et sa bande sont littéralement révulsés par cette énième agression de leurs oreilles.

— Tchou tchou ! s'écrie Bob sur un ton lubrique, comme s'il était une locomotive excitée. Je vais y arriver ! Je vais y arriver ! déclame-t-il comme dans l'histoire pour enfants, mais personne ne veut de sa locomotive incapable.

— Lalalalala, chantonne Adora aussi fort que possible en espérant noyer les paroles obscènes de Bob.

Tous les animaux, Surprize y compris, essaient de se cacher les yeux, sans savoir vraiment ce qu'est le harcèlement sexuel, mais sachant d'instinct que cet homme est... eh bien, un animal.

Seul Richard, le serpent de pantalon, a le culot de se manifester. Il faut bien qu'ils aillent à la gare, non ? En douce, il oriente Daryl vers l'avant du van grâce à une attraction pénienne qui est en général suscitée par une chatte mais peut, en cas d'urgence, provenir d'un autre pénis. Est-ce que Richard pourrait en toucher un ? Est-ce que c'est caoutchouteux ? Est-ce que ça sent le musc ? Et s'il attrape des tiques ? Une crainte légitime, quand on approche des parties intimes d'un kidnappeur d'animaux. Oui, il sera un héros de guerre, se faufilant vers l'ennemi pour une branlette qui permettra aux troupes d'avancer, tel un général Douglas MacArthur se dandinant fièrement. À la conquête du Connecticut, il prendra le Massachusetts par Rhode Island, et remontera jusqu'à Provincetown, où commencera la véritable bataille du Jute-land.

Mais comment ? Comment un pénis peut-il en branler un autre ? Richard se faufile derrière le siège de Bob Braco avant que Daryl ait le temps de comprendre ce qu'il se passe.

— Une branlette ou je vous jette, décrète Bob en baissant sa braguette pour dégainer un zguègue non circoncis de taille moyenne.

— Pas devant les animaux ! s'écrie Adora, affolée.

Daryl recule, mais il ne peut rien contre Richard, qui s'élance entre les sièges avant qu'Adora puisse lui donner une tape ou que Surprize puisse le mordre. Il touche le manche bien plus flétri de Bob Braco avec sa tête, et devinez quoi ? C'est agréable ! Comment est-ce possible ? Richard est un pénis hétérosexuel, et l'étalon turgescent d'un autre homme n'est pas une chose contre laquelle il a habituellement envie de se frotter ! Et pourtant ! Qu'est-ce que c'est bon ! Bob Braco apprécie lui aussi le contact d'homme à homme, on dirait. Il se fiche pas mal de ce qui lui touche la bite tant que ça fait son effet.

— Les yeux sur la route, ordonne Adora, se rendant compte qu'en cas d'urgence, un homme doit parfois faire des sacrifices.

Surprize s'étend de façon provocante, écartant les pattes en pleine confusion sexuelle.

Daryl essaie de faire revenir Richard dans l'abri du caleçon hétérosexuel qu'ils partagent, mais ce dernier adore cette nouvelle friction et, de toute évidence, son partenaire également.

— On est hétéro ! gueule Daryl affolé à son propre pénis, mais Richard ne peut que gémir de plaisir, sentant monter son premier orgasme homo. Il faut tout garder pour Marsha ! tente Daryl, horrifié.

Trop tard.

— Gare de New Haven, nous voilà, beugle Bob Braco en déchargeant sur Richard, qui explose à son tour, euphorisé par tout ce frotti-frotta masculin.

Un cri de honte échappe à Daryl. Richard regarde le visage inquiet de son maître et murmure tendrement :

— Accepte-moi.

Daryl ne sait plus quoi dire mais aide Richard à se nettoyer avec une lingette pour animaux. Poppy, Adora, toute la clique, et même Surprize, ils sont tous tellement contents que leur périple meurtrier puisse continuer qu'ils ignorent la débauche autour d'eux et se remettent à bondir sur place ou à vibrer latéralement tandis que le véhicule prend la sortie 46 en direction de Sargent Drive. Bob Braco tente même l'expérience en zigzaguant jusqu'à la gare sur Union Avenue, pour faire sentir cette sensation nouvelle aux animaux encagés.

— Em... barquement imm... édiat ! lance-t-il la voix tremblotante, l'esprit soudain ouvert, capable de calmer sa belligérance intérieure.

Billy le Twist est tellement épuisé qu'il se contorsionne pour former la lettre A, comme Amtrak, ce qui l'emplit d'une joie toute nouvelle. Poppy est la première à relever cette forme avant-gardiste d'alphabétisation, et les autres ne tardent pas à la remarquer. Billy le Twist se rend compte qu'incarner une lettre lui donne du pouvoir, alors pourquoi ne pas tenter la suivante, B ? Plus difficile, mais avec quelques secousses pour huiler ses articulations, il y arrive. Plié en deux avec la main gauche formant un angle à quatre-vingt-dix degrés au-dessus de sa tête et sa jambe droite recourbée vers le haut, il fait le B. B comme beauté ! Il n'y a aucune lettre qui puisse lui résister. Dernier à sortir de cette bétaillère, il se courbe en forme de C, facile, et emboîte le pas aux autres. C'est un alphabet humain désormais et personne ne peut l'arrêter.

17

"Embarquement" par-ci, "embarquement" par-là, et maintenant ce putain de vol est retardé ? À cause de ? Mais on ne vous le dit jamais tout de suite, n'est-ce pas, non, ils affichent simplement la lettre R tant redoutée sur le panneau et ils s'attendent à ce que vous jouiez aux devinettes. Voyons, fulmine Marsha, qu'est-ce que ça peut bien être cette fois ? L'équipage qui fait exprès de lambiner pour dépasser son temps d'escale syndical depuis son vol d'hier soir ? Des mécanos qui ont trop fumé et imaginent toute sorte de dysfonctionnements de façon à devenir des héros quand ils auront "réparé" la panne ? Traiteurs atteints de l'hépatite C ayant oublié de livrer ces plaquettes de beurre dur, froid et impossible à étaler ? Les "conditions climatiques", comme ils disent ? Ne faudrait-il pas plutôt dire "mauvaises conditions climatiques" ? Puisqu'il y a toujours des conditions climatiques, non, bande d'ignares ? Du brouillard ? Et alors ? Les pilotes volent quand il fait nuit noire, qu'est-ce qu'un peu de gris peut bien faire ? Du vent ? Mais on s'apprête justement à planer sur le vent, non ? Aiguilleurs du ciel bourrés ? Voilà un vrai problème dont on ne parle jamais. Et les pilotes suicidaires ? Vous vous rappelez ce vol Barcelone-Düsseldorf ? Ça peut arriver à n'importe qui !

Et pourtant, quelle raison nous donne-t-on alors qu'on est là à attendre, terrifié à l'idée d'embarquer, imaginant les milliers de choses qui pourraient déconner sur un vol à cause d'une erreur barbare ? Absolument aucune. Et en plus de ça, ils n'ont pas de crackers ? Marsha crève la dalle. Que ne ferait-elle pas pour un Triscuit !

Enfin, ils ont le feu vert. Sans la moindre explication pour ce retard. Rien du tout. L'annonce d'embarquement usuelle retentit, ce qui a le don d'exaspérer Marsha. D'abord, les "clients souffrant d'infirmités" (simulateurs), les "membres actifs de l'armée" (bombes à retardement de stress post-traumatique), les bénéficiaires de "United Global Services" (voyageurs jetlagués violents en avion), les "familles avec enfants de moins de deux ans" (Cathos givrés), les "membres Premium 1K" (grands voyageurs arnaqueurs), les "première classe" (profiteurs qui ne paient jamais leurs billets), les "membres Premier Platinum" (dealeurs d'héroïne), les "Premium Gold" (leurs "mules"), les "Premium Silver" (section prétentieuse qui se prend pour la classe affaires), les "membres Explorer Card" (pigeons qui sont tombés dans le panneau de cette carte de crédit utilisable à bord), et enfin, enfin, Marsha Sprinkle.

En chemin vers la passerelle, elle fait une halte à la porte d'embarquement juste à côté de la sienne et échange sa doudoune rose contre une veste en cuir noire posée sur un siège qu'une vieille chouette ne surveille pas, tout occupée à parler au téléphone. Elle lui va. Parfait. Une nouvelle tenue est indispensable au moment de l'embarquement. Et, oui, une fois encore, elle subira les outrages de la classe éco en raison du nombre important de passagers et des possibilités de fauche qui s'offrent à elle. Au bout de la passerelle, Marsha sourit en entrant dans l'avion, mais l'air enthousiaste de l'hôtesse disparaît dès qu'elle voit "Groupe 3" affiché sur la carte d'embarquement. Elle va le lui faire regretter.

Trébuchant exprès sur le sac d'un passager dans le couloir, Marsha crée un peu d'agitation à l'avant de l'avion. Elle laisse tomber le sac à main subtilisé à la vieille femme et les mouchoirs, bonbons à la menthe et tout le bazar s'éparpillent sur la moquette.

— Oh, je suis désolée, bredouille-t-elle tandis que l'hôtesse se met à quatre pattes pour l'aider à tout ramasser, imitée par d'autres passagers "Groupe 3".

Marsha en profite pour tendre le bras et attraper le sac à main de cette cruche d'hôtesse dans le tout premier petit compartiment supérieur quand on entre dans l'avion. L'endroit où elles mettent toujours leurs affaires de valeur. Marsha remercie chaleureusement tous ceux qui l'ont aidée et continue sa traversée de la première classe en direction de la Sibérie, se débarrassant du premier sac à main en passant.

Regardez-moi ces salauds de privilégiés qui scrollent tranquillement sur leurs téléphones hors de prix, sans se rendre compte qu'ils sont espionnés en ce moment même et que leurs recherches pornos ainsi que leurs données bancaires sont envoyées à des pirates informatiques russes en vue d'un chantage ou d'une usurpation d'identité. Et lui, là, qu'est-ce qu'il regarde ? Ce type qui porte une sorte de tenue d'employé de fourrière, avec un écusson cousu sur la poitrine montrant une muselière dans un cercle barré, à la manière des panneaux "défense de fumer". Pour achever de la déconcerter, il ose la regarder droit dans les yeux sans permission. Pire, il lui sourit ! Et, bon sang, il lui manque une dent de devant. L'humiliation de ce voyage aérien n'a-t-elle donc aucune limite ?

Soudain, elle vire parano. Est-ce qu'il l'a vue quand elle a volé le sac à main de l'hôtesse de l'air ? Elle passe devant le type assis côté couloir, refusant de lui rendre son... rictus, quel autre mot pour décrire cet air lubrique, et attendant qu'il cligne des paupières. Un clin d'œil, c'est tout ce dont elle a besoin pour lui subtiliser son petit sac qu'il a glissé dans le compartiment supérieur, gentiment laissé ouvert pour signaler aux autres passagers de première classe qu'il y a encore de la place. Voilà comment elle va récompenser sa générosité !

Bon, rang 17, siège F. Couloir, évidemment. La première debout s'il faut tacler un passager timbré qui essaie d'ouvrir la sortie de secours en plein vol, ou gifler le passager de devant qui incline son siège sans prévenir au beau milieu de ce film hollywoodien que vous ne regarderiez jamais chez vous même s'il passait au coin de la rue et que vous aviez une entrée gratuite. Évidemment, il y a déjà deux personnes assises dans sa rangée. Le genre rondouillard. Au moment d'embarquer, Marsha les a vus prétendre qu'ils avaient besoin d'une aide particulière. Et, comme par hasard, la femme, soit la plus large des deux, occupe le siège du milieu. Et on voit d'ici qu'elle a envie de bavarder.

— Oh, je sais, fait-elle, moi aussi je détesterais m'asseoir à côté de moi. Je suis pas la moitié d'une ! Je m'appelle Myrtle, et voici mon mari, Gus-Gus, plus célèbre dans notre quartier sous le nom Le Seigneur des oignons frits !

— Bonjour, Marsha réussit-elle à articuler d'une voix glaciale, dans l'espoir qu'ils comprennent qu'elle n'est pas d'humeur à tailler une bavette.

— Je pourrais bouffer un cheval, beugle Gus-Gus, ne semblant pas remarquer que Marsha a besoin de calme.

Elle l'ignore et se tord le cou pour voir si cet agent de fourrière est toujours en train de l'espionner. Mais oui ! Debout dans l'allée, il regarde dans sa direction, avec ce même rictus édenté et un œil aguicheur. Ah ! Elle a hâte qu'il veuille prendre son sérum anti-morsure de chien ou quoi qu'il range dans son kit de voyage, qui n'est plus en sa possession. Ça lui apprendra.

— Ils pourraient quand même nous donner à manger, comme avant, lance Myrtle à qui veut bien l'écouter.

— Mais non, maintenant, si le vol dure moins de deux heures, il faut qu'on jeûne, se plaint son mari.

— Je meurs de faim, gueule Myrtle à l'attention de Marsha, qui la snobe.

— Ils pourraient au moins donner un sandwich, beugle à nouveau Gus-Gus.

— Ou un sachet de bretzels histoire de dépanner, ajoute Myrtle pour sa voisine, qui ne semble toujours pas avoir entendu un mot de cette conversation.

Marsha est prise au piège. Le vol est désormais complet, et elle n'a nulle part ailleurs où s'asseoir, même si c'était autorisé.

— On est obligés d'apporter notre propre nourriture pour manger à bord, murmure Myrtle à Marsha, qui est en train de fourrer ses deux sacs volés sous son siège.

Mais Myrtle ne voit pas son petit manège car elle-même se débat avec sa jupe, sous laquelle elle a planqué un récipient de macaronis.

— Ce qu'ils vendent à bouffer dans les aéroports est bien trop cher, explique Gus-Gus. Ils croient qu'on est plein aux as ou quoi ?

— Ces abrutis de la sécurité veulent toujours nous piquer notre petite collation, mais qui aura l'idée d'aller chercher là-dedans ? fait Myrtle en sortant un autre récipient, d'œufs mayonnaise cette fois, de ses parties intimes. Vous en voulez ? demande-t-elle allègrement à Marsha en ouvrant le Tupperware.

— Non, lâche Marsha, qui s'en veut aussitôt d'avoir participé à la conversation, même de façon minime.

Oh-oh. L'agent de fourrière, ou n'importe, est clairement en train de fouiller le compartiment au-dessus des sièges en quête de son sac. Je vous en prie, mon Dieu, ou n'importe quelle puissance inférieure susceptible de m'entendre, faites décoller cet avion. Illico, l'annonce retentit : les portes de l'avion sont fermées, il faut regagner sa place et attacher sa ceinture. Voilà. On ne pourra plus jamais accuser Marsha de manquer de spiritualité.

Est-ce que ses voisins vont bien vouloir la fermer, en revanche ! Même pendant que l'avion roule sur la piste, Myrtle jacasse, et encore plus fort pour couvrir le vrombissement des moteurs à réaction.

— On adore le fromage, précise-t-elle tandis que l'avion décolle avec quelques soubresauts.

Une fois leur rythme de croisière atteint, Myrtle dégaine une énorme tomme de cheddar de son bagage cabine.

— Les scanners de l'aéroport croient toujours que c'est un chapeau, chuchote-t-elle comme si elle révélait un secret d'État.

Le fromage est couvert de peluches et de moisissures par endroits, mais ça ne semble pas les gêner. Myrtle sort un sachet de crackers de son soutien-gorge à la résistance industrielle et Gus-Gus et elle commencent à se faire des petits fours.

Les yeux de Marsha s'agrandissent. Des crackers. On va peut-être bien s'entendre, finalement. Pas la marque qu'elle préfère, mais au moins ce ne sont pas des Cheez-It !

— On préfère les Keebler, annonce Gus-Gus, qui, soit dit en passant, n'a absolument pas la voix de l'ami souriceau de Cendrillon.

— Non, moi j'aime mieux les Ritz, le contredit Myrtle, ils sont de meilleure fabrication.

— Donnez-m'en un ! lance Marsha en lui prenant le sachet des mains.

— Bien sûr... Servez-vous, bredouille Myrtle, ravie d'avoir des goûts culinaires en commun avec sa voisine.

Mastiquant lentement, Marsha sent les quelques grammes de fibres se mélanger à une touche de céréales. Hmmmm. Une pincée de sodium. Le tout circulant le long du tapis roulant de son système digestif à la vitesse de la nutrition, la joie de la simplicité gastronomique. Un cracker n'est pas une collation, c'est le repas qui stimule sa psyché par excellence, un nutriment qui produit très peu de déchet. Le seul solide que l'anus hautement sélectif de Marsha rejette est bio. Certains appellent ça la vérité.

18

Une fois à bord du train régional pour Boston, ils ont dû se séparer, mais ils sont quand même dans la même voiture. Par inadvertance, Poppy les a menés vers la voiture Silence, et sitôt le train parti, elle a remarqué que les passagers, extrêmement réservés, accueillaient leur arrivée avec agacement, puis inquiétude, avant de finir carrément scandalisés. On n'était quand même pas dans une bibliothèque, merde. Non, on était dans un train. Rebondir ne faisait pas tant de bruit que ça, et, à moins de porter des bijoux, vibrer était une activité relativement silencieuse. Mais l'heure n'était pas au débat. Aucun d'entre eux n'avait de billet, alors à moins de pouvoir se cacher dans les toilettes, ce qui était improbable, le contrôleur les trouverait et les jetterait à la gare suivante, c'est-à-dire à Mystic, dans le Connecticut. Et qui a envie d'initier cette ville à la kinésie radicale ? En tout cas, pas eux.

Les passagers de la voiture où ils se sont finalement installés ont fait preuve de plus de tolérance. Sam Ressort et Barbara Double Salto ont été les premiers à s'apercevoir qu'ils n'avaient plus besoin des Magic Fingers. Ils pouvaient trembler d'eux-mêmes et le soulagement était tout aussi efficace qu'avec l'encombrant dispositif. L'acte vibratoire avait brisé les chaînes du capitalisme et était devenu une pratique proactive pour les individus supérieurs de leur espèce qui seraient, à jamais, incapables de rester immobiles. La géographie environnante et les rails antiques ballottaient sans cesse les passagers et pourtant ces innocents trembleurs n'ont jamais pris en compte le bonheur transcendantal que procurait gratuitement ce voyage.

Poppy a eu la chance de trouver deux sièges côte à côte vers le fond pour s'asseoir avec Adora, qui cache Surprize dans un sac en plastique récupéré dans une poubelle de la gare.

"Si vous voyez quelque chose, dites-le-nous", tel est le slogan d'Amtrak, et Surprize est assurément quelque chose ! Un couple de l'autre côté du couloir les regarde d'un air hautain, ne sachant trop si Poppy est exagérément emballée par ce voyage en train ou si elle rebondit exprès pour des raisons qu'ils ne peuvent imaginer. Et l'autre ? Allez savoir. Elle tremble comme une feuille. Peut-être est-elle de Philadelphie et a-t-elle vécu ce terrible déraillement ferroviaire en 2015 ? A-t-elle des flashbacks ? Mystère.

Vaulta et Leepa échangent sans cesse leurs places pour déguiser leurs sautillements sur place, mais la taille de Vaulta rend tout mouvement vertical à bord d'un train problématique, sans compter que même si elle avait un billet, l'espace qui revient à chaque passager au-dessus de son siège est mal défini dans les tout petits caractères de la politique de l'entreprise. Le corps bien nourri mais tonique de Leepa fait un bruit assourdissant chaque fois qu'elle atterrit sur un siège. Peut-être qu'en première classe le rembourrage est plus flexible mais ici il ne pardonne pas. En guise de geste amical envers les voyageurs, Sam Ressort et Barbara Double Salto se lancent dans leur reprise du *Lion est mort ce soir*, une des rares chansons populaires à inclure un passage iodlé, mais ils n'obtiennent pas beaucoup de réactions. Richard, qui a fait son coming out avec une assurance qui ferait réfléchir Larry Kramer, se tord le… la… tête pour voir s'il y a des mecs mignons dans les parages, mais Daryl le recouvre avec un exemplaire du magazine *National* trouvé à bord et croise le regard d'autant de femmes que possible pour que les passagers ne se méprennent pas sur les préférences sexuelles du duo infernal qu'il forme désormais avec son pénis curieux et avide de tout.

Billy le Twist en est à la lettre H et elle n'est pas évidente à réaliser à bord d'un train, surtout avec tous ces regards désapprobateurs braqués sur lui. Billy est un H majuscule, enfin, ils sont aveugles ou quoi ? Pas un petit caractère comme eux. En équilibre sur une jambe, l'autre tendue à la verticale, il projette son torse à l'horizontale, tend un bras vers le haut et l'autre vers le bas, voilà : un H.

— Billets s'il vous plaît, lance le séduisant contrôleur d'âge moyen, qui arbore fièrement sa barbe de trois jours en entrant dans leur wagon.

Poppy s'affole quand elle voit tous ses disciples vautrés sur leurs sièges, dodelinant de la tête ou secoués de tremblements latéraux alors que les autres voyageurs sont relativement immobiles. Est-ce qu'elle rêve ou est-ce que les autres remarquent aussi que le contrôleur rebondit légèrement sur la pointe des pieds tandis qu'il scanne les billets avec son petit appareil ? Leepa et Vaulta le voient aussi, et quand il croise leur regard, il leur adresse un clin d'œil. Se pourrait-il qu'il soit l'un des leurs ? Sam Ressort et Barbara Double Salto se posent la même question ! Hallelujah les collines !

Tandis que le contrôleur remonte l'allée centrale, il voit les fidèles de Poppy sautiller sur place, et lorsque le train prend un virage à une vitesse qui semble excessive, il accompagne le mouvement tout en contenant le rebond de sa démarche. Quand ils lui annoncent qu'ils ont perdu leurs billets, il glousse, et tous comprennent qu'il est l'un des leurs. Campolina, qui ne fait jamais dans la demi-mesure, se met à se trémousser comme ces go-go danseuses de *Hullabaloo* qu'elle a vues sur YouTube. Le contrôleur éclate de rire et commence à rebondir sur place très librement, sans se soucier des regards perplexes des passagers. Il ne lui demande même pas son billet.

Le *gaydar* de Richard s'affole tout à coup et il passe une tête à travers un article sur "Les charmes du nouveau Londres" du magazine pour reluquer comme il faut ce beau gosse afro-américain. Daryl est horrifié d'être relié à une chose aussi ouvertement gay et tente de faire reculer Richard dans le secret de son pantalon, mais le contrôleur remarque celui-ci aussitôt.

Au lieu de s'offusquer, il approche son scanner de sa tête pénienne et le fait biper en guise de préliminaire. Bon sang, se dit Daryl, ce contrôleur est un bondisseur de la jaquette. Comment pourra-t-il de nouveau baiser Marsha si son propre missile téléguidé a viré queer ?

Désormais convaincue qu'ils ne craignent rien, Poppy se laisse aller aux mouvements naturels de la locomotive Diesel de General Electric. Espérons que cet ancien profiteur de Richard puisse aider leur mouvement en faisant autre chose que de pendouiller entre les jambes de l'employé obsédé de sa mère, qui verra peut-être enfin la lumière à l'autre bout du tunnel de Marsha.

— Tout va bien mesdames, vous êtes bien installées ? lance le contrôleur en sautillant d'un air complice tandis que Poppy fait de même en signe de respect mutuel.

— Très bien, répond Poppy, sidérée qu'il existe d'autres bondisseurs en dehors de leur cercle, qui sautillent librement, tout seuls, en public, sans subir de harcèlement.

Adora se rend compte qu'elle fait partie des convertis et ouvre son sac pour laisser… Al… c'est bien le nom qu'il leur a donné ? Oui, Al, un prénom si simple pour un homme potentiellement compliqué, pour laisser Al, donc, jeter un œil à Surprize.

— Waouh ! Quel style ! dit l'aimable contrôleur tandis que le chat-coincé-dans-un-corps-de-chien ronronne de gratitude.

Adora ose se trémousser latéralement, tomber le masque pour ainsi dire, pour montrer à ce marginal que comme lui, elle sort du rang.

— Vous et vos amis êtes trop uniques pour voyager en seconde, murmure Al d'une voix de sauveur noir, revenez donc en première, à la classe qui vous revient.

Poppy bondit vers l'avant avec un regain d'optimisme et siffle ses disciples. Toute la troupe saute sur ses pieds, y compris Billy le Twist, qui par chance forme la lettre L, que même les individus normaux exécutent quotidiennement sans le savoir. Ils bondissent de leur siège et se retrouvent dans l'allée, sous les regards furieux des autres passagers. Et voilà Richard qui suit le contrôleur comme un chien de chasse derrière un putois, impatient de profiter de sa toute première fellation entre hommes, mais Daryl résiste, essaie de reculer, de se retenir aux sièges des autres voyageurs, plantant ses talons dans le sol pour éviter à tout prix la sensation d'une bouche masculine autour de son anatomie intime réservée aux femmes.

Al le contrôleur accompagne toute la petite tribu en première, mais deux trembleuses, Campolina et Barbara Double Salto, font halte sur la plateforme qui connecte les voitures pour vibrer intensément, au risque de se faire broyer les pieds. Une fois dans ce nouveau wagon presque vide, les autres s'ébrouent joyeusement jusqu'à leurs sièges, chassant les rares voyageurs – une dame très collet monté qui ressemble trait pour trait à Jean Harris, la diététicienne meurtrière, et une espèce de révérend qui méprise manifestement son propre vœu de pauvreté puisqu'il paie pour se retrouver dans un wagon avec réservation obligatoire – qui n'oublient pas d'emporter leurs bons donnant droit à une boisson gratuite.

Devant les toilettes, juste à la sortie de la voiture, Al se retourne vers un Daryl aux joues cramoisies tentant toujours de retenir Richard, et lui lance un sourire séducteur. Daryl bafouille. Al baisse les yeux. Richard rougit à son tour. Mince, songe le pénis fraîchement émancipé, ce contrôleur est aussi sexy que le mec de Brawny Paper Towel, plus canon que le mannequin de Liquid-Plumr.

— Alors, on est en quête d'action ? lance Al de la même voix que Jeff Stryker, gay mais se la jouant hétéro, en calant un pied dans l'embrasure de la porte des toilettes.

Richard tremblote d'excitation et Al envoie balader ses engagements de contrôleur en exercice. Daryl, pour une fois, ne fait rien.

— Non, non, non, proteste-t-il, je suis cent pour cent hétéro ! À zéro sur l'échelle de Kinsey.

— Et le mec des chatouilles alors ? s'écrie Richard sous l'équateur de leur dissension sexuelle en se déhanchant pour enfoncer le clou.

— À aucun moment il n'a touché mon pénis ! riposte Daryl, gêné de devoir évoquer ce taré si près de Poppy, sa grand-mère et le reste de ses nouveaux amis, sans parler des passagers qui ne savent rien de son combat.

— Ce serait dommage de passer à côté d'une fellation… dans le Noir, fait Al en riant et sautillant sur place.

Il saisit Richard par le cou d'une main ferme mais affectueuse. Pour avoir une idée du lien fort qui les unit, pensez aux menottes siamoises, ce jouet en bambou en forme de tube qui retient vos doigts prisonniers.

Occupé à devenir le Ellèménnopé humain de l'alphabet, Billy le Twist prête à peine attention au mélodrame de mauvais goût qui se joue un peu plus loin. Le L susmentionné est basique, le M et le N pas très difficiles, le O du gâteau, et le P accessible à tout amateur, mais se fondre visuellement dans chacune de ces lettres pour incarner cet enchaînement fluide de cinq lettres requiert un peu d'entraînement. Au début, quand Poppy se retourne vers lui, elle ne comprend pas, mais soudain, elle pige. Elle fait une très belle imitation de O, mais Billy l'a déjà fait, elle le sait. C'est tout un processus ! Elle tire la langue et devient ainsi le Q de leur alphabet partagé en secret. Poppy ! Poppy ! Poppy ! Pourquoi est-elle toujours la première à comprendre ?

Daryl coince un de ses pieds contre le chambranle de la porte des toilettes, mais Richard est déjà à moitié à l'intérieur avec Al. Et là, ça y est, Daryl le sent. Il y a une bouche d'homme autour de son engin. Ensuite, l'effet râpeux de la moustache naissante. Les lèvres rêches. Et, enfin, la salive salée pleine de testostérone alors qu'il la voudrait bourrée d'œstrogène. Un bondisseur gay peut-il faire une pipe à un vibreur homo dirigé par un bondisseur hétéro ? Personne n'oserait parler de plan à trois tant la confusion est grande au niveau du consentement. Daryl jette un coup d'œil par-dessus son épaule et voit tous les passagers du wagon, les sauteurs, les vibreurs, les handicapés du mouvement, captivés par cet intense dilemme sexuel. À présent chacun devra répondre à la question à un million de dollars : est-ce que "non" veut dire "non" quand seule la moitié d'une personne n'est pas d'accord ?

19

Assise sur la cuvette, Marsha examine son butin. Ce ne sont pas des toilettes pour dames, ni pour messieurs, ni d'un genre neutre. Même le plus stressé des voyageurs ne pourrait appeler ça un lieu d'aisance. Ce sont des sanitaires mobiles en plein ciel pour tout orifice humain ayant besoin d'évacuer quelque chose. Mais au moins elle peut s'y cacher. Commençons par le commencement. Elle retire cet absurde chapeau de pluie. Voyons ce que contient le sac à main de l'hôtesse de l'air. Elle fourre les billets dans son soutien-gorge et jette le reste avec le sac dans la poubelle de papier-toilette souillé. Bon, regardons à présent ce que cet agent de fourrière effronté trimballe dans sa sacoche.

Bam bam bam ! Qui est le connard qui ose la déranger pendant cet instant très privé ?

— C'est occupé ! crie-t-elle indignée, proférant accidentellement une vérité pour la première fois de la journée.

— Je veux récupérer mon sac ! fait une voix bien trop autoritaire et masculine à son goût.

— Mais je n'ai pas votre sac, à la fin ! crie-t-elle encore, les yeux posés sur le sac en question.

Marsha entend un clic au niveau de la serrure. Mais il fait quoi, ce con ? On ne peut pas crocheter une serrure dans un avion ! Clic. Clic. Clic.

— Je vais entrer, fait-il avec des intonations comiques de grand méchant loup.

— Arrêtez ! ordonne-t-elle de sa voix la plus catégorique tout en refermant ses orifices naturels dans un réflexe de défense.

Mais il refuse de l'écouter. Clic ! Clic ! Clic ! Elle voit le verrou tressauter. À l'intérieur, la lumière s'éteint, puis se rallume. Elle voudrait cacher cette maudite sacoche, mais où ? Elle est trop grosse pour la poubelle et il n'y a pas d'autre planque dans des chiottes d'avion. Au moment où elle se relève, le verrou cède et il s'engouffre dans le cabinet, la coinçant contre la paroi de droite. En se débattant pour lui échapper, elle arrache sans faire exprès le pansement qui protégeait sa blessure à la main, essaie de prendre appui contre la cuvette, puis contre l'autre paroi, mais elle n'arrête pas d'actionner la chasse d'eau, et malgré les woosh-woosh-woosh à répétition, elle l'entend gronder :

— Je savais bien que c'était mon sac !

— Désolée, j'ai dû le confondre avec le mien, se défend-elle mollement, en vérifiant son entaille, qui a cicatrisé bien plus vite qu'elle ne l'espérait.

Il la tire fermement par le poignet et la force à s'asseoir sur l'abattant face à lui.

— Menteuse, fait-il avec un petit sourire en coin.

Elle aime sa façon de prononcer ce mot. Menteuse. Oui, c'est une menteuse, et elle voudrait le crier sur tous les toits de tous les pays du monde.

Elle voit le prénom LESTER cousu maladroitement sous l'écusson "muselière interdite" qu'elle a remarqué plus tôt. Son pantalon de travail vert olive est épais, usé, et moule son anatomie. Il s'en dégage une odeur étrangement satisfaisante d'essence, de faux cuir, d'air frais de station balnéaire après l'incendie d'un restaurant. Le mec est stylé. On ne peut pas lui ôter ça. Stylé comme Daryl ne le sera jamais, malgré tous ses efforts. Elle se retrouve donc la tête face à sa zone pelvienne, qui affiche sous le tissu brut un paquet à la fois plein d'assurance et, disons, respectueux, voire courtois. Elle n'a pas l'habitude d'être confrontée à un organe mâle qui semble à la fois dominateur et amical, possiblement excité mais à l'écoute, prêt à passer à l'action sans être facilement intimidé par ses stratagèmes féminins.

— Menteuse ! répète-t-il d'une voix plus traînante en la regardant droit dans les yeux, avant d'ouvrir sa sacoche pour dévoiler les sifflets à ultrason, bâtons de dressage et le spray antiagression qu'elle contient.

— Ce sont mes affaires, dit-elle effrontément, sachant qu'il ne la croira pas et priant pour qu'il lui dise encore ce mot.

— Sale menteuse, dit-il avec un sourire édenté.

Sale menteuse ? C'est encore mieux ! Dis-le encore, le supplie-t-elle intérieurement. Et il s'exécute. Sauf qu'il la fait languir entre les mots.

— Sale… menteuse, murmure-t-il, mettant la gorge de Marsha au défi de cracher à nouveau son venin malhonnête.

Comment se peut-il qu'un simple mot, ou même deux petits mots, puissent annihiler toute une vie de méfiance charnelle, se demande-t-elle. Oh, et puis on s'en fout !

— Redis-le, fait-elle tout haut.

— Sale menteuse, gronde-t-il du tac au tac.

— Je jure devant Dieu que ce n'est pas votre sacoche, affirme-t-elle, se parjurant, fière de risquer la damnation éternelle et choquée de se trouver si séduisante ce faisant.

— Sale menteuse, répète-t-il, encore et encore, encore et encore, de plus en plus fort, jusqu'à ce que toute la classe éco ait probablement entendu le mot magique.

Sachant que son prochain serment doit battre tous les records, elle crie :

— Je le jure sur la tombe de ma mère.

Mais cette fois, il ne le dit pas.

— Dis la vérité, lui ordonne-t-il soudain d'une voix brutale et sexy comme elle n'en a jamais entendu.

Elle se fige.

— Rien qu'une fois, dis-moi la vérité, exige-t-il en ôtant sa casquette d'agent de fourrière pour la lui mettre sur la tête.

Avant qu'elle ait le temps de dire non à cet ordre impossible, il se penche et l'embrasse. Brutalement.

Dans leurs bouches, Marsha sent le sérum de vérité de Lester se mélanger à sa salive trompeuse. Enfin, la lubrification orale consécutive à un abrupt changement de libido afflue. La langue rose et souple de Lester demande ce que jamais on n'a exigé d'elle, la titille jusque dans sa chair rose tout en bas, l'éveillant à une curiosité sexuelle toute neuve. La seule chose qu'elle ne sent pas, ce sont ses mains qui lui volent sa carte d'identité et son fric, logés dans son soutif, avec la dextérité d'un pro. Enfin, ce n'est pas son fric à proprement parler. C'était celui de ses victimes, puis le sien. Et maintenant, ça ne l'est plus.

20

Daryl ne marche absolument pas à voile et à vapeur, n'a pas de double carburateur, pas plus qu'il n'est jazz ET tango, et pourtant, comment s'élever au-dessus… enfin, techniquement, il est bel et bien au-dessus, de l'acte homosexuel qui se déroule à fond de train "sous la 14e Rue", comme il a un jour entendu un musicien de jazz expérimenté parler de fellation ? Dieu merci, Poppy et ses compagnons n'assistent pas à sa chute en direct. Ils n'ont pas à entendre l'avidité enthousiaste de Al, ni les bruits de succion de sa bouche autour du diamètre de Daryl. Il n'ose pas trembler latéralement de peur que ce soit compris comme un encouragement sexuel. Comment Richard peut-il, en tant que pénis, donner des coups de boutoir tout seul pendant que Daryl se tient comme un pisse-froid dans la voiture Confort (confort, mon œil) à exhorter son propre membre à la flaccidité, à prier pour qu'on lui file une de ces pilules inhibitrice de libido comme le Depo-Provera, qu'on donne aux délinquants sexuels pour s'assurer de leur impuissance ? Il pense à l'antre humide de Marsha pendant que Richard pulse intensément, ravi de se faire polir le casque par un inconnu. Leurs fantasmes sexuels sont insolubles l'un dans l'autre. Les terminaisons nerveuses qui relient le pénis au cerveau sont en court-circuit. Richard est dur mais Daryl est mentalement mou et, comme toujours, un homme pense avec sa bite au bout du compte. Daryl, ça le rend dingue !

Cette voiture classe affaires est une nette montée en gamme, se dit Poppy en rejoignant ses soldats de plusieurs bonds totalement décomplexés face aux passagers soi-disant supérieurs qui déjà semblent se méfier de Billy le Twist, en pleine réalisation de la lettre T, trempé de sueur après un R et un S parfaitement exécutés. Leepa est peut-être un peu bruyante quand elle bondit et atterrit sur son siège, mais elle a des droits, elle aussi, ne l'oublions pas. De toute évidence, Al le contrôleur est prêt à protéger sa troupe, alors de quel droit Poppy le jugerait-elle si ça lui plaît de bouffer Richard entre deux problèmes à régler avec d'autres voyageurs ? Et elle trouve que Daryl surjoue l'outrage.

— C'est quasiment freudien, chuchote Campolina en se trémoussant jusqu'à la rangée derrière celle de sa meneuse.

Si Daryl espère que tout le monde comprenne son contrat payable en nature avec sa mère, songe Poppy, il devrait être plus ouvert aux nouveaux concepts d'expression érotique.

La dame collet monté triture nerveusement son collier de perles. La simple vue de Vaulta et Leepa qui atterrissent près d'elle met ses nerfs classe affaires à rude épreuve, sans parler de ce monstre de foire qui a réussi à se contorsionner pour former un W, comme "wagon de dérangés", suppose-t-elle. Pire encore, elle a vu deux homosexuels entrer ensemble dans les toilettes, et elle entend, malgré le raffut métallique des rails sous ses pieds, les sons étouffés d'un ramonage d'amygdales. Mais à qui peut-elle se plaindre ? Au contrôleur ? C'est lui qui aspire ! Au père Pluganal ou Machinchouette ? Tout ça ne semble absolument pas le perturber. Même quand une Adora toute vibrante promène Surprize en laisse dans l'allée centrale. Non, il reste assis là, impassible. Les tremblements de Sam Ressort et de Barbara Double Salto, dignes de secousses sismiques, devraient le faire réagir, mais il reste imperturbable. Il entend parfaitement les grognements et les halètements bestiaux de l'acte contre-nature se déroulant dans les toilettes, et pourtant il ne prie même pas. Ne propose de confesser personne. Il regarde. Oh mais doux Jésus, ce type est un voyeur !

Agenouillé dans le "petit salon" du train, Al se déchaîne au micro tandis que Richard, chasseur de têtes débridé, s'engouffre dans la gorge de cet homme consentant. Mi-stupéfait, mi-dégoûté, Daryl surveille d'en haut cette pipe qui n'en finit plus. Il n'est ni "actif à la française" ni passif, il aime les femmes qui sont nées femme. Il n'est pas gorge profonde, ni pas profonde, rien. Une pipe musicale ? Il n'est pas sûr de ce que ça recouvre, mais il sait qu'il ne jouera jamais de cette flûte-là. Prendre au creux de ses mains les kiwis d'un autre homme est une pratique qui lui donnera toujours envie de crier "Dégueulasse !". Quant à avaler une giclée de foutre ? Il a déjà vomi dans sa bouche rien qu'à l'idée.

Et c'est pourtant pile ce qui est en train d'arriver en bas. Richard explose dans le gosier du contrôleur et il n'y a rien que Daryl puisse faire pour l'en empêcher. Honteux et soudain affolé à l'idée d'être gay, il se gifle en se traitant d'enculé. Al recrache Richard de son antre buccal et, d'une voix pleine de gargouillis, s'exclame :

— Ben qu'est-ce qu'il y a ?

— Non, non ! fait Richard à Daryl, tu es toujours hétéro et moi je suis gay, on est des frères bisexuels !

Écœuré, Daryl regarde son membre désormais homo et crache sur cette vraie tête de nœud. Al éructe une bulle de sperme et rigole.

21

— C'est bon, la vérité, hein ? fait Lester d'une voix enfiévrée en soulevant Marsha des toilettes pour l'asseoir fermement sur le lavabo.

— Je… je ne vois pas ce que vous voulez dire, ment-elle avec sa verve, son culot, son audace habituels.

— Avoue, ordonne-t-il en plongeant de nouveau sa langue musclée entre ses lèvres menteuses, mais cette fois Marsha ouvre grand la bouche pour accueillir cette révélation brute : elle a peut-être trouvé son nouveau prince châtiant.

Tandis qu'il aspire les contre-vérités de son visage de façade, elle sent dans son âme la désintégration des mensonges qui se muent en honnêteté et, pour la première fois, son autel d'amour lui envoie des signaux de plaisir.

— Hé, y a des gens qui ont besoin d'aller aux toilettes ! gueule une voix d'homme enragée à l'extérieur.

— Allez-vous-en ! crie Lester, prenant le contrôle de Marsha, elle qui jamais ne s'est laissée faire.

— Ma mère n'avait d'affection que pour ses animaux de compagnie, jamais pour moi, bredouille-t-elle, étonnée d'entendre des mots sincères sortir de sa bouche presque involontairement, face à un inconnu.

— Il y a deux personnes enfermées là-dedans ! beugle l'homme scandalisé qui attend dehors.

Bam ! Bam !

— J'ai une grosse commission à faire ! s'exclame une femme avec un accent de Boston prononcé.

Lester ne fait pas cas des cris et murmure “La vérité… la vérité…”, avant d’insérer une nouvelle fois son appendice lingual entre les lèvres pulpeuses de Marsha, qui se languissent désormais de ne dire que ça.

— On ne peut aller aux toilettes qu’une personne à la fois, crie l’hôtesse de l’air en colère en tapant contre la porte avec son tout petit poing.

— J’ai un billet première classe, s’indigne Lester avant de se retourner vers Marsha, qui pour la première fois sanglote d’émotion sincère.

— Crache le morceau, lui dit-il avec sensualité.

— Mon père est mort à cause de ma méchante mère, s’écrie-t-elle machinalement.

— Il y a une femme là-dedans, je l’entends, se plaint une autre fouineuse.

— Ils s’envoient en l’air, s’offusque le premier type.

— Les première classe et classe éco ne sont pas autorisées ensemble dans cette zone de l’avion, les sermonne l’hôtesse de l’air avec un peu plus de déférence à présent que la différence de billet a été mise au jour.

Sans se soucier des plaintes extérieures, submergée par le besoin de mettre son âme à nu, Marsha poursuit sa confession.

— Rattrape le chien ! Rattrape-le ! criait ma mère pendant que mon horrible père, dans les testicules duquel ma vie a dû commencer, lui courait après dans la rue.

— Il y a des enfants qui se font dessus, s’impatiente l’hôtesse avec des accents de fureur, juste avant que le pilote annonce l’amorce de la descente de l’appareil et prie les passagers de bien vouloir regagner leur place.

— Alors un camion a percuté mon père et l’a tué sur le coup ! pleure Marsha, en transe, parlant comme si elle était elle-même en pilotage automatique.

Lester récompense sa franchise en lui saisissant la main pour sucer la cicatrice que lui a laissée la morsure de chien. Il mâchouille la croûte, sourit, avale le tout et se lève d’un coup, ouvre la porte des toilettes, et pouf – il disparaît. Est-ce qu'elle est folle ? Marsha sait en tout cas une chose. Ce type n'est pas une folle. Et c'est la vérité vraie.

— Traînée, lui crache l'hôtesse au visage sitôt qu'elle sort.

— Attendez… attendez… je n'ai pas fini, dit Marsha, perdue, mais l'agent de fourrière est déjà à l'autre bout de l'allée.

— Si ça vous dérange pas, fait l'homme qui patientait, avant de la bousculer pour passer et s'asseoir sur la cuvette. Fermez la porte, madame ! lance-t-il en la poussant d'un coup de pied.

Marsha se retrouve face à une mère furax et un petit garçon debout dans une flaque d'urine.

— Là, vous êtes contente ? demande-t-elle à Marsha tandis que son fils fond en larmes.

Maintenant, Marsha a envie de dire la vérité à tous les passagers à bord, même si jamais ils ne comprendront. Est-ce que la chose la plus romantique qui soit ne vient pas de lui arriver dans des chiottes d'avion ? Pourquoi ne pas le partager avec le monde entier ?

Gus-Gus zyeute la nouvelle casquette de Marsha d'un air méfiant quand elle revient à sa place et attache sa ceinture, mais Myrtle se montre plus amicale.

— Est-ce que je peux avoir vos cookies ? lui demande-t-elle immédiatement, désignant la collation gratuite inattendue déposée sur le siège de Marsha en son absence.

— Bien sûr, dit Marsha avec franchise, moi aussi j'ai faim… je croquerais bien un homme !

Tandis que Myrtle et Gus-Gus bafouillent, ne sachant que répondre, elle se tord le cou dans l'espoir de voir l'agent de fourrière se retourner depuis la première classe pour vérifier qu'elle va bien. Mais il n'en fait rien. Oh-oh, pense-t-elle soudain, en manque de l'effet que lui procure la vérité, je ferais mieux de rendre l'argent que j'ai volé à l'hôtesse. Attendez une minute. Où est-il passé ? Elle avait ce fric dans son soutif. Avec sa vraie carte d'identité. Disparue elle aussi. Qui a bien pu les lui prendre ? C'est lui. Ça ne peut être que lui.

22

— Qu'est-ce que c'est que tout ce bazar ici ? crie la contrôleuse en débarquant dans la voiture de première classe pour prendre les billets et remarquant les mouvements inhabituels de certains passagers. Arrêtez de sautiller comme ça ! ordonne-t-elle à Poppy en balayant vers l'arrière la fausse tresse attachée à ses cheveux récemment défrisés.

— Nous faisons du sport sur place, comme la loi nous y autorise, riposte Poppy, à qui les bureaucrates à la petite semaine ne font pas peur.

— Vous ! lance la contrôleuse à Campolina. Vous êtes handicapée ou quoi ?

— Je suis une vibreuse, madame, répond-elle sans s'arrêter sur sa brutalité.

— Eh bien, cessez ! s'énerve la despote de la ligne nord-est telle Ilsa, la louve des SS. Et qu'est-ce que c'est que ce machin ? grogne-t-elle ensuite en apercevant Surprize, qu'Adora est en train de fourrer dans un sac.

— C'est une race canine très rare, répond Adora sur ses grands chevaux, vibrant autant qu'elle peut pour se donner du courage, et elle souffre de tremblement idiopathique. C'est une maladie qui atteint les animaux se retrouvant coincés dans le corps d'une autre espèce.

— Amtrak n'autorise pas les animaux porteurs de maladie à bord, répond Mme Fini-de-rigoler sans une once de compassion, avant de se tourner vers Billy le Twist, qui vient de finir son alphabet. Hé, vous, Zorro là, arrêtez vos conneries ! ordonne-t-elle telle une relectrice-correctrice grossière.

Sans l'écouter, Billy sort de la position du Z qu'il a réalisé, mais alors, à la perfection, et se transforme en petit a, comme "abrutie", en espérant qu'elle arrive à déchiffrer sa langue des signes alphabétique en minuscule.

Mais non, cette femme est spirituellement illettrée, comme il s'en doutait.

— Vous deux ! Asseyez-vous ! commande-t-elle en repérant d'autres passagers en mouvement.

— Rebondir, c'est la liberté, rétorque Leepa, qui se prépare à un atterrissage boulet de canon.

— Décoller, c'est la beauté ! s'écrie Vaulta en se propulsant en l'air sans prendre la peine de tendre son bras pour l'équilibre.

— Mais arrêtez ! hurle la contrôleuse à Sam Ressort et Barbara Double Salto, qui se trémoussent effrontément et lui chantent en guise de réponse :

— *Oh-dah-lay-hee-hee*, soit un extrait de *The Yodeling Cowboy* de Gene Autry.

— Hé vous, là, bas les paluches ! lance-t-elle soudain au révérend voyeur un peu pédé qui s'astique à travers son pantalon sans se plier à son autorité.

— Et la fellation d'homme à homme qui se déroule dans les toilettes, alors ? répond-il sans montrer la moindre repentance.

— J'essaie de lire, intervient la dame collet monté, exaspérée, levant le nez d'une biographie à deux balles de Grace de Monaco, mais non, il faut toujours que je perde ma page à cause de ces bruits de succion homosexuels tout à fait contre-nature. Et en première classe, je vous demande un peu !

La contrôleuse écarquille les yeux et se tourne vers la porte des toilettes.

— Al, beugle-t-elle, est-ce que c'est toi ?

Al s'essuie la bouche avec une serviette en papier toute rêche pendant que Richard bat en retraite derrière la braguette de Daryl. Al et Daryl se retrouvent dans un face-à-face aussi affolé que gênant, et ils sont pourtant reliés par ce moment intime. Quoi qu'il vienne de se passer, Daryl n'a pas du tout envie d'expliquer son histoire ni les antécédents complexes de Richard à une employée de compagnie ferroviaire à l'esprit étroit. La porte des toilettes s'ouvre d'un coup et la voilà : la contrôleuse scandalisée. Elle s'est servi de son passe-partout pour entrer et Daryl voit bien qu'elle en fait une histoire personnelle.

— Je te l'ai dit, Al, gronde-t-elle avec fureur, pas de pipes pendant tes heures de travail ! Suce toutes les bites que tu veux quand tu es chez toi à New London, mais pas ici ! Pas sur le temps que tu dois à Amtrak !

— Mais, Edwina, j'ai fait tout mon travail, se défend-il pendant que Daryl, rouge de honte, rentre sa chemise dans son pantalon sur un Richard recroquevillé de peur. Les poubelles sont vidées, les billets contrôlés, la paperasse remplie, se justifie-t-il, mais elle ne veut rien entendre.

— Non et non, dit-elle, cinglante, plus de petits copains sur l'Acela Express pour toi, M. Grande Gueule. Tu étais en liberté orale surveillée, mais c'est fini ! Et tous les tarés, là, c'est fini aussi, vous vous taillez. Pas une pipe hein, je veux dire vous descendez au prochain arrêt, précise-t-elle en jouant du galon. Prochain arrêt, Providence, Rhode Island. Terminus !

23

Marsha dévale la passerelle et débarque dans le terminal de Logan Airport mais ne voit Lester nulle part. D'accord, il voyageait en première, mais il aurait pu l'attendre ! Surtout après leur baiser de vérité ! Affolée, elle se met à courir, scrutant les kiosques à journaux, étirant le cou au-dessus des files d'attente devant les restaurants, bousculant les lambins dans l'escalator. Où est-il passé ? Aux toilettes ? Elle sait que ce n'est pas une bonne idée de se faire remarquer quand les autorités sont à vos trousses, mais avec cette veste en cuir noir et cette casquette de fourrière, elle passe davantage pour une folle que pour une voleuse de bagages. Et puis, elle a changé désormais, et la vérité la protégera tout comme ses mensonges le faisaient avant.

Elle déboule dans les toilettes et tombe sur une rangée de mecs debout devant les urinoirs, mais celui qu'elle cherche ne figure pas parmi eux.

— Madame, vous êtes chez les hommes ici ! s'écrie un monsieur âgé en essayant de se couvrir.

— Lester ! appelle-t-elle sans faire cas du vieux bonhomme, tapant contre toutes les portes, acceptant la dure réalité qu'un vrai mâle comme Lester puisse avoir besoin de se délester d'une cargaison plus importante que ses propres torpilles miniatures.

Elle crie son nom et continue à tambouriner mais ne récolte que des "Occupé !" et "Allez-vous-en !" jusqu'à ce qu'une porte s'ouvre. Par accident. Le type qui a oublié de fermer à clé a de toute évidence du temps à tuer entre deux vols. Horrifié, il lève les yeux de l'exemplaire de *Golf Digest* qu'il est en train de lire et gueule :

— Bordel de merde, y a une nana dans les chiottes !

T'as raison qu'y a une nana. Et Marsha se sent encore plus puissante maintenant qu'elle a ouvert le sac de nœuds qu'on appelle sexualité humaine. Lester n'est pas n'importe quel homme. Non, c'est celui qui lui a fait dire la vérité. Il lui a volé son fric, et alors ? Sa mère lui a volé ses émotions, son mari lui a volé sa libido, sa fille lui a volé sa dignité, et Daryl lui a volé son droit à refuser un rapport sexuel. Mais ce type-là lui a volé son bagage psychologique endommagé et bon débarras. Il peut bien garder sa vieille carte d'identité – elle n'est plus cette personne-là ! Marsha Sprinkle ne dira plus jamais un seul mensonge.

— Vous avez de grands pieds, fait-elle remarquer à l'agent de sécurité assise près de la sortie.

Une seconde de temps d'arrêt. Celle-là, on ne la lui a jamais faite. Puis la femme éclate de rire.

— C'est vrai, répond-elle avec bonhomie, mais Marsha est déjà dans l'escalator.

Une fois en bas, elle éprouve un élan de nostalgie en voyant les chauffeurs habituels tenant les panneaux au nom de leurs clients, mais ça ne dure pas. Là, le voilà ! Enfin, elle pense que c'est lui. Elle est certaine d'avoir repéré ce blouson de fourrière par la vitre, sur le passage protégé qui mène au parking souterrain. Celui où se garer coûte une fortune, comme ceux que Daryl et elle avaient l'habitude de choisir. Elle pique un sprint. Mais oui, c'est bien lui ! CONTRÔLE ANIMALIER, annonce le lettrage effrayant au dos de son uniforme. Ça y est, il monte dans son véhicule, un camion de fourrière rouillé, du genre à la fois bolide et solide, qui a l'air de sortir d'un dessin animé des années 1950. Un slogan pas très clair a été peint à la va-vite sur le côté, en style agressif : UN CHIEN VAUT MIEUX QUE DEUX TU PERDRAS. En s'approchant, elle discerne en caractères plus petits mais plus nets le nom d'un village qui lui fait l'effet d'un miracle. Provincetown, Massachusetts. Évidemment que ce mystérieux agent de fourrière vit dans la même station balnéaire que son ex-mari ! C'est une intervention divine. Merci, Apollon. Merci, Dieu si glamour de la Vérité.

— Hé ! lance-t-elle. C'est moi. L'avion. J'ai encore plein de choses à dire !

Il démarre et part sur les chapeaux de roues pile au moment où Marsha agrippe la poignée de portière côté passager. Elle se met à courir à côté du camion. Si elle désire une vie érotique loin du mensonge, il va falloir qu'elle la mérite.

— Toute la vérité, rien que la vérité, ordonne-t-il lascivement avec un petit sifflement dû à sa dent manquante.

— C'est moi qui vous ai volé en premier, gémit-elle, au grand étonnement d'une famille en train de charger leurs bagages dans le coffre de leur break.

— La vérité toute nue, siffle-t-il par la vitre ouverte.

— Je souhaite la mort de mon mari, crie-t-elle plus fort que les pétarades du moteur trafiqué.

Lester écrase la pédale de frein. Mince ! Il a peut-être bien rencontré sa moitié ! Une femme qui détient un secret moralement aussi pervers que le sien et finalement trop lourd à porter. Est-ce que deux être écorchés ne peuvent faire qu'un ? Et si oui, est-ce que c'est égal à trois ? Il est temps de le découvrir.

— Montez ! aboie-t-il d'un air dominateur qui abolit le dernier rempart du déni de chair de Marsha.

“Montez”, le même mot qu'elle a lancé à Daryl, et qu'enfin quelqu'un lui adresse ! Elle grimpe à bord, prête pour sa première aventure hors isolement sexuel.

— Marsha Sprinkle, se présente-t-elle en se glissant à la place du mort avec un courage lascif tout neuf.

— Lester Barnhill, répond-il.

Il vire pour sortir du garage en manœuvrant avec son pommeau de volant, et s'arrête dans une zone interdite.

— Je mords, ajoute-t-il, haletant, brûlant de désir.

Ils s'embrassent comme des cobras. Ils forment une équipe désormais. Attention, vaste monde, les voilà !

24

À bord du bus Peter Pan, Poppy et sa bande sont bien contents d'avoir tout le fond rien que pour eux. S'être fait virer du train, surtout pour raisons morales, a porté un sérieux coup d'arrêt à leur mission matricide à destination de Provincetown, mais, en vrais petits soldats sauteurs, ils ont su rebondir. À la gare, deux messieurs extrêmement grands qui ont dit être des joueurs des Celtics de Boston ont pris en pitié ces voyageurs échoués qui sautaient sur place et leur ont expliqué que l'unique moyen de se rendre à Provincetown était ce bus à bord duquel ils se trouvent à présent. Est-ce que Poppy s'est fait des idées ou les a-t-elle vus sautiller légèrement quand ils ont précisé que la gare, sise au 1, voie Peter-Pan, n'était qu'à neuf minutes à pied ? Se pouvait-il qu'ils fassent partie du mouvement ? Daryl a eu trop peur de demander comment s'y rendre par crainte que Richard surgisse de son fute et fasse une proposition indécente à ces deux gentils messieurs, mais Campolina a trouvé que l'adresse était "trop rigolote", ce qu'elle a dit tout haut avec des petits rebonds sur place. Vous savez quoi ? Les basketteurs n'ont montré aucun signe d'homophobie. Ils ont simplement dribblé sur place pour s'accorder aux mouvements de leur interlocutrice et ont lancé "Nous sommes partout !" avec un esprit de franche camaraderie.

Et donc Poppy et sa clique sont en route pour Hyannis. Pas de bus direct pour Provincetown, il faut prendre une correspondance, mais cette fois au moins, ils ont des billets. Grâce à une autre sous-branche de sauteurs : les punks. Sautillant en direction de la gare, les trampos essayaient de se faire aussi discrets que possible, la ville n'étant pas réputée pour sa grande ouverture d'esprit en faveur des extrémistes de l'exercice physique. Et là, dans une ruelle toute pourrie, ils sont tombés sur six punks bizarres, musique des Dead Boys à fond sur un ghettoblaster rafistolé au scotch, célébrant leur haine du monde entier exception faite d'eux-mêmes.

Le leader manifeste, qui s'était fait tatouer son nom, Lupos, sur toutes les parties visibles du corps, y compris le front, pogotait avec sa petite amie, dont ils ont appris plus tard qu'elle s'appelait Stickerbush. Elle en était restée au look débraillé de Nancy Spungen, très déesse des quartiers mal famés, mais ça lui allait bien et elle réussissait même à le rendre contemporain. Peut-être grâce aux croûtes qu'elle avait autour du nez à force d'inhaler les émanations des bombes de peinture qui jonchaient le sol. Un autre, qui s'est présenté sous le nom de Jonesey, était le portrait craché de Stiv Bators, s'il n'était pas mort jeune et avait mal vieilli. Toujours affublé de jambes maigrichonnes à la Sex Pistols, mais sa bedaine l'empêchait de boutonner son jean à la Ramones jusqu'en haut. Plus de plongeon dans la fosse pour ce mec ! Il va écraser tout le monde !

Les trois derniers, Dieu sait comment ils s'appelaient, ont levé le nez du tas de billets qu'ils étaient en train de cramer et ont aussitôt eu la banane de voir Poppy et ses fidèles bondir dans les airs. Quand les grands esprits se rencontrent. Le Latino, qui ressemblait plus ou moins à Darby Crash en plus viril, leur a expliqué qu'ils avaient piqué le fric dans un bar gay où passait une musique techno qui leur tapait sur les nerfs, tendus comme des épingles à nourrice. Poppy, pogoteuse de toujours qui s'ignorait, s'est mise à danser dans les airs avec Vaulta et Leepa, pour montrer que leur mouvement était compatible avec la musique. D'une génération différente, Adora n'appréciait pas franchement ce hit-parade. Pour elle, les groupes jouaient dans des clubs, pas des garages ; toutes les chansons pop devaient durer au moins trois minutes ;

et le bruit était une chose dont on se plaignait, et non qui s'achetait. Pourtant, quand tu es à Providence, fais comme les Providenciens. Elle a attrapé Surprize au fond de son sac, s'est accroupie et a secoué son popotin du troisième âge en guise de soutien. Surprize a retroussé les babines dans une mimique étonnamment évocatrice de Sid Vicious, en se trémoussant elle aussi latéralement. L'autre fille du groupe, celle avec la crête bleue qui avait grand besoin d'être rafraîchie, s'est levée d'un bond après avoir mis le feu à une autre liasse de billets. Sam Ressort et Barbara Double Salto l'ont encouragée quand elle s'est lancée dans un slam dance, pogotant d'un bord et de l'autre avant de se jeter contre ses potes hard core, exécutant en grande avant-première une chorégraphie anarchiste qui n'avait pas encore de nom. Surprize a aboyé méchamment et feulé son approbation telle la vraie chatte punk qu'elle a toujours été.

La petite amie de la fille à la crête, dont la langue comptait tellement de piercings qu'on ne comprenait pas un traître mot sortant de sa bouche, a rejoint le mouvement, et la fête hybride entre twerk et pogo a commencé à battre son plein. Campolina, Sam Ressort et Barbara Double Salto, que leur politique abondamment vibratoire pourrait parfaitement intégrer dans cette sauterie bizarroïde, se sont mis à tourner par-dessus le marché, mais pas Daryl. Pas de trémoussements pour lui quand il a vu le Latino se baisser et se déhancher de façon suggestive face à lui, prêt à brûler la dernière liasse de ce "fric capitaliste dégueulasse". Non merci, pas tant que Richard sera susceptible de remuer dans son pantalon, exécutant une sorte de parade homosexuelle secrète à l'attention de ce punk qui n'avait certes pas l'air gay, mais de nos jours, comment être sûr, hein ? Le monde entier suce des bites, et on n'y peut pas grand-chose.

Billy le Twist était tellement fier de lui. Après deux alphabets complets, en capitale et en minuscule, il a enfin réussi à donner à son corps la forme du sigle du dollar, mais aucun des punks présents n'a semblé comprendre. Est-ce qu'ils l'ont pris pour un S ? Ils ne voyaient donc pas son bras entortillé à la verticale pour compléter le symbole de ce dont ils avaient besoin ? Du fric, bordel ! S'il pouvait se trémousser et réfléchir en même temps, pourquoi en étaient-ils incapables ?

Mais devinez qui est venu à la rescousse ? Pendant que ça dansait, que ça bondissait, que ça se trémoussait, que ça se frottait, que ça sautillait à fond, Richard a surgi du pantalon de Daryl et, avec le trou de sa tête de nœud, a saisi la dernière liasse de billets avant qu'elle parte en fumée. *Never mind the bollocks*, qu'y disaient.

Ils sont donc à bord d'un bus, avec neuf allers simples qui leur ont coûté deux cent soixante-dix dollars au total et que Poppy garde dans sa poche. Richard passe sous les radars comme un paquet normal, et Surprize a appris à se planquer avec ruse et discrétion. Tandis que le bus presque vide file sur l'I-95 à travers Fall River, lieu de naissance de Lizzie Borden, Poppy éprouve un lien spirituel avec la meurtrière suspectée, et aimerait asséner à sa mère les quarante mêmes coups de hache. Elle attend avec impatience que sonne l'heure de sa revanche et du meurtre de sa mère, qui lui permettra enfin de tourner la page. Mais parfois la douleur et les dégâts occasionnés par le désordre maternel sont trop lourds à supporter.

— Espèce de sale voleuse ! s'écrie Vaulta, ayant remarqué la souffrance de sa chef en réalisant un saut délicat qui lui permet de tourner la tête pour ne pas heurter le plafond de ce bus antédiluvien.

— Sectaire antibougeotte ! surenchérit Leepa en atterrissant avec un gros boum tandis qu'ils passent sur Bourne Bridge pour entrer dans Cape Cod.

— On baisse d'un cran, là-bas, gueule le chauffeur blanc, surpris qu'il y ait du grabuge à bord alors qu'on est hors saison.

Billy le Twist est un poème en mouvement : tout en contorsions sinueuses, il danse dans l'allée centrale en enchaînant les lettres du mot M-E-N-T-E-U-S-E, ce qui a le don d'apaiser momentanément le venin qui pulse dans les veines exaspérées de Poppy. Mais les passagers ne sont pas impressionnés le moins du monde.

— C'est quoi, votre problème ? leur lance un hipster trop sûr de lui avec sa barbe Je-viens-de-kidnapper-Elizabeth-Smart.

— Vous pouvez pas vous asseoir, merde ! râle une femme qui a l'air mal lunée dans son sweat-shirt JE PSYCHOTE avant de s'installer ailleurs.

Au moment où le bus s'arrête à la gare routière de Hyannis, Poppy pousse un cri primal de fureur matrophobe qui réduit ses opposants au silence.

— Il n'y a plus que mon père qui puisse nous aider, déclare-t-elle à ses fidèles, qui poussent des cris d'encouragement.

Certes, elle sait qu'il s'agit techniquement d'un "enculé de sa mère", mais s'il n'avait pas baisé avec Marsha, Poppy ne serait pas née. Jamais elle ne serait devenue l'élue à l'origine de ce joyeux style de vie bondissant. Elle ne l'a pas vu depuis des lustres, mais l'heure des retrouvailles a peut-être sonné. Et peut-être que son père souhaite lui aussi la mort de Marsha ?

25

À l'intérieur du camion de fourrière, Marsha continue à tempêter, incapable de mentir. La vérité jaillit d'elle comme un torrent pollué qui explose un barrage sous la pression de débris accumulés depuis des années.

— J'ai rencontré mon mari à l'université, confesse-t-elle tandis qu'ils se dirigent vers la Route 6 de Cape Cod.

— Plus intime que ça, gronde Lester en doublant une voiture par la vitre de laquelle un chien a passé la tête.

La seule présence de Lester dans la file d'à côté rend l'animal fou. Il se met à hurler, tente de sauter du véhicule de son maître tel un prisonnier espérant être sauvé par celui qui serait son ravisseur. Affolée, toute la famille plonge pour retenir le toutou à l'intérieur, et Lester accélère, laissant la plainte du chien se fondre dans les bruits de circulation et le marathon de la vérité de Marsha.

— Ça avait l'air d'un mec bien, confie-t-elle, sentant une chaleur inédite se répandre entre ses cuisses.

— Mais ? Ensuite ? aboie Lester, à la fois agressif et sexy, avant de hurler par la vitre ouverte pour montrer à Marsha que sa renaissance l'excite à mort.

— Il n'a jamais essayé de me peloter les seins ni de pénétrer mon vagin, admet-elle tandis que son souffle se fait plus court et que son cœur s'emballe.

— Crache le morceau, ordonne Lester en imprimant sur le volant des percussions érotiques.

— Lors de notre nuit de noces, j'ai découvert son secret, avoue Marsha avec une sincérité qui passerait haut la main tous les tests de détecteur de mensonges.

Lester se met à japper comme un chien de chasse pour l'encourager à poursuivre, mais revoilà cette famille qui tire toujours son clébard par les pattes arrière alors que la bête essaie à tout prix de sauter à bord de la fourrière. Il comprend. Mais ce n'est pas le moment. Marsha ne pige pas encore. Il faut lui laisser le temps de devenir un être de sexe pour la première fois, après quoi peut-être lui avouera-t-il sa vérité à lui… son secret canin.

Il plonge une main dans son sac et en sort un sifflet électrique qu'il est allé spécialement chercher à New York, un dispositif qui émet des ultrasons que seuls de rares chiens peuvent entendre. Bien. Ça marche. Il suffit d'une fois pour neutraliser le corniaud, qui se met à convulser, impuissant. Rien de grave. C'est désagréable un court instant. Lester reviendra le chercher. Il lui montrera la voie.

Les propriétaires du chien paniquent. Leur véhicule qui fait des embardées dans tous les sens avant de s'engager sur la Route 6A au rond-point de Hyannis donne à Marsha le courage de poursuivre son histoire de traumatisme conjugal, le courage érotique de tout déballer. Le souffle de Lester aussi se fait plus court, il a soif des plus profonds secrets de Marsha. Elle se tourne vers lui et tend la main devant elle.

— J'ai épousé un *rimmer*, annonce-t-elle sans honte, enfin libérée de l'humiliation, du chagrin et de la souffrance que la dissimulation de cette information lui a fait endurer au fil des années.

— Un quoi ? demande Lester, tâchant de garder les yeux sur la route malgré le choc érotique de cette nouvelle confession.

— Un fétichiste de l'anulingus, explique Marsha aussi cliniquement que possible, la tête haute.

Voilà, maintenant, il sait. Enfin, une personne peut comprendre l'horreur qu'elle a vécu à cause de ces prétendus "liens sacrés du mariage".

— Sers-toi de cette douleur, gronde-t-il doucement, exhortant cette menteuse qui détestait le sexe à accepter la diseuse de vérité érotiquement rechargée qu'elle est devenue, et même à accéder à un niveau d'ardeur supérieur.

— Il ne voulait faire que ça, se plaint-elle, jour et nuit !

— Approprie-toi ton dégoût, prends tes blessures en main, jappe-t-il en se penchant près d'elle, frottant son visage juste ce qu'il faut avec sa barbe de trois jours non entretenue, la laissant respirer son haleine, un mélange de réglisse et de l'effluve chimique de la novocaïne, qui peut contre toute attente faire office d'aphrodisiaque.

— Jamais le moindre intérêt pour ma voie naturelle ! se lamente-t-elle, la vérité nue lui donnant l'impression d'être une femme en état de marche pour la première fois.

Main gauche sur le volant, Lester se lèche l'index droit et insère l'extrémité dans le conduit auditif de Marsha. Bien qu'elle ait remarqué le petit arc de crasse sous son ongle, elle s'en fiche. En fait, c'est la première pénétration d'un de ses orifices, à part sa bouche, qu'elle accueille avec plaisir.

— Mais qu'est-ce que j'y connaissais ? sanglote-t-elle. Je croyais que l'anulingus était ce qui était censé arriver la nuit de noces. J'étais allongée là, sur le ventre, perdue, écœurée, pendant qu'il léchait goulûment. C'était donc ça, l'amour ? C'était ça qui inspirait tous ces romans à l'eau de rose que j'avais refusé de lire quand j'étais ado ? gémit-elle de détresse.

Pied au plancher, Lester se met à geindre comme un chiot et tortille son doigt dans l'oreille de Marsha pour la stimuler, la pousser à lui en révéler davantage.

— Mon hymen est demeuré intact, pleure-t-elle, déboussolée par cette excitation auriculaire, mais je suis quand même tombée enceinte !

Lester hurle comme un loup en passant devant le panneau VOUS ENTREZ DANS DENNIS sur la Route 6A en direction de Provincetown. Il sait que "Dennis" est une ville, pas une personne, mais il espère qu'il n'en va pas de même pour Marsha puisqu'elle est elle-même pénétrée pour la première fois. Il continue à fourrer son doigt dans son oreille, l'explorant en profondeur dans un va-et-vient érotique, et aucune question sur la géographie de Cape Cod n'est soulevée. Marsha se moque de savoir où elle se trouve, il faut juste qu'elle dise la vérité.

— Pendant ce rapport bucco-anal, mon mari se tripotait et son sperme immonde a fini par jaillir.

Le récit du traumatisme, plus détaillé qu'aucun sexologue ne l'exigerait jamais, apporte son lot de souffrance psychologique, mais Lester y remédie en modulant les vibrations du nerf vagal de Marsha en direction de son cerveau.

— Plus de stress, dit-il d'une voix apaisante avant de japper comme un chiot qui se roule en boule.

Est-il chien, ou homme ? se demande Marsha.

— *Dog Star Man*, murmure-t-il de façon obscure, d'une voix mi-humaine mi-canine, et bien qu'elle n'ait pas la moindre idée de ce qu'il entende par-là, elle prend ça comme un poème d'amour à son attention, ce qui lui donne le courage de poursuivre.

— Par accident, une petite goutte de sa semence est entrée en contact avec ma vulve et s'est faufilée jusqu'à mes organes reproducteurs, reprend-elle, déchirée entre les plaisirs érotiques de son oreille et les horreurs de son passé conjugal.

— Bouh ouh ouh, chuchote Lester d'une voix sensuelle bien humaine cette fois, en enfonçant son doigt toujours plus profond dans son puits auditif solitaire.

— Je me suis fait mettre en cloque par du foutre nageur, gémit-elle, toute à ce rapport intime d'un nouveau genre.

— Grrr, grogne Lester en tendant le cou pour lui mordre le lobe, faisant dévier le camion de sa trajectoire mais donnant un coup de volant de la main gauche pour regagner sa file.

Plonger son index aussi profond qu'il ne l'a jamais fait dans une oreille vierge s'avère payant. Marsha s'abandonne à son orgasme auriculaire tandis que Lester dépose agilement sa propre pièce d'identité dans son soutien-gorge sans qu'elle le sente. À présent, ils ne font plus qu'un. Il devrait l'appeler Lesta. Elle devrait l'appeler Marsher. Ils sont l'un à l'autre maintenant.

— Je n'avais jamais eu de rapport sexuel, s'écrie-t-elle sincèrement, forte du pouvoir soudain de deux personnes en une seule, révélant la source de ses troubles érotiques dans une explosion de colère finale. Et pourtant un enfant, fruit d'un anulingus, grandissait en moi, poursuit-elle courageusement, et son nom ? Oui, son nom était Poppy.

26

Poppy et sa grand-mère bimouvement, bigénérationnelle sont entrées dans le Massachusetts telle la vraie famille de Pèlerins qu'elles forment.

— Hyannis, terminus, lance le chauffeur avant d'ouvrir les portes dont le sifflement annonce l'arrivée de cette troupe hétéroclite de voyageurs incapables de rester en place et de passagers qui détestent les suscités.

Les premiers à descendre sont l'écolo de service et la *wannabe* Valerie Solanas, apparemment ensemble, à la grande surprise de Poppy, qui s'imaginait que leurs principes radicaux potentiellement conflictuels annihileraient toute attraction sexuelle entre eux.

Le suivant est Daryl, qui remue le moins possible pour ne pas attirer les regards masculins et ignore les supplications de Richard pour aller aux toilettes.

— Tu vas devoir te retenir, répond-il fermement, sentant que cette demande n'est qu'une ruse de la part de Richard en vue d'autres interactions cent pour cent gays.

Vaulta et Leepa descendent les marches du bus en sautillant et bondissent à travers le parking en direction du terminal. Campolina se blesse sans gravité en enquillant la sortie étroite avec des trémoussements spectaculaires, mais se remet vite, la tendance de sa peau à marquer surmontée depuis longtemps. Sam Ressort et Barbara Double Salto rebondissent et frémissent en direction de la gare, entonnant une reprise du tonnerre de *Old Cape Cod* de Patti Page, que même le chauffeur de bus, resté à bord, trouve entraînante. Billy le Twist ferme la marche, mais au moment de sortir, affichant son soutien à la fierté locale en se contorsionnant en lettre H, pour Hyannis (ce qui est quasiment impossible, allez-y, essayez pour voir !), il trébuche et tombe. On imagine qu'il va s'arrêter, mais non. Il dévale les marches, atterrit par terre et se met à rouler. Et à rouler. Bon sang, mais c'est encore mieux que de sauter. Et plus énergique que les secousses latérales. Billy roule aussi vite que possible et il se peut qu'il ne se remette jamais debout.

L'intérieur de la gare est glauque, et ce quelle que soit l'époque de l'année. On ne l'appelle pas "Hi-Anus" pour rien. Il n'y a qu'un employé au guichet, et il salue ses clients avec une sorte de supériorité lasse.

— Les passagers à destination de Provincetown doivent se rendre voie B, annonce-t-il au haut-parleur avec un accent de Nouvelle-Angleterre prononcé.

Poppy se demande comment il se fait qu'une quarantaine de personnes se rendent tout au bout de Cape Cod au beau milieu de l'automne. Sam Ressort et Barbara Double Salto voient quelques autres Afro-Américains monter à bord, mais aucun ne croise leur regard. Campolina remarque des gays qui embarquent, et bien qu'elle ne soit pas surprise qu'ils aillent à Provincetown, même la drag-queen avec un diadème flanqué d'un A sur la tête la prend de haut quand elle se trémousse amicalement et lui adresse un petit signe de la main. C'est pour quoi, ce A ? Antisocial ?

— C'est comme si on n'existait pas, murmure Vaulta à Poppy tandis qu'elles scrutent ces mystérieux voyageurs et sautillent à mesure que la file avance.

— Tu vois ? Nada ! s'émerveille Poppy en bondissant encore plus haut pour enfoncer le clou.

Leepa ne voit pas d'autre obèse, et ne comprend pas pourquoi, c'est quand même une ville gay. Pas de "bears" ? Pas de gros mecs poilus grondant avec lubricité et bonhomie ? Et pourquoi sont-ils si nombreux à porter cette teinte marron totalement sinistre ?

Daryl intègre la file d'attente avec Richard, mais tous les autres passagers se fichent royalement des tremblotements qu'ils effectuent pour maintenir leur énergie spirituelle. C'est quoi leur problème, à ces débiles ? En général les marginaux se soutiennent entre eux. Est-ce qu'ils s'estiment supérieurs aux bondisseurs et aux trembleurs ? Ils se contentent de se tirer la langue brièvement, comme s'il s'agissait d'une sorte de salutation codée. C'est quoi, ces conneries ? C'est bizarre ! Enfin une chose sur laquelle Richard et Daryl tombent d'accord.

Même lorsque Billy le Twist, contorsionné au max, passe la porte de la gare et déboule en roulant, cette secte secrète ne réagit pas. D'abord surprise par la nouvelle capacité motrice euphorisante de Billy, Poppy finit par trouver ça dément. Chaque rotation est une épreuve, mais chaque fois un enchantement renouvelé se lit sur le visage de Billy, ce que Leepa et Vaulta comprennent parfaitement. Billy les a désormais tous surpassés en termes d'énergie visionnaire, et, même si rouler n'est pas pour tous les disciples de Poppy, ils peuvent respecter cette nouvelle coordination mobile qui, si elle manque de subtilité, pourrait tout de même ouvrir les portes de la perception des autres vers une paix intérieure circulaire.

Ça y est, ils montent à bord. Le conducteur du bus ne sourcille même pas lorsqu'ils passent devant lui en bondissant et en se trémoussant. Une fois à sa place, Adora est soulagée de ne pas devoir cacher ses tremblements à présent qu'elle maîtrise son pouvoir, mais pourquoi ces nouveaux imbéciles ne s'offusquent-ils pas du comportement félin de son chien ? Elle est habituée à la controverse que soulève le relooking extrême de son animal de compagnie. C'est assez marrant d'être témoin du choc que les gens éprouvent. Est-ce qu'ils ne voient pas que Surprize est le seul animal qui pourrait remporter à la fois les concours canin et félin ? Et pourquoi est-ce que cette bonne femme vient de lui tirer la langue ? Exprime-toi si tu as un message à faire passer !

Le conducteur du Peter Pan fait abaisser la rampe mécanique pour que Billy puisse rouler du bord du quai jusque dans le bus. La plupart des passagers seraient incapables de descendre l'allée centrale d'un bus commercial en roulant, mais le talent de Billy lui permet d'enrouler son corps et d'atteindre la place que Sam Ressort lui a réservée. Sam l'attrape, et l'installe sur un siège à côté d'un de ces voyageurs énigmatiques qui ne semble absolument pas dérouté par l'entrée non conventionnelle de Billy. Non, le mec ne bronche pas.

Une fois sur la route, personne n'entonne gaiement de chansons à boire non plus, hein. Ces adeptes d'un autre genre se mettent à bouger la langue plus vite, de haut en bas et de droite à gauche, comme Poppy et sa bande le font avec leur corps. Poppy essaie de ne pas les juger. Chacun vit comme il l'entend. Soudain, ces militants mystérieux pincent les lèvres vers le bas en marmonnant de façon étrange, ce qui produit un son obscène, moitié charabia, moitié cri nuptial, totalement incompréhensible pour les oreilles non initiées. Campolina a déjà entendu parler de glossolalie, mais ces énergumènes vont au-delà. Y a-t-il un message secret qui lui échappe ? Billy le Twist essaie de trouver quelle lettre ils prononcent, mais il sèche. Il essaie malgré tout de se tortiller en forme abstraite pour communiquer son affinité avec leur cause, quelle qu'elle puisse être. S'il attend du monde extérieur une compréhension de sa nouvelle obsession “roulante”, il doit lui-même se montrer ouvert aux bizarreries d'autres courants de développement personnel. Mais ces marmonnements et claquements buccaux sont-ils de nature sexuelle ou spirituelle ?

— À quatre pattes ! scande quelqu'un au fond du bus.

Poppy se retourne. Hé, mais c'est cet écolo de l'autre bus, non ? Si, c'est bien lui ! Et la même nana misandre déprimante répète la même chose ! Eux, ils font partie de cette secte sans nom ? Et voilà que tous se mettent à beugler “À quatre pattes !”. Pourquoi ? Mais pourquoi ? Poppy ne peut-elle pas sautiller jusqu'à Provincetown pour aller tuer sa mère en paix ?

27

Dans le calme qui suit son éveil à la sexualité, Marsha rayonne, tellement comblée par le bénéfice psychique de cette séance préparatoire à la pénétration qu'elle ne remarque même pas le Pilgrim Monument qui se dessine au loin, ni la belle ville de Provincetown s'étalant sous leurs yeux lorsqu'ils passent le virage de la Route 6 et entrent dans Truro.

— Je voulais avorter, explique-t-elle d'une voix sonore, assurée, dépouillée de honte. Mais où ? Le seul charlatan dont j'avais entendu parler dans notre résidence miteuse s'était fait pincer pour avoir exigé cent dollars d'une fille de quinze ans à qui il avait conseillé d'avaler de la poudre à canon.

Un petit gémissement de chiot échappe à Lester, qui sort un spray répulsif antichien de sous son siège.

— À la bibliothèque, poursuit Marsha, j'avais lu que dans l'ancien temps, les Égyptiennes qui souhaitaient provoquer une fausse couche mangeaient des déjections de crocodiles, mais où étais-je censée m'en procurer à Dutch Village ?

Lester sniffe quelques coups de spray et lui en propose. Elle refuse poliment ses vapeurs magiques et continue le récit de ses malheurs tandis qu'il quitte l'autoroute à Sotts Crossing, le spray diffusant dans sa libido son répulsif pimenté.

— Il y avait bien le vivarium du zoo de Baltimore, se rappelle-t-elle en osant caresser le menton effilé de Lester pour la première fois, mais je ne pouvais quand même pas me pointer dans la fosse aux alligators pour prélever un étron !

Lester a beau être en pleine montée sous l'effet de l'extrait de piment ultrafort qui lui écorche les narines, il repère le chien en premier. Ce chien qu'ils ont vu sur le trajet et qui a pratiquement bondi du véhicule de ses maîtres pour les rejoindre. Là, en laisse, il tente toujours de s'échapper tandis que ses propriétaires déposent leurs bagages et leurs accessoires de plage dans un cottage standard mitoyen ressemblant à tous ceux qui bordent la Route 6A avant d'arriver à Provincetown.

Lester fait faire une embardée à son camion, et, au moment où ses vaisseaux sanguins se dilatent et lui procurent l'ultime montée d'adrénaline humano-canine, il pulvérise un jet liquide de spray Halt! dans les yeux du père. La mère s'affole, gueule à propos de la cruauté envers les animaux, et les enfants essaient de retenir leur chien, qui est de nouveau dans tous ses états. Le père titube à l'aveuglette, se frotte les yeux, manque se faire renverser par une voiture. Le chien profite de l'occasion. Il fonce de toutes ses forces, saute sur une table de pique-nique et se propulse dans les airs droit vers la vitre ouverte de la fourrière côté passager. Il atterrit sur les genoux de Marsha et s'immobilise.

— Certains le savent d'instinct, dit Lester.

Marsha est tellement sonnée de se retrouver avec un vrai chien sur les genoux qu'elle ne peut qu'articuler un "Là, gentil", sans trop savoir à qui cela s'adresse. À Lester ? Au chien ? Aux deux ?

Lester redémarre et passe en trombe devant l'ancien Holiday Inn. Puis il repère un cocker anglais sans laisse arborant une espèce de "pussyhat" et aboyant à l'attention de ses maîtresses, qui pensent que la colère de leur toutou est aussi politique que la leur. Lester dégaine un fusil hypodermique et tire une fléchette tranquillisante en plein dans le popotin prétendument indépendant du chien. Le couple scande des slogans des Gays contre les armes avant de fondre en larmes à cause de cet assassin d'animaux de compagnie dans ce qu'on appelle pourtant la ville d'Amérique la plus tolérante envers les chiens. Lester se gare, ignore le cinéma des propriétaires, soulève le corps de l'animal avec des gestes professionnels, le dépose doucement à l'arrière du camion, se remet au volant et repart.

— Mais il y a des chiens qui ne comprennent pas tout de suite, explique-t-il à Marsha. Alors je dois leur montrer le chemin.

Marsha baisse les yeux sur le chien "sauvé" qu'elle a sur les genoux. Elle aussi doit apprendre la vérité de Lester.

D'un coup, au niveau d'un garage sur lequel on a peint une malencontreuse imitation de la *Marilyn* de Warhol, il vire à droite pour s'engager sur un chemin de terre. Marsha, elle, continue à raconter la folie de son accouchement.

— J'ai donné naissance à la fille mutante d'un fétichiste de l'anus plein de foutre, déclare-t-elle à la cantonade.

Instantanément, tous les chiens en colère du coin, semblant se soumettre à Lester, membre alpha de la meute, sortent du bois et hurlent à la mort en guise de bienvenue à leur joueur de flûte.

— Un événement répugnant, humiliant, braille Marsha, tandis que la meute canine se met à courir à côté du camion, et que le chien qu'elle a sur les genoux se joint au concert des molosses.

C'est comme si les chiens étaient du côté de Marsha. Pour la première fois de sa vie. Lester émet son gémissement grave qui signifie qu'elle doit poursuivre son histoire.

— Poppy a déchiré mon anatomie alors que j'étais techniquement vierge, et aucun homme, jusqu'à toi aujourd'hui, ne m'a jamais pénétrée depuis, confie-t-elle avec une franchise sexuelle qui pousse un Lester surexcité à frétiller de tout son être non castré.

Le vent de vérité de Marsha se mêle au hurlement d'acceptation de Lester et souffle jusque dans les dunes, où se forment de minitornades de rébellion, qui préviennent d'autres chiens en colère qu'ils peuvent rejoindre leur cause. Marsha lève les yeux et voit alors la "niche" de Lester. Son camp de redressement des brigades canines. Son château-chenil de modification comportementale des bâtards. Lester Barnhill en est le roi et elle, Marsha Sprinkle, va devenir sa reine légitime.

Lester gare le camion fourrière dans un crissement de pneus et aussitôt, des touristes furieux bondissent de leurs voitures, l'accusant à cor et à cri d'enlèvements d'animaux de compagnie et de détention illégale, mais il ne leur prête pas attention. Qui vont-ils appeler ? C'est lui le responsable du contrôle des animaux dans cette ville, et beaucoup d'habitants, craignant le pouvoir qu'il détient sur leurs chiens autrefois dociles, ont appris à se la boucler. Et puis, Provincetown a toujours été un endroit radical. C'est le terreau des idées révolutionnaires.

Il actionne une télécommande et la redoutable grille de fil barbelé s'ouvre sur la villa de désendoctrinement canin. À la fois manoir décrépit et maison de correction, le bâtiment est constitué de bois de charpente pourrissant, de chutes de moquette, de cages en acier rouillé et d'une toiture saccagée récupérée à la décharge municipale avant que ce soit l'endroit le plus couru de la ville. À l'intérieur, les aboiements des chiens redoublent, mais leurs propriétaires se méprennent et pensent que leurs toutous veulent être libérés de cet endroit.

— Vous m'avez volé mon chien, espèce d'enculé ! gueule un homme devant ses enfants pleurnicheurs.

— Max était en laisse ! sanglote une femme, le visage sillonné de larmes.

— Je veux récupérer mon chiot, s'écrie un adolescent en sweat Dolphin Fleet Whale Watch en catapultant un caillou vers Lester à l'aide d'une fronde, le ratant de peu.

Le chien assis sur les genoux de Marsha a entendu le cri de révolte qui vient de l'intérieur et, impatient de se joindre au soulèvement, bondit par la vitre ouverte, fonce sur l'idiot qui a lancé le projectile et le mord à la main.

— Oh, vous en faites pas, vous allez les revoir, vos chiens, gueule Lester tandis que débarque le couple de femmes en bonnet rose à bord de leur camion, dont elles bondissent en parlant d'"agression masculine" et de "sensibilité animale".

Le cocker anglais femelle qui revient à lui reconnaît sûrement la voix de ses maîtresses car au moment où Lester ouvre la portière côté passager pour prendre Marsha par la main, l'animal soudain vengeur bondit de l'arrière, se débarrasse comme il peut de son "pussyhat" et s'élance vers ses propriétaires avec une férocité qu'elles ne lui connaissent pas. Comment ces femmes osent-elles la forcer à porter un chapeau ? Les deux femmes qui soi-disant adorent les animaux remontent fissa dans leur véhicule et en verrouillent les portières tandis que leur animal saute sur le capot et arrache les essuie-glaces du pare-brise avec ses papattes de chienne libérée.

Une fois à l'intérieur de son camp de rééducation canine, Lester fait faire à Marsha le tour du propriétaire.

— Tiens mon petit, murmure-t-il à un basset particulièrement enragé dans une cage du vestibule en lui tendant une photo de ses propriétaires et en envoyant une décharge dans le collier électrique qu'il a autour du cou.

Le chien hurle de plaisir masochiste et se jette sur la photo de ses soi-disant gardiens, s'entraînant à sa future attaque.

Marsha s'émerveille de voir tout autour d'elle dans le salon des murs entiers de cellules de détention faites de barreaux invisibles qui électrocutent ces ex-animaux de compagnie, devenus de vrais soldats, chaque fois qu'ils s'élancent vers la photo de leur ancienne maison, que Lester a imprimée à partir de Google Maps. Elle est très impressionnée. Les chiens apprennent. Lester s'est emparé de leur esprit de clan naturel pour transformer leur docilité en soif de revanche. Elle aime ces créatures en colère. Peut-être que l'une d'elles mordra l'engin pénétrant de son ex-mari !

— J'ai été élevé comme un chien, lâche soudain Lester, révélant sa vérité à son tour, suppliant Marsha de le comprendre à travers son regard de chien battu. Pourquoi, mais pourquoi ? crie-t-il vers le ciel. Je vais te dire pourquoi ! Parce que mes parents pensaient que les animaux coûtaient moins cher que les bébés, se remémore-t-il, plein d'une rancœur infinie, réussissant à garder sa contenance masculine tout en affichant une vulnérabilité sexy.

Marsha regarde ébahie un autre corniaud qui réduit son collier en miettes tandis que des lumières stroboscopiques le programment et que des sons déformés de babillages provenant de ses prétendus papa et maman martèlent ses tympans. Apprendre à un animal à envisager son maître comme son ennemi est le dessein de mère Nature, Marsha comprend-elle, plus éclairée à chaque minute passée en compagnie de Lester. Oui. Le pouvoir doit être récupéré par les chiens et dirigé contre les humains sous la forme de représailles. La vie est peut-être juste, après tout ?

— On me forçait à manger de la nourriture pour chien quand j'étais petit, avoue Lester avec amertume en ouvrant un miniréfrigérateur pour en sortir un gros nonos dont il arrache un bout de cartilage à pleines dents. Qu'est-ce que j'y connaissais ? Purina, je trouvais ça bon, geint-il en tendant son os à Marsha.

Pour la première fois, elle éprouve le besoin de manger quelque chose de solide. Elle sait que les biscuits pour chien seraient ce qui se rapproche le plus des crackers ici, mais ça ne lui suffit plus. Elle se saisit de l'os et en extirpe courageusement une lampée de moelle. Le goût est très marqué, et la mastication devient soudain un acte très sensuel. Le début d'une nouvelle forme de digestion stimule tout son corps. Est-ce qu'elle est passée à côté de la joie la plus primaire pendant tout ce temps ? Joie qu'expérimentent humains et animaux depuis toujours ? La fragmentation de la nourriture en morceaux toujours plus petits, puis son élimination ? Se peut-il que Marsha soit désormais capable de déféquer sans honte aucune ? Plus de petits granulés. L'heure est venue d'envoyer la ganache. Lester et elle peuvent peut-être le faire ensemble ?

— Je dormais dans une caisse ! hurle Lester en mâle dominant de ces lieux. Une caisse ! répète-t-il plus bas, de cette voix grondante et grave qui titille Marsha sur son terrain de chasse. Et c'est encore le cas aujourd'hui ! rugit-il en la guidant jusque dans sa chambre.

Au début, Marsha est terrorisée par les trois chiens féroces qui gardent le lit ressemblant en effet à une caisse géante. Dans leurs yeux ne luit que le mépris, eux les derniers animaux autorisés à avoir un propriétaire. Le Maître suprême. Lester en personne. Va-t-elle oser en caresser un ?

— Vas-y, fait Lester, lisant ses pensées, le labrador s'appelle Baxter.

Elle tend la main et le chien ne moufte pas. Elle touche son pelage. C'est à la fois rêche et agréable sous ses doigts. Une humidité certaine ne tarde pas à affluer dans ses parties intimes.

— Mon père prétendait parler un dialecte spécial moitié babillages moitié grognements que les chiens comprenaient, explique-t-il avec un nouvel accent surprenant tout en ôtant sa veste qui révèle ses bras musclés et un T-shirt avec l'affiche du film *Le Gang des dobermans*. Moi-même je parle cette langue aujourd'hui, se vante-t-il avant de lui murmurer à l'oreille des syllabes sans queue ni tête mêlées à des jappements gutturaux, auxquels répondent les chiens en aboyant. Ça veut dire qu'ils sont d'accord, murmure-t-il avec sensualité en lui retirant son chemisier.

Marsha fond de plaisir et laisse faire ce qui vient ensuite – retrait du soutien-gorge. Tiens, qu'est-ce qui vient de tomber par terre ? Le permis de conduire de Lester ? Son identité à lui glissée clandestinement dans la sienne ? Osera-t-elle autoriser cette fusion ? Oui ! Elle est prête à se faire peloter ! Yop la boum, et que ça saute. Ses mamelons frémissent avec insolence, indiquant qu'elle désire enfin ne faire qu'un avec Lester, sans crainte.

Il se tourne vers le boxer impressionnant qui répond au nom de Travis et lui adresse un mélange guttural de mots et de jappements. Les yeux du chien s'allument comme ceux des gamins dans *Le Village des damnés* et la réponse qu'il hurle a l'air terrifiante.

— Je lui ai demandé s'il était prêt à recevoir mes derniers ordres, traduit Lester tandis que Marsha se débarrasse de sa jupe. Il a répondu grr-ouaf, grr-ouaf – ça veut dire "en avant" en caninois, continue-t-il à expliquer alors qu'il se met à haleter, mi-homme mi-chien.

Se tournant vers Draco, le bull-terrier blanc qui attend l'ordre le plus meurtrier de son maître, Lester demande dans les deux langues :

— Assouviras-tu notre vengeance ?

Le volume sonore du grondement et la férocité de l'animal sont tels que Marsha n'a pas besoin de traduction. C'est la lutte finale !

— J'ai appris à être un vilain chien, grogne Lester en retirant son pantalon d'uniforme, révélant une taille mince, des cuisses étonnamment musclées et un renflement dans son caleçon blanc usé mais apparemment récemment lavé.

Marsha se retrouve en présence d'un pénis et pour la première fois, c'est un membre qu'elle accueille avec plaisir. Enfin, un homme lui fait face et la traite en vraie femme, au lieu de se pointer par-derrière comme son ex-mari, un vrai chien lui aussi, mais plutôt du genre la queue entre les jambes.

— Wouf-yip-yep, ouaf-ouaf, répond-elle avec hésitation à Lester, espérant qu'il traduira pour ses chiens s'ils ne comprennent pas ses premières incursions dans leur langue hybride.

Mais si, ils la comprennent. Et Lester aussi. "Au pied !" n'est plus un ordre pour chien, c'est un mot de passe pour donner son consentement à l'acte sexuel, et ils hurlent ces mots dans un bilinguisme sauvage.

— D'abord, j'ai mâchouillé les chaussons de mon père, fait Lester avec un accent canin prononcé tout en n'hésitant pas à frotter sa queue assez large contre les parties intimes de Marsha à travers sa culotte, explorant de nouveaux territoires et excluant tout positionnement en levrette.

— Oui, par-devant, gémit Marsha, effaçant de sa mémoire la fascination de son ex pour sa porte de derrière.

— J'ai mordu la main qui me nourrissait, grogne-t-il en caninois, et oui, Marsha, à présent humainement excitée, fait la traduction elle-même, merci.

— Couché, lui dit-elle dans leur langue secrète, et Lester obéit, lui retirant sa culotte de ses dents acérées tandis que les trois chiens se mettent à piauler et haleter, fiers que le commandant de la niche puisse pénétrer cette chienne – et ils envisagent ce terme avec tout le respect du règne animal – avec un pénis dur, à la différence d'eux-mêmes, qui doivent attendre que le leur durcisse une fois à l'intérieur de la femelle. Prends-moi, dit Marsha deux fois, une dans chaque langue, heureuse d'être aux commandes – même si cette fois, c'est différent : à la fois pénétrée et dominante, elle prend un pied terrible !

Caressant, explorateur, Lester vise juste et fourre sa queue de vilain chien entre ses jambes, et ce n'est pas du tout l'invasion intime que Marsha a toujours redoutée. Le voilà à la niche ! Face à elle, de sorte qu'elle puisse voir ce qui se passe ! Et non derrière, dans un lieu si sale qu'il fallait le nettoyer jusqu'à trois fois par jour.

— Nous avons tous les deux été maltraités, murmure Lester, toujours en elle, toujours bien droit, accélérant et ralentissant à un rythme régulier.

Dedans. Dehors. Comme un piston bien huilé qui turbine à la perfection. C'est elle qui dirige. Avec son bâton à lui. Et ensemble, ils redéfinissent le rapport sexuel humain.

Un jappement plus vrai que nature échappe à Marsha, repris en chœur par Lester et ses trois chiens de garde. Affolé de plaisir, Lester continue à la pilonner et à aboyer comme l'animal qu'il est devenu, ce dont Marsha se félicite. Les autres chiens de la maisonnée se mettent à hurler eux aussi, en guise de célébration sauvage dont le crescendo mime l'intensité grandissante de l'union sexuelle de Lester et Marsha. Juste avant d'exploser en elle, Lester tend la main vers un bouton, l'actionne, et ouvre à distance toutes les cages de la maison. Baxter, Travis et Draco se ruent à l'extérieur, au comble de l'excitation : l'heure est enfin venue pour eux d'être les chefs de meute ! Les chiens rééduqués bondissent de leurs cages, tous crocs dehors, assoiffés du sang de leurs anciens maîtres. Il n'y a pas de code secret pour arrêter ce qui est en marche : l'Armageddon canin.

En entendant les premiers cris à l'extérieur, Marsha explose à son tour et s'ébroue d'euphorie orgasmique. Voilà donc ce que ça fait d'être en vie ! La déesse guerrière de la haine a enfin trouvé l'amour. Moitié chiens, moitié humains, ils sont désormais unis par la vérité.

28

Au croisement de Standish Street et de la grand-rue de Provincetown, Commercial Street, Poppy regarde par la vitre du bus et s'étonne de découvrir qu'il y a foule dans les rues. Du monde partout alors qu'on est hors saison. Les touristes vont et viennent sur les trottoirs comme en plein été, malgré l'air encore frisquet. Les autres voyageurs à bord ont l'air tout contents, ils se collent aux vitres d'un côté puis de l'autre, certains appellent même des gens qu'ils reconnaissent. C'est à cet instant que Poppy repère la banderole tendue en travers de la rue, annonçant le FESTIVAL DE L'ANULINGUS 21-22 NOV. Elle déglutit et se met machinalement à sautiller sur son siège, comme elle le fait toujours en situation de stress. Adora se tourne vers sa petite-fille après avoir lu, perplexe, cette pancarte : DINGUE DE LA FEUILLE DE ROSE. Avant que Poppy trouve une façon polie de lui expliquer la chose, Daryl intervient :

— Ça veut dire lécher des trous de balle !

Richard sort sa tête, intrigué, mais Daryl le range dans son pantalon avec une tendresse presque paternelle.

Il n'y a pas vraiment de gare routière à Provincetown, la route s'arrête abruptement devant les toilettes publiques au-delà de Commercial Street, près de la jetée MacMillan. C'est là que se trouve le cœur de la ville : stands de sandwichs aux palourdes frites, hot-dogs de trente centimètres de long, magasins de T-shirts, et même un agent de la circulation semblant accueillir les festivaliers qui envahissent la ville comme s'il était l'un des leurs. Pour les progressistes que sont Vaulta et Leepa, tout mouvement minoritaire a le droit d'exister, mais elles restent interdites en entendant un festivalier scander joyeusement "Prenez votre pied, bouffez des culs !" au moment où le bus s'arrête. Leepa cherche toujours à comprendre la diversité, mais craint que les trémoussements de son arrière-train envoient à la foule un signal erroné. Quant à Vaulta, ce n'est pas qu'elle soit prude, mais vu sa hauteur, cet acte sexuel est aussi malcommode que hors de portée, surtout en rebondissant. Campolina est peut-être la plus familière avec cette pratique. Enfin, elle a bien voulu essayer, mais s'est vite rendu compte que barbouiller tout son rouge à lèvres n'en valait pas la peine.

— Plan cul ! Plan cul ! beuglent ces extrémistes du flower power de Providence en sortant du bus, bousculant au passage Sam Ressort et Barbara Double Salto, qui n'aiment pas les préjugés raciaux, mais doivent bien avouer que les Afro-Américains ne sont pas à l'avant-garde du militantisme pro-anulingus.

Adora pensait avoir tout vu dans sa vie, mais quand ce type qui a des cloques bizarres sur la bouche chuchote "Ce ne sont pas des préliminaires, c'est un acte à part entière", elle redoute de s'être aventurée trop loin de sa zone de confort pourtant récemment agrandie, et bouche les oreilles de Surprize pour lui éviter d'entendre des choses aussi salées.

Quant à Billy, s'il le voulait, eh bien, il pourrait lécher son propre anus, mais pour l'instant il attend son tour pour descendre du bus, juste derrière cette pitoyable reine de beauté avec son diadème orné d'un A. Ça y est, il a compris à quoi correspond ce A ! C'est la reine de l'Anulingus et elle a même des sujets impatients de l'honorer. Une fois qu'elle a descendu les marches comme sur tapis rouge, Billy prend un peu d'élan dans l'allée centrale, se propulse vers l'avant, bascule hors du bus et roule jusqu'aux pieds d'une infirmière en uniforme qui propose des injections gratuites d'immunoglobuline à tous les festivaliers. Il refuse poliment.

Que chacun profite comme il l'entend, songe Poppy en posant le pied sur la terre promise de l'anulingus international. Elle lève la tête et voit toute une famille avec un sweat-shirt proclamant JE BOUFFE DU CUL. Certes, c'est extrême, mais les enfants sont ados et, avec des conseils parentaux adaptés, assez mûrs pour prendre leurs propres décisions. Vaulta, Leepa et Campolina ont déjà été accueillies par la chorale Feuille-de-rose de Plymouth, comme l'indiquent les badges qu'arborent fièrement ses membres. Et enfin, Sam Ressort et Barbara Double Salto aperçoivent un couple afro-américain qui a de toute évidence pris le virage oral-anal. Même Daryl autorise Richard à prendre un peu l'air pour ressentir tout l'amour qui émane de ce culte du cul. Daryl pourrait-il bouffer celui de Marsha ? C'est une question qu'il doit à présent se poser.

Bon, mais qu'est-ce qu'il lui prend à Billy de rouler comme ça, se demande Poppy. Il a toujours été à la pointe des mouvements corporels d'avant-garde, alors elle ferait mieux de se pencher de plus près sur cette nouvelle technique de relaxation. En passant devant une boulangerie qui vante les "trous de ses donuts", Vaulta et Leepa s'essaient au saut périlleux, mais mince, ça fait mal.

— C'est vrai que c'est difficile, mais ça vaut le coup, leur lance Billy avant de leur conseiller de tenter une roulade horizontale.

Tandis que les festivaliers s'écartent volontiers du chemin de ces rondins humains roulants, Campolina envisage de passer des trémoussements au roulement. Peut-on rouler en restant distinguée, se demande-t-elle, hésitante.

— Trois cent soixante degrés ! leur lance Billy tandis qu'ils prennent le virage de Commercial Street, où une sorte de défilé des fiertés anales s'apprête à démarrer.

Oh et puis zut, se dit Campolina en sentant la joie des fétichistes du trou de balle bouillonner partout autour d'elle. C'est un monde nouveau. Elle s'élance et se met à rouler gracieusement à côté de Vaulta et de Leepa parmi les festivaliers, qui les laissent passer, perplexes mais tolérants.

— Visez avec la tête et votre corps suivra, crie Billy à Sam Ressort et Barbara Double Salto, qui sautent et frémissent devant un club qui annonce un "Loto Anulingus !" pour ce soir.

Allez, ils se lancent. Ils se tiennent par la main et se propulsent sur le bitume, remontant à la tête du défilé en roulant, comme un char préparé à la dernière minute. Les festivaliers les applaudissent, croyant que leurs contorsions circulaires sont un hommage de plus au thème anal des célébrations en cours.

— Les hétérosexuels aiment ça aussi ! braille un couple de bouffeurs de cul du genre sportif, et Daryl est soulagé.

Eh ben voilà, tous les adeptes de l'anulingus ne sont pas gays. La seule idée du derrière hétéro de Marsha l'excite tellement qu'il se jette à terre et se met à rouler lui aussi. Ça mettra peut-être du plomb dans la cervelle homo de Richard, qui, à chaque rotation, se fait écraser, pris au piège du caleçon étouffant et rêche de Daryl, et victime du gravier qui érafle son orifice. C'est quoi, ce bordel ? Qui préfère rouler alors qu'on peut bouffer des culs ? Laisse-moi sortir ! Ouvre-moi ! Allez !

Adora se sent un peu vieille pour ne serait-ce qu'envisager de lécher un fessier, mais elle doit admettre que les cours de danse anale folklorique gratuits devant la mairie ont l'air très sympa. Et ces "Enfants de bouffeurs de cul", qui se font maquiller sur le trottoir, le visage transformé en petit anus souriant, ils sont vraiment adorables. Mais pour ce qui est de rouler ? Elle a des problèmes aux genoux. Elle va devoir passer son tour.

Tout un groupe de "Parents de bouffeurs de cul" défilant avec leur progéniture s'ouvre comme la mer Rouge pour laisser passer les fidèles de Poppy en leur criant gentiment "Plus à gauche" et "Plus à droite" pour leur sécurité, mais Poppy se joindra-t-elle à eux ? Ou sera-t-elle la dernière sauteuse debout, pour ainsi dire ? Passant devant le temple unitarien dont le panneau de devanture annonce L'ANULINGUS DANS LES ÉCRITURES SAINTES... À VOUS DE VOUS FAIRE UNE IDÉE, elle voit l'euphorie décuplée des rouleurs, chaque rotation leur apportant plus de sérénité et la force de se réinventer, tout comme les bouffeurs de cul l'ont fait. N'est-ce pas là une intervention divine ? Un signe céleste qu'il est temps pour elle de se mettre à rouler ? Allez, c'est parti. Elle prend de l'élan, court, se laisse tomber en boule, et roule roule roule. C'est difficile. C'est douloureux, mais bon sang – quelle révélation. Pourvu qu'elle ne s'arrête jamais !

29

Les propriétaires canins poussent toujours des cris affolés tandis que leurs anciens animaux les agressent devant le chenil de Lester. Certains chiens endoctrinés ont déjà fui vers la ville, laissant leurs maîtres en sang et en état de choc les appeler par leur petit nom ridicule auquel ils ne répondront plus jamais. L'époque où on leur donnait des ordres est bel et bien révolue. "Assis" ? Va te faire foutre ! Aucun ordre humain n'arrêtera cette insurrection canine, c'est sûr et certain.

Lester prend Marsha par la main, et ils sortent dans ce monde nouveau, où ils voient par eux-mêmes le carnage que la rééducation des chiens a généré. Marsha, comme tous les convertis, déborde de zèle, et accepte le fait qu'une telle violence soit dans l'ordre des choses si l'on veut exposer la vérité tragique des relations entre maître et meilleur ami de l'homme.

— Les propriétaires de chiens prendront peut-être leurs responsabilités à partir de maintenant, aboie Lester. Qu'on les tienne en laisse, et on verra s'ils aiment ça ! Des parcs à chiens ? Ah ! Est-ce qu'on a demandé aux premiers intéressés si ça leur plaisait d'y aller ? Et pour faire quoi ? Des selfies avec des bipèdes dégénérés ? Des parcours d'obstacles dont même le pire golf miniature de Cape Cod n'aurait pas voulu ? Patauger dans des "bassins à toutous" pleins de bactéries et appeler ça "nager" ? Les chiens, ils veulent recouvrir leur merde de terre, pas que les humains la ramassent ! Il y a même une règle dans ces parcs. Interdiction de creuser, qu'on lit sur les panneaux. Allez comprendre. C'est pourtant ce que font les chiens, ils creusent ! Ils grattent ! Et aujourd'hui, c'est vous qu'ils vont enterrer !

Libre comme l'air et fraîchement honorée, Marsha a elle-même envie de mordre quelqu'un. Adieu la parano sur la police qui guette ou son statut absurde de fugitive. Si les animaux de compagnie se mettent à attaquer leurs maîtres, les autorités n'auront pas grand-chose à foutre de quelques valises disparues. Les flics, elle les emmerde maintenant, et puis c'est tout. Et si sa fille et sa troupe d'illuminés ou son employé indigné et sa bite stupide la rattrapent, Lester et elle lâcheront Baxter, Travis et Draco sur eux !

Lester ouvre la porte du camion pour Marsha, prend le fusil et tire une fléchette tranquillisante dans un propriétaire furax qui a réussi on ne sait comment à immobiliser son chien en l'étranglant. Le soi-disant ami des animaux tombe à la renverse, paralysé, et son chien, qui n'a plus rien d'un compagnon de vie, lui arrache un morceau d'oreille.

Marsha, qui se tient fièrement sur ses deux pattes arrière, voit une jeune femme arborant un T-shirt de l'association Fête des toutous se débattre avec son petit chien soudain devenu méchant.

— Je parie que vous le déguisiez pour Halloween ! lance-t-elle d'un air accusateur.

— C'est vrai ! aboie la fautive sur la défensive, horrifiée de devoir se battre contre le gentil chien-chien qui adorait les câlins. Elle s'appelait Kesha et elle était adorable ! ajoute-t-elle en roulant sur son animal pour essayer de l'immobiliser.

Le souvenir de ce nom humiliant est la goutte d'eau de trop, et la chienne mord dans le visage de son ancienne maîtresse comme si c'était un jouet en caoutchouc. Est-ce que les chiens peuvent rire ? Marsha ne sait pas trop, mais elle a bien l'impression que celui-ci s'est marré. Lester pousse un hurlement d'approbation et, enfin, Marsha est prête à énoncer sa dernière vérité.

— Mon mari s'appelle Kent Samuels, dit-elle d'une voix rageuse, et c'est le crieur public.

Il est également roi des Bouffeurs de cul. Et devinez quoi ? C'est lui qui marche en tête du défilé des fiertés anales.

— Oyez ! Oyez ! braille-t-il en faisant sonner cette satanée cloche, tiré à quatre épingles dans son uniforme de pèlerin qu'il porte même quand il n'est pas en service. Provincetown accueille à bras ouverts la communauté anulinguiste internationale et leurs familles ! s'exclame-t-il, radieux face au tonnerre d'applaudissements masculins et féminins, gays, hétérosexuels, trans, bouffeurs de culs enthousiastes de tous âges, toutes croyances et couleurs.

En rejoignant le défilé en compagnie de Lester, Marsha se fige quand elle aperçoit son ex-mari.

— Le voilà, fulmine-t-elle, cet intrus du cul qui ose pratiquer l'anulingus au vu et au su de tout le monde.

Lester le dévisage d'un air écœuré. Oui, ses trois chiens, les seuls encore autorisés à obéir à l'humain, pourraient l'émasculer. Mais où sont-ils ? Il voit bien des propriétaires canins mordus et défigurés pris en charge par des secouristes, mais ses protecteurs de choc se sont évanouis dans la nature.

Sous ses genoux, Marsha sent quelque chose qui pousse pour se faufiler parmi la foule. S'agit-il de Baxter, Travis ou Draco venu réduire son ex en charpie ? Mais non, c'est sa fille ! Bon sang. Elle se roule par terre. A-t-elle fini par perdre la boule ? Tiens et voilà l'autre, là. Leepa. Roulant à travers la foule comme un rouleau de PQ fugitif. Lester les voit aussi. Il essaie de marcher sur Vaulta, mais elle est agile et lui échappe grâce à une accélération. Il enrage.

À ras de terre, Poppy ne voit même pas sa mère. Elle se félicite simplement de rouler en "rondin" plutôt qu'en "crayon". C'est plus facile de se frayer un chemin parmi les festivaliers avec les mains contre la taille plutôt que levées au-dessus de la tête, comme fait Campolina pour protéger sa coiffure. Billy le Twist est plus à droite, mais elle est certaine qu'il garde le rythme – après tout, c'est lui qui a découvert ce nouveau mode de déplacement. Daryl n'est sûrement pas loin derrière, à la colle avec cette tête de nœud de Richard. Ce que Poppy ne sait pas, c'est que maintenant que Richard est gay, il a de sérieux doutes sur les idées rétrogrades que Daryl entretient sur le sexe et les femmes, surtout Marsha. Richard est libertin, d'accord, mais quand même. Non, c'est non. Il n'est pas un de ces connards de machos.

C'est épuisant, de rouler comme ça, se dit Poppy. Ça requiert beaucoup plus d'énergie que les rebonds ou les tremblements. Et puis c'est salissant. Ses vêtements doivent être dégueulasses, Sam Ressort et Barbara Double Salto l'ont déjà aidée tout à l'heure à retirer des mégots de sa bouche, en pleine rotation. En regardant en l'air, elle voit des chiens qui courent à son niveau. Mais qu'est-ce qu'ils foutent ? Ô mon Dieu, ils essaient de coller leur truffe dans l'arrière-train de leurs congénères ! Est-ce que tous les êtres vivants se bouffent le cul entre eux sauf elle ?

À hauteur d'homme, Adora, secouée de vibrations traditionnelles mais ouverte au roulement du point de vue intellectuel, plante son regard dans celui de Marsha, qui s'immobilise, non préparée à ces retrouvailles familiales. Lester, quant à lui, est choqué de voir son ancien chien de garde, Travis, renifler le cul de Kent Samuels en personne devant la foule des festivaliers, comme s'il s'agissait d'un putain de numéro de chien savant dans l'émission de David Letterman. Comment est-ce possible ? Comment ses fidèles chiens de garde ont pu passer de la révolution au bouffage de cul ? Une mutinerie ! Voilà ce que c'est, une mutinerie !

L'itinéraire du défilé s'arrête à Flyer's Boat Yard, d'où une croisière nocturne spéciale Pleine Lune est censée larguer les amarres à minuit. Kent continue à sonner sa putain de cloche sur scène, sans jamais taper sur le museau de Travis collé derrière lui, et annonce l'entrée des Poils de cul dansants, qui viennent chanter une petite chanson. Surprize est tellement contente d'être le centre d'attention de tous ces chiens convertis au léchage de cul qu'elle réussit à s'échapper des bras d'Adora au moment où le groupe entame une reprise de *Baby Got Back*. Adora l'appelle, mais une chienne obéit-elle quand elle est libérée de ses chaînes et qu'il y a tant de culs à lécher ?

Poppy se remet debout, épuisée d'avoir autant roulé, avec des bleus sur tout le corps et peut-être même à l'âme. Ma parole, c'est une marée humaine de bouffeurs de cul ici ! Et c'est alors qu'elle les voit. Ses parents. Séparés, comme toujours. Sa mère retourne un regard haineux à la chair de sa chair, au sang de son sang. Et son père, oui, c'est bien lui. Elle reconnaîtrait son visage entre mille. Après tout, elle porte certains de ses traits sur son propre visage. Elle doit accepter le fait que oui, c'est un adepte des rapports bucco-anaux, mais elle l'aime comme il est. Sans condition. Il la voit lui aussi. Poppy. Au début il n'en est pas certain, mais quand il tourne la tête et voit son ex-femme au cul étroit, il sait. Sa fille, née d'un miracle fécal, est venue célébrer son héritage. Marsha ne voit-elle pas qu'une nouvelle ère s'annonce ?

Kent leur tire la langue à toutes les deux, espérant une trêve. Sans le vouloir, Marsha se mord la langue quand lui revient ce souvenir traumatisant. Poppy enroule sa langue en guise de geste pacificateur, mais Lester grogne ses ordres les plus féroces à ses chiens de garde. Il repère alors Travis et Draco, truffe contre anus dans une file interminable de chiens dont la loyauté envers Lester n'a plus d'importance. On a beau faire subir un lavage de cerveau à un clébard, son instinct sexuel ne sera jamais éradiqué. Les chiens sont intrinsèquement des bouffeurs de cul. C'est la nature. On n'y peut rien. Et Surprize le comprend. Elle a envie de lécher des anus depuis toujours, même avant sa transformation. D'ailleurs il y a un petit terrier canon là-bas qui quitte le défilé, la bouche en cul de poule. Grrr-yip veut dire grrr-yip, n'est-ce pas ? Surprize n'est pas une boule mais elle roule jusqu'à son camarade qui soulève ses pattes arrière et lui fait de belles moustaches marron. Rouler, lécher. C'est magnifique.

Vaulta et Leepa se relèvent à leur tour, jetant un œil hésitant autour d'elles, tels des phoques au beau milieu de l'océan. Sam Ressort et Barbara Double Salto marchent un peu sur les mains avant de revenir à la surface grâce à une dernière roulade qu'ils terminent debout. Daryl repasse lui aussi à la verticale, le corps plus affûté d'avoir tant roulé, mais restant sur ses gardes car il sent Richard tourner en rond hors de son pantalon, impatient de se frotter à cette communauté bucco-anale. Sitôt debout, il repère Marsha. Bon sang, elle est plus excitante que jamais. Il la désire plus que l'air qu'il respire. Mais bien sûr, il faut que Richard soit homo, maintenant ! Quel manque de coopération. Hé, mais attendez un peu ! C'est qui ce mec qui a un bras autour d'elle ? Elle autorise une chose pareille ? Marsha remarque l'expression affligée de Daryl et son pénis boudeur et gay, et elle sourit. Mais rira bien qui rira le dernier, se dit Daryl, qui ne baisse jamais les bras. Pas besoin de bander pour lécher, pas vrai ?

Billy le Twist est le dernier à se relever, roulant comme un buisson d'amarante plein d'énergie et se repoussant du sol, devenu son meilleur ami. Kent Samuels est si occupé à faire entrer les festivaliers et les chiens convertis à la non-violence et au culte du cul qu'il rate l'événement. Mais Poppy a bien vu. Ce n'est pas son imagination. Billy vient bien de… voler. Mais oui. Lui-même semble choqué de ce nouveau degré d'apesanteur. Il s'est propulsé du sol pour se relever et n'est resté en l'air que quelques secondes. Mais il n'était plus en contact avec la terre. À combien il était ? Trois centimètres ? Peut-être cinq ? Quelle importance, il a maîtrisé la gravité par sa simple volonté. Ça n'a pas échappé à Leepa et Vaulta non plus. Elles tentent le coup, hélas, ça ne marche pas. Campolina a toujours eu une démarche légère, mais de là à avoir des ailes, faut pas rêver.

Billy se concentre. Si son élévation est scientifiquement inexplicable, elle est idéologiquement fondée. Ça fonctionne. Il décolle à nouveau, peut-être une microseconde de plus. Sam Ressort et Barbara Double Salto essaient de léviter à leur tour, mais restent cloués au sol, leur champ magnétique n'ayant pas encore développé tout son potentiel. Daryl saute avec la grâce d'un éléphant, voulant imiter les autres, et Richard se moque de l'absence totale d'élégance de son propriétaire hétérosexuel. Adora y va de sa tentative, mais elle a largement passé l'âge de planer. Au tour de Poppy. Si quelqu'un peut y arriver, c'est bien elle. Les yeux rivés sur sa mère, elle sent la haine mutuelle qu'elles se vouent battre dans ses veines. Elle s'élève. Personne n'irait jusqu'à dire qu'elle s'envole, mais à quoi peut-on s'attendre pour une première tentative ? Elle flotte, putain. Lester et Marsha la voient. Avant qu'ils aient le temps de réagir, Surprize colle sa truffe dans le cul de Marsha. Il faut bien que la nuit tombe.

30

Poppy et sa troupe se réveillent au ponton des Bittes, la zone de sexe en plein air au bout du motel La Rampe qui était autrefois le lieu où venaient choper les gays aux mœurs légères, désaffecté chaque fois que revient le festival. La croisière de la nuit dernière a remporté un franc succès et Kent a dit à sa fille qu'ils pouvaient se réfugier là pour échapper à Marsha. Il sait le mal et la soif de vengeance qui peuvent couler dans les veines de son ex-femme et a donné son approbation à Poppy pour qu'ils se fassent justice eux-mêmes. Des flics qui autorisent un festival de bouffeurs de cul ne sont pas taillés pour arrêter une voleuse de valises recherchée dans une autre juridiction. Ce week-end, ils ont pour ordre de faire preuve de tolérance et de respecter les principes extrêmes de cette minorité sexuelle nouvellement célébrée. Certains vont même jusqu'à tirer la langue pour afficher leur esprit d'équipe. Mais Kent doit se méfier. Certes, Marsha doit être éliminée pour le bien de la communauté, mais lui est un personnage public apprécié, ici. Il ne peut pas se salir les mains. Il faut qu'ils agissent seuls.

Les bouffeurs de cul en avaient eu ras le bol. Marre de se faire toiser de haut par les sous-cultures de l'underground sexuel. D'être la dernière tribu non acceptée de hors-la-loi buccaux. Et ces chiens étaient plus que bienvenus dans leur mouvement, c'étaient un peu leurs agents de terrain, si on veut. Une fois que ces clébards goûtaient au cul, c'en était fini de leurs allégeances passées. Ces chiens sont désormais leurs propres meilleurs amis, et non plus ceux de Lester.

Poppy garde pour elle sa toute nouvelle capacité à s'envoler. Enfin, le mot est peut-être exagéré. À s'élever, d'accord. Enfin bref, quel que soit le terme, c'est un truc trop particulier et inexplicable pour que les bouffeurs de cul comprennent. Elle n'est même pas certaine de tout piger elle-même, ce n'est pas pareil que bondir, vibrer, rouler. Est-ce qu'il y a des effets secondaires ? Elle interroge Billy, mais il est tellement renfermé – il ne veut jamais "mener", se justifie-t-il, souhaite seulement "montrer l'exemple". Il concède malgré tout que "flotter", comme il préfère définir la chose, est un "fardeau". Elle n'est pas sûre de comprendre ce qu'il entend par là, mais elle a souffert de maux de tête juste après et il ne nie pas que ça lui est arrivé. L'apesanteur peut provoquer des nausées, et qui a envie de vomir sur ses fidèles en contrebas ? Comme on ne tient pas debout sous le ponton des Bittes, le reste de sa troupe a hâte de retourner en ville, où il y a plus de hauteur. Ils peuvent quand même essayer de décoller, non ?

•••

Marsha est déjà réveillée. Elle n'a pas peur. Quand Lester et elle se sont retirés dans le chenil après ce spectacle répugnant, ils se sont sentis momentanément abattus. Ces chiens dégoûtants ! Tout ce travail. Tout cet entraînement. Pour Lester, toute une vie de rééducation canine réduite à néant. Annulée par leurs langues rebelles. Il sait que les chiens ont une glande spéciale qui les conduit à connaître l'histoire de leurs congénères en leur reniflant le cul, mais il pensait les avoir suffisamment éduqués pour qu'ils maîtrisent ces prédispositions. Dieu merci, sa part humaine reste assez importante pour l'empêcher de céder à cet instinct primaire. Marsha a assez souffert comme ça.

Mais au fait, quel grand bonheur ! Hier soir, Marsha a déféqué pour la première fois de sa vie d'adulte. Pas un petit granulé. Pas un cracker décomposé. Non, un vrai étron. Elle a proposé à Lester de le voir, mais il a décliné et leur a préparé un bon dîner à la place : daube portugaise, pain à l'ail et tarte au chocolat. Après quoi ils ont fait l'amour. Par-devant. Une bonne vieille position du missionnaire, comme il se doit. Et bien que son anus se soit entièrement vidé, rien n'y est entré. Pas un pénis, ni un doigt, et certainement pas une langue. Tel était l'isolement rectal qui donnait à Marsha le courage ultime de sa suprématie vaginale. Les bouffeurs de cul doivent être punis, et Kent Samuels va être le premier à comprendre sa douleur.

•••

Kent a présenté Poppy à celle qu'elle est censée appeler sa belle-mère, mais elle n'est pas sûre qu'ils soient mariés. Enfin, comme si ça changeait quoi que ce soit, dans ce monde ! Rhonda La Croupe, comme indique désormais son état civil, a l'air plutôt sympa et ignore avec tact les tentatives répétées de Poppy pour décoller du sol. Avec le cul qu'elle se trimballe, Rhonda n'est pas folle, elle n'essaierait jamais un truc pareil. Il faudrait plusieurs moteurs à réaction pour réussir à faire flotter ce fessier – une banquise à lui tout seul. Elle est très heureuse au beau milieu du carnaval de bouffeurs de cul organisé aux abords de la ville.

Kent a pris sous son aile la foule d'agitateurs sauteurs-trembleurs-rouleurs, et maintenant presque-léviteurs, et les présente aux bouffeurs de cul VIP (qu'on ne peut pas nommer) qui ont envahi la fête foraine pour essayer les attractions telles que "la Roue de l'anus" et "la Coulée de boue". Rhonda a entendu parler des horreurs discriminantes que la première femme de Kent a pu cracher, et comprend qu'elle est l'ennemie publique numéro un des anulinguistes. Maintenant qu'elle est devenue une sorte de figure maternelle pour ces derniers, elle garde son rang social avec prestance et une petite dose de méfiance. Kent, lui, fait confiance à tous les bouffeurs de cul, mais Rhonda sait que des brebis galeuses peuvent rôder au siège du pouvoir.

Comme ces chiens ! Mais qu'est-ce qui leur prend ? À courir en meute, lécher tout ce qui passe. Où est ce cinglé d'agent de fourrière quand on a besoin de lui ? Bientôt les clébards vont se mettre à flotter en l'air comme la fille de Kent, qu'il n'a pas vue depuis si longtemps. Non, Poppy est mignonne, mais ses amis ! Les non-bouffeurs de cul peuvent être tolérés jusqu'à un certain point, mais bon sang, maintenant il faut aussi que Rhonda gère une ex-belle-mère et son animal transespèce ? Celle qui s'appelle Leepa vient de tomber tête la première en essayant de… quoi ? Décoller ? Un peu de sérieux. On peut apprendre de l'expérience des autres, non ? Ils ne voient pas que Vaulta et Campolina se sont écorché les genoux en foirant leur décollage ? Si ça se trouve, il faut les recoudre ! Un autre énergumène, qui se balade la bite à l'air par-dessus le marché, prend son élan comme s'il était sur un skateboard et essaie de s'envoler, mais se vautre pile devant l'attraction "Étrons tamponneurs". Sam Ressort et Barbara Double Salto roulent justement à l'intérieur, enfreignant le règlement du festival avec leurs collisions de plein fouet qu'ils espèrent transformer en force élévatrice. Au lieu de quoi ils heurtent le plafond en grillage électrifié et s'éclatent sur le sol métallique.

Poppy et Billy le Twist réussissent à léviter en même temps dans le toboggan aquatique des "Bûches flottantes", une attraction pratique qui permet aux festivaliers de faire une petite toilette entre deux apnées anales. Mais rester en l'air est loin d'être facile. Poppy et Billy souffrent d'effets secondaires plus graves que tout ce qu'ils ont vécu auparavant. À elle seule, la concentration requise suffit à aggraver leurs violents maux de tête. Et en plus de ça, ils saignent du nez ! Vraiment parfait. Les exigences métaphysiques liées au désir d'être à l'avant-garde de tout mouvement visionnaire valent-elles le coup ? Mais avant qu'ils aient le temps d'ouvrir ce débat peu commun, ils la voient. Satan en personne.

Marsha, elle, ne les remarque pas, mais elle voit bien en revanche Satan numéro deux, son crieur public d'ex-mari, et oyez, oyez, il semblerait qu'il se soit dégoté une nouvelle cible pour sa langue démoniaque. Mais bon sang, c'est quoi son problème, à celle-là ? On ne peut pas trimballer un cul aussi énorme. Lester la voit également. La lune est de sortie ce soir ! Mais Kent Samuels est pire ! Le Pèlerin Pervers ! C'est lui qui va payer pour avoir infligé à Marsha une vie de préjugés péniens, de refus de tout visiteur charnel. Lester dégaine ses fidèles ciseaux à griffes grand modèle, l'instrument idéal pour l'intervention chirurgicale prévue. Si ces petites lames acérées peuvent couper une griffe incarnée dans la patte infectée d'un Doberman, elles pourront assurément sectionner tout organe dont ce goinfre anal prévoit de se servir sexuellement.

Mais pas si Poppy et sa bande s'en prennent à Marsha d'abord. Dommage collatéral, c'est tout ce que Lester représente pour ces super vengeurs, qui commencent à maîtriser la gravité dans la psychose partagée que les psychiatres nomment souvent "folie à famille", soit la démence collective. Vaulta, Leepa et Campolina ont quasiment abandonné leurs tentatives de décollage, mais Daryl persévère – il espère bien atteindre Marsha, même s'il peut seulement lui bouffer le cul. Hé, se dit Richard, je suis gay, maintenant, pas vrai ? S'il y a un cul qui va se faire prendre, c'est celui de Daryl, pas de Marsha, et je suis la tête de nœud parfaite pour ça.

Poppy a une migraine crucifiante, mais elle sait que l'heure est venue. Elle doit tuer sa mère de ses propres mains sous les yeux de sa grand-mère. Elle écrasera ses lèvres mythomanes qui lui serviront de tremplin vers la liberté, puis Vaulta et Campolina atterriront sur elle de très haut, suivies de Leepa et son saut atomique. Sam Ressort et Barbara Double Salto pourront alors la secouer, la faire rouler et même entonner le petit iodle que ça leur inspirera. Quant à Daryl ? Qui sait ? Richard pourra peut-être énucléer Marsha avec son manche gay, mais il ne faudrait pas qu'elle soit totalement aveugle. Car elle devra les voir revenir tout sourire vers elle pour l'achever, l'envoyer bouler vers une mort certaine. Et Billy ? Il a atteint un tel niveau sidéral qu'il reste en l'air pour les observer. Certes, il y a de légères turbulences, mais il se débrouille. Plus rien ne le perturbe à présent. À bien y réfléchir, il *est* le présent.

Marsha aperçoit Kent qui emmène sa dulcinée sodomite acheter des tickets pour la Roue de l'anus. Elle attrape Lester et ils les suivent, mais ces putains de chiens n'arrêtent pas de sauter devant eux, se léchant le cul à qui mieux-mieux, se rebellant ouvertement contre tout ce que leur maître a pu faire pour les libérer. Bon, trop tard pour attaquer Kent. Il est déjà installé. Avec elle ! Qui adresse des signes de la main aux festivaliers comme si elle était reine du bal. Alors que le couple royal des bouffeurs de cul, comme ils s'envisagent probablement, a bien mieux à faire que de tournicoter à bord d'une attraction en forme de ce qu'ils sont réellement – des trous du cul. Ne devraient-ils pas plutôt être chez eux en train de remplir des demandes de subvention pour leur festival ou d'organiser des léchages collectifs dans d'autres stations balnéaires de pervers comme Key West, Fire Island ou Rehoboth Beach, dans le Delaware ?

Poppy a du mal à rester en lévitation, et tombe parfois avec lourdeur. Mais alors il ne lui reste plus qu'à se tourner vers Billy, qui flotte comme une sauterelle, chahute comme une abeille, et la voilà repartie dans cette zone d'air libre qu'ils ont tous les deux à demi apprivoisée. Migraines, saignements de nez comme des coulées de lave, désormais associés à une poussée soudaine d'urticaire qui ressemble à des boutons de chaleur : on peut tout supporter quand on est unis dans la divinité holistique de la vengeance. Adora fait signe à Sam Ressort et Barbara Double Salto de l'aider à arracher Surprize des pattes de tous ces chiens lécheurs de cul et à la diriger vers le poste d'attaquante qu'elle occupe dans leurs meurtres programmés. Daryl est devenu complètement inutile à présent que Richard, au niveau de tous les culs de cette foule, est en quête de fesses masculines consentantes. Mais comment lécher un cul quand on n'a pas de bouche ? C'est une bande d'assassins imparfaits, mais ils sont prêts. Déterminés. Et ils ont plus d'un tour dans leur sac.

Il se pourrait néanmoins que leurs victimes meurent sans avoir besoin d'eux. Dans les airs, quelqu'un hurle. C'est Rhonda La Croupe. La nacelle dans laquelle elle est installée avec Kent commence à craquer sous le poids de son cul gigantesque. En voyant les boulons sauter l'un après l'autre et la cabine se détacher dangereusement de la structure, Kent appelle à l'aide. Marsha lève les yeux, furieuse. Cet homme ne peut pas mourir accidentellement, il doit périr comme elle l'entend.

Tandis que des cris affolés parcourent la foule, Lester donne un grand coup de ciseaux à griffes dans le vide pour soulager sa frustration. Il voit Poppy et ses pantins fondre sur Marsha et lui, mus par une haine extraordinaire qui s'intensifie et dépasse sa compréhension céleste. Avant, il ne s'agissait que d'abrutis obsédés par le fitness, mais maintenant ils foutent carrément les jetons. Campolina, plus du tout *camp*, mais vibrante de venin, fonce droit sur eux. Vaulta tremble non pas de peur mais de désir destructeur. Leepa roule telle une avalanche venue de l'enfer. Un escadron digne des *Démons du maïs*. S'ils n'arrivent toujours pas à voler, Sam Ressort et Barbara Double Salto peuvent se crasher, et qui a envie d'être leur piste d'atterrissage ? Quant à Adora, cette vieille bique grisonnante a dû avaler des litres de sérum de jouvence. Et mince alors ! Son chien, si c'en est bien un, jappe tant qu'il peut, la gueule écumante, mais l'écume est rose ! Le garçon-bretzel, lui, s'est complètement délié et il vogue en direction de Lester comme dans *Le Voleur de Bagdad*. Et Daryl ! Daryl ! Daryl ! Cette lamentable moitié d'hétéro ose reluquer le cul de Marsha avec une concupiscence renouvelée, sans cesser d'agiter la langue. Avant que Lester passe à l'action avec ses ciseaux, Richard (voilà enfin un gay féministe) prend le contrôle de la situation et plonge sous ses propres couilles, droit vers le trou de balle de Daryl.

— Putain ! Ça fait mal ! s'écrie Daryl sous le choc tandis que Richard lui enfonce sa tête dans l'anus.

— T'aimes ça, hein ! répond Richard d'une voix étouffée, rendant à Daryl la monnaie de sa pièce, fier d'inculquer à son maître une leçon de diplomatie sexuelle.

Mais où sont les gros chiens de garde de Lester maintenant qu'il a cruellement besoin d'eux ? Cette manie de lécher des culs n'est sûrement qu'une passade. Que pourraient-ils souhaiter de mieux que sauver la vie du dernier homme capable de vous maîtriser ? Dans une ultime tentative de rameuter ses serviteurs, Lester pousse le cri de guerre le plus guttural, le plus féroce, puisant dans les tréfonds de l'enfer canin, au-delà de la rage, de l'abandon, de la faim, de toute cruauté animale – un dernier hourra de soutien providentiel contre la suprématie bucco-anale de tout poil. Au début, rien. Mais soudain, il le voit. Baxter. Son premier chien de garde. L'animal retire sa langue du derrière d'un autre chien, se tourne vers Lester et aboie. Une fois. Rien qu'une fois.

La nacelle de Kent et Rhonda se détache entièrement d'un côté et pend dans le vide. Rhonda glisse et attrape tant bien que mal le bras tendu de Kent, qui se tient au rayon de la roue de l'autre main, mais la taille de son cul est son pire ennemi. En proie à la panique, l'opérateur, croyant aider, se trompe de bouton et fait repartir la roue. Rhonda fait une chute mortelle, manquant de peu Poppy en lévitation en dessous, mais blessant gravement plusieurs festivaliers.

Enragée, Marsha lève la tête vers son ex-mari, dont la vie ne tient plus qu'à un fil, mais soudain son côté de la nacelle lâche aussi et Kent fend l'air à toute vitesse dans sa direction, hurlant toute langue dehors. Lester attrape Marsha juste à temps pour éviter la catastrophe et le corps atterrit sur une autre femme, une anulinguiste qui s'est avérée dépendre du programme de protection des témoins et s'est vraiment retrouvée au mauvais endroit au mauvais moment. Lester s'accroupit, sectionne la langue pendante de Kent et la lance à Marsha, qui la chope comme une patate chaude dans sa bouche vengeresse et l'avale toute crue. Là, le divorce est enfin consommé.

— S'cours, gargouille Kent avant de s'étrangler dans son sang.

Mais qui peut le comprendre maintenant qu'il n'a plus de langue ? Plus personne, eh oui.

Alors que les équipes de secours et les ambulances débarquent sur le lieu de l'accident, Lester plonge une main dans le sac de la victime, saisit son passeport gouvernemental et le remplace par la pièce d'identité de Marsha, qu'il regarde droit dans les yeux.

— Sale menteuse, murmure-t-il en guise de code secret.

Marsha pige tout de suite. Il est temps de créer une réalité alternative. Une vérité réinventée. Elle empoche le passeport et se jette dans le tas de corps blessés, se couvrant de terre et de gravier et faisant la morte, telle la menteuse qu'elle était auparavant. Lester berce son corps "sans vie" en hurlant "Non ! Non ! Non !" à l'attention de Poppy et de ses disciples bas du front.

Ça marche. Enfin, Marsha n'est plus, se dit Poppy. Son père a dû payer de sa vie pour parachever le cercle vicieux de la vengeance intergénérationnelle, mais quel cadeau il lui a fait ! Tellement altruiste. Tellement affectueux. Quel geste magnifique pour sa fille. Poppy atterrit brusquement sur le sol, mais quelle importance ? Son fardeau s'est envolé. Elle peut enfin se tenir tranquille. Fini les vaines tentatives de rester en mouvement, qui ne mèneront qu'à l'exaspération, l'épuisement, voire la mort. Ses disciples peuvent reprendre une vie normale. Redevenir des gens libérés, n'ayant rien à prouver. Vaulta et Leepa peuvent rester immobiles pour une fois. Campolina peut marcher le pied léger parce qu'elle est efféminée et non à cause d'on ne sait quelle passion mystique pour la mobilité verticale. Sam Ressort et Barbara Double Salto ne seront plus jamais obligés de bondir, vibrer, ou rouler. Ils peuvent se concentrer sur leur envol artistique vers la renommée bien méritée qui les attend. Et Daryl, ben, maintenant que Marsha est morte, il ne peut même plus la baiser. Non, franchement, il est taré, mais pas à ce point ! Il se trouvera peut-être une autre dominatrice qui le maltraitera pendant qu'il se tiendra immobile. Et Richard ? Peut-il revenir aux joies simples et quotidiennes de la miction et apprendre quelle est sa place, gay ou hétéro, dans l'ordre naturel des choses ? Adora peut quant à elle prendre sa retraite, enfin, et faire comme si elle n'avait jamais entendu parler de roulement, d'anuslingus ou de lévitation. Une fois qu'elle aura cessé de trembler, Surprize sera complètement acceptée dans le monde des animaux de compagnie extrêmes, par toutes les espèces, et sera enfin libre de vivre en paix avec son choix, celui de la domesticité, loin de l'anarchie de ces marginaux de lécheurs de cul. Et Billy le Twist ? Si humble. Si charmant. Si paisible. Maintenant qu'il s'est délesté de la lourde responsabilité de la découverte spirituelle, il peut peut-être vivre libre et être lui-même. Pas Billy le Twist. Juste Billy. Ce bon vieux Billy.

Oui, le périple pour s'élever au-dessus, en dessous et au-delà de la condition humaine, qui a commencé sur un trampoline et s'achève sur un festival de bouffeurs de cul, touche à sa fin. Poppy, Vaulta, Leepa, Campolina, Sam Ressort, Barbara Double Salto, Billy, Adora, Surprize, Daryl et Richard peuvent se satisfaire d'être sur terre. La terre ferme. Les deux pieds bien à plat, sans aucun pouvoir. Regardez-les. Peuvent-ils être heureux ? Enfin heureux ?

31

C'était une magnifique journée de printemps pour un enterrement au Moreland Memorial Park Cemetery, le plus proche de Dutch Village qu'ils aient trouvé. Appeler ça des funérailles est peut-être légèrement exagéré. Il s'agissait davantage d'une jubilation perverse. Autour de la fosse fraîchement creusée se tenaient les proches de la défunte, loin de pleurer, impatients de cracher sur son cercueil. Un enterrement plein de fiel.

Ils ont attendu six mois avant de l'enterrer. Pour s'assurer qu'elle était vraiment morte. Après tout, dans la vraie vie, plusieurs d'entre eux s'étaient montrés capables de voler, ou presque. Qui sait quelle magie noire cette sorcière pouvait pratiquer d'outre-tombe ? Bien sûr, ils l'ont brûlée. Ils ont fait incinérer le corps sur place, à Provincetown. Direct de l'ambulance à l'hôpital, où on l'a déclarée morte à l'arrivée, puis direction le fourneau. Seule, comme elle le méritait. Si jamais elle ressuscitait, elle serait baisée. Les cendres ne marchent pas, pas vrai ?

Aucun journaliste n'a fait le déplacement. Sa mort avait déjà été traitée dans la presse sous l'angle "accident tragique dans un festival échangiste". Bien plus croustillant que celui sur la voleuse de bagages "la plus recherchée", et puis, les compagnies d'assurances avaient classé ces plaintes depuis un bail. Elle n'était plus très "recherchée", maintenant. Ni par le FBI. Ni par les médias. Encore moins par sa famille et leurs amis. L'héritage de Marsha Sprinkle avait même fait horreur au pasteur dégoté sur Craigslist pour diriger la cérémonie.

— Nous sommes rassemblés aujourd'hui, se lance-t-il, pour cracher sur la tombe de cette horrible diablesse et pour nous consoler en jugeant, condamnant, et détruisant la réputation d'un être humain abominable. Tout le monde la détestait, poursuit-il. Ses employés, feu son ex-mari, le pauvre, sa propre fille, et, oui, sa mère aussi. Dieu lui-même la tenait pour une sale pute, tonne-t-il en direction des cieux.

Dur, le pasteur ? Peut-être pas tant que ça. L'un des fossoyeurs, attendant patiemment le signal d'envoyer la première pelletée de terre, éclate de rire. Son collègue l'imite. Puis ils sautillent. Deux fois.

— Je vais vous lire un passage des saintes écritures, reprend le pasteur. Livre de l'Apocalypse, chapitre vingt et un, verset huit. "Et pour tous les menteurs, leur part sera dans l'étang ardent de feu et de soufre, ce qui est la seconde mort."

— Alléluia ! s'exclament Poppy et ses disciples d'autrefois, tels les gens normaux qu'ils essaient de devenir.

— Livre des Proverbes, chapitre six, versets seize à dix-neuf, surenchérit le pasteur. "Il y a six choses que hait l'éternel, et même sept qu'il a en horreur : les yeux hautains, la langue menteuse, les mains qui répandent le sang innocent, le cœur qui médite des projets iniques, les pieds qui se hâtent de courir au mal, le faux témoin qui dit des mensonges, et celui qui excite des querelles entre frères." N'est-ce pas là Marsha Sprinkle trait pour trait ?

La foule sait bien qu'elle n'est pas censée pousser des cris de joie à un enterrement, mais ne peut s'en empêcher. Une fois la rumeur approbatrice terminée, le pasteur reprend, d'une voix sacrée :

— La famille souhaite-t-elle dire quelques mots ?

Et il sait à quelle éruption de haine s'attendre.

— Oui mon père, répond Adora en se levant droite comme un piquet, sans trembler, désormais heureuse de rester chez elle à New York, à regarder paisiblement les rediffusions de *César, l'homme qui parlait aux chiens* sur la chaîne National

Geographic. Je voudrais présenter mes excuses au monde entier pour avoir donné naissance à une créature aussi maléfique.

Surprize, qui ronronne de façon craquante, s'identifiant à présent complètement à un chat, affiche son soutien d'un miaulement adorable, tandis que l'autre fossoyeur, qui est peut-être bien une fossoyeuse, prend la tangente en se trémoussant avec son collègue, qui l'imite !

Poppy, fière de se lever malgré le poids qu'elle a pris à cause du manque d'exercice, prend la parole d'une voix claire et sonore.

— Enfin, je me suis remise du traumatisme d'être née de cet être poison qui se nomme Marsha Sprinkle !

Elle n'entend pas les vitres de sa voiture se briser sur le parking.

— Bien dit ! s'écrie Vaulta, qui dépasse toujours tout le monde d'une tête et met maintenant sa taille à profit dans le monde du basketball féminin, où elle peut enfin sauter d'une façon mieux comprise par la société.

Est-ce que c'est l'alarme antivol de son véhicule qui résonne dans le lointain ? Mais non, enfin ! Qui cambriolerait une voiture pendant un enterrement ?

— C'était une tarée finie, témoigne Leepa, qui a bien fondu, tellement épuisée par toutes ces réunions des Gros Mangeurs Anonymes qu'elle pense être victime d'une hallucination lorsqu'elle voit ce fossoyeur bizarre attraper un bidon d'essence dans une cabane à outils et remonter la colline en direction du parking.

Elle le connaît, ce bouffon ? Il lui semble bien que oui.

— Une vipère, ajoute Campolina, Harold Atkins de son vrai nom, devenu un gay si distingué, dépouillé de ses oripeaux de drag-queen pour devenir agent immobilier, qu'il ne se demande même pas pourquoi des nuages de fumée s'élèvent de l'endroit où il a garé son pick-up flambant neuf.

Laissons les autres divas s'en soucier. Pas lui. Il en a fini avec toutes ces simagrées.

— Une putain de sorcière, fait Sam d'un ton accusateur – Sam tout court : il n'est plus monté sur ressort, sauf pour aller bosser au bar qui fait l'angle à côté de l'ancien parc de trampolines, où il entretient le karaoké.

— Une kleptomane, ajoute Barbara, qui, si elle s'autorise un double salto de temps en temps depuis que leur projet d'opéra country a capoté, ne le fait que pour aller vendre ses vieux CD de Jimmie Rodgers au marché aux puces de North Point Plaza.

BOUM ! Merde, c'était quoi, cette explosion ? En tout cas, Sam et elle ne vont pas taper un petit iodle pour l'occasion.

— Marsha Sprinkle n'avait pas d'âme ! lance Billy, se surprenant lui-même à présent qu'il a laissé tomber la vie spirituelle pour une existence plus terre à terre en tant que secrétaire d'un chiropracteur.

Imaginez le choc qui est le sien quand il voit le toit de sa Hyundai rouge chèrement payée s'écraser à cinq mètres de lui. Comment il va rentrer chez lui ? Sûrement pas à pied, avec le mal de dos qu'il traîne depuis qu'il est statique.

— Et elle était frigide ! beugle Daryl dans une dernière salve mi-excitée mi-amère.

Oui, il a plaidé coupable de cambriolage au troisième degré pour l'affaire des valises et a écopé de deux mois d'assignation à résidence, et il est célibataire par-dessus le marché. Richard, lui, entame un nouveau chapitre : le célibat. Tous les deux ont accepté la vie plus posée du célibat forcé. C'est plus facile comme ça. Mais ce qu'ils veulent faire ensemble est le bouquet final idéal pour cet enterrement-destruction de réputation.

— Brûle en enfer, s'exclame le pasteur, et Richard, au signal de Daryl, pisse sur la tombe de Marsha.

— Brûle, sorcière, brûle ! reprennent crescendo les anti-pleureurs.

Soudain, on entend des chiens au loin. La foule se fige. La terre vient-elle de trembler, ou est-ce que c'est un effet de leur nouvelle parano d'immobiles ? Bon sang, mais ce n'est pas un fossoyeur ! C'est cet horrible agent de fourrière de Provincetown. Il s'élève dans les airs au-dessus du parking, comme ils en étaient capables avant. Ses chiens de garde déboulent furax dans le cimetière, droit vers la cérémonie. Poppy comprend qu'elle a fait une erreur. Elle a déconné. Elle savait qu'elle n'aurait jamais dû tourner le dos à ses pouvoirs, parce qu'il y a toujours des ennemis déterminés à voler la magie qui vous appartient et c'est ce qui est en train d'arriver. L'autre n'est pas un fossoyeur non plus. C'est elle. Sa mère. Marsha Sprinkle. Un peu plus enrobée, mais toujours en vie. On distingue sa silhouette à travers un nuage de fumée consécutif à l'explosion, comme sur une carte Hallmark version cauchemardesque. Elle s'élève plus haut que Poppy n'a jamais réussi à le faire, maîtrisant le pouvoir qu'elle moquait et refusait de comprendre chez les autres. Pire, les chiens semblent l'apprécier à présent. La justice sera-t-elle jamais rendue ?

De toutes ses forces, Poppy essaie de rebondir, se secouer, rouler ou léviter – tout pour échapper aux chiens qui attaquent, mais elle ne sait plus défier la gravité. Les autres non plus. On ne peut pas récupérer ses pouvoirs miraculeux une fois qu'on les a abandonnés. On n'a pas deux fois l'occasion d'atteindre la divinité. Ils ont tous raté le coche. Baxter, le chien de garde préféré de Lester, s'en prend à Daryl et mord Richard. Qu'il reste relié à son maître ou non, l'impuissance est désormais acquise. Travis, le gros boxer, bondit sur le pasteur et le met en pièces pendant que Draco déchire les pages de la bible avec ses dents.

— Courez ! crie Poppy à ses anciens fidèles, et bien que chacun ait maintenant son libre arbitre, ils obéissent.

Mais Poppy n'a jamais eu besoin de courir – elle savait bondir à la verticale en s'élançant à deux pieds, mais ne l'a jamais fait vers l'avant, un pied après l'autre. Vaulta et Leepa singent sa démarche maladroite et trébuchent sur Campolina, non, excusez-moi, Harold, qui est tombé lui aussi, peu habitué à courir avec des chaussures d'homme aux pieds. Les chiens redoublent d'agressivité. Les petites secousses de Sam et Barbara ne servent qu'à les ralentir, et la pauvre Adora tremble désormais de peur et non de hargne. Surprize, elle, est loin d'être bête. Elle a beau être coincée dans le corps du mauvais animal, en temps de guerre, il faut savoir s'adapter, oublier ses allégeances et passer dans le camp des gagnants. Traîtresse ? Non, survivante ! Surprize mord Adora en plein dans le bide et son nombril refait à coups de bistouri redevient "introverti". Telle la chienne qu'elle doit être à nouveau, Surprize court vers les aboiements de bienvenue de Baxter, Travis et Draco, et prend sa nouvelle place dans le règne animal. Quel périple mes amis, quel périple.

Billy ne peut plus voler, et il l'accepte, mais quand Draco s'élance vers lui et reste en l'air un peu plus longtemps que n'importe quel chien ne le pourrait, il l'esquive et actionne ses méninges. Il repère une voiturette pour handicapés qui a dû servir pour l'enterrement précédent, saute à bord, fait rugir le moteur et invite sa bande à le rejoindre. Ils accourent. Entassés les uns sur les autres comme sur cette célèbre photo de l'hélicoptère évacuant les derniers Américains du Vietnam, se cramponnant de toutes leurs forces, ils supplient Billy de s'arrêter pour ramasser Richard, qui se tortille sur le sol, sectionné, abandonné. Un homme à terre ! Billy, ce héros, s'exécute avec la dernière once de dextérité qu'il lui reste, et la troupe mordue, mutilée et émasculée s'éloigne, les yeux tournés vers le lieu de sépulture.

Marsha et Lester, entourés de Baxter, Travis, Draco et Surprize, maintenant toute féroce, regardent les losers disparaître dans le lointain. Marsha fait un pas en avant alors que Lester se joint au concert d'aboiements victorieux. Elle pivote et, de profil, sourit. Tous remarquent son ventre. Oui, Marsha Sprinkle est en espoir de famille. Elle est enceinte et c'est la vérité vraie. Poppy se met à hurler. Elle hurle et hurle. À ce jour, elle ne peut toujours pas s'arrêter.

REMERCIEMENTS

Merci à Trish Schweers, Jen Berg et Caitlin Billard de mon bureau pour leurs recherches et leurs corrections cousues main. En tapant chaque version de ce roman à partir de l'original que j'ai écrit à la main, elles ont oscillé sur le fil littéraire du bon goût avec moi, protégeant, avec un peu de chance, mon équilibre précaire. Mon agent, Bill Clegg, est la voix de la raison qui me guide à travers les accents discordants de mes récits, et repère les invraisemblances même au beau milieu de l'anarchie fictionnelle. Jonathan Galassi, mon éditeur, toujours élégant dans ses suggestions, comprend ma morale perverse, ainsi que mes blagues, qui en apparence le ravissent. M'en remettre à son avis me donne toujours l'impression de faire le bon choix.

Ceci est mon quatrième livre avec Farrar, Straus and Giroux, et travailler avec cette équipe (Lottchen Shivers, Katharine Liptak, Logan Hill, Janine Barlow et Na Kim) demeure un privilège. Ah oui, merci également à Michael Goldstein pour son livre *Ear Masturbation (La Masturbation auriculaire)*. Je ne sais absolument pas comment il a atterri dans ma bibliothèque, mais cet opuscule s'est avéré très inspirant.

OUVRAGE RÉALISÉ
PAR L'ATELIER GRAPHIQUE ACTES SUD
REPRODUIT ET ACHEVÉ D'IMPRIMER
EN MARS 2023
PAR NORMANDIE ROTO IMPRESSION S.A.S.
À LONRAI
POUR LE COMPTE DES ÉDITIONS
ACTES SUD
LE MÉJAN
PLACE NINA-BERBEROVA
13200 ARLES

DÉPÔT LÉGAL
1re ÉDITION : AVRIL 2023
N° impr. : 2300710
(Imprimé en France)